Doce procura

Kevin Alan Milne

Doce procura

Tradução de
ELAINE MOREIRA

1ª edição

EDITORA RECORD
RIO DE JANEIRO • SÃO PAULO
2013

CIP-BRASIL. CATALOGAÇÃO NA FONTE
SINDICATO NACIONAL DOS EDITORES DE LIVROS, RJ

M598d   Milne, Kevin Alan
          Doce procura / Kevin Milne; tradução de Elaine Barros Moreira. –
          Rio de Janeiro: Record, 2013.

          Tradução de: Sweet misfortune
          ISBN 978-85-01-09725-5

          1. Ficção americana. I. Moreira, Elaine Barros. II. Título.

                                              CDD: 813
13-4704   CDU: 821.111(73)-3

Título original em inglês:
SWEET MISFORTUNE

Copyright © 2010 by Kevin Alan Milne
Publicado mediante acordo com Center Street, Nova York, Nova York, EUA.

Texto revisado segundo o novo Acordo Ortográfico da Língua Portuguesa.

Todos os direitos reservados. Proibida a reprodução, no todo ou em parte,
através de quaisquer meios. Os direitos morais do autor foram assegurados.

Direitos exclusivos de publicação em língua portuguesa somente para o Brasil
adquiridos pela
EDITORA RECORD LTDA.
Rua Argentina, 171 – Rio de Janeiro, RJ – 20921-380 – Tel.: 2585-2000,
que se reserva a propriedade literária desta tradução.

Impresso no Brasil

ISBN 978-85-01-09725-5

Seja um leitor preferencial Record.
Cadastre-se e receba informações sobre nossos
lançamentos e nossas promoções.

EDITORA AFILIADA

Atendimento e venda direta ao leitor:
mdireto@record.com.br ou (21) 2585-2002.

À minha melhor metade, Rebecca

Parte I

O começo do fim

Capítulo 1

Tenha paciência: os dias chuvosos retornarão em breve.

21 de setembro de 2009

SOPHIE JONES SABIA EXATAMENTE O QUE A ATARRACADA motorista do ônibus diria, muito antes que o expresso de Gig Harbor para Tacoma encostasse no ponto na Harborview Drive. Já esperava as palavras da mulher, o tom de voz carregado de desapontamento e até a expressão facial acusadora. Cada nuance do que estava para acontecer era, sob todos os aspectos, algo previsto. Quando a porta do ônibus abriu com um assobio hidráulico, Sophie se divertiu ensaiando a iminente conversa na cabeça. *De novo? Ah, nossa, garota! Qual é o seu problema? Deixa essa coisa em casa!*

Sophie lentamente deixou o meio-fio para subir no ônibus, ao mesmo tempo em que fechava o imenso guarda-chuva que repousava em seu ombro. Deu um meio-sorriso à mulher ao volante, mas imediatamente sentiu-se tola por tentar ser gentil. De que adiantava, considerando que não receberia nem um sorriso forçado de cortesia?

Sabendo não apenas *o que* estava para acontecer, mas também *quando*, começou a fazer a contagem regressiva.

Três...

A motorista fechou a cara, baixou o queixo e abriu a boca apenas o bastante para expor uma porção de obturações de amálgama, depois fuzilou Sophie e seu volumoso guarda-chuva com os olhos.

Dois...

Tirou as mãos do volante e cruzou os braços, deixando-os logo abaixo do crachá e por cima do símbolo da empresa Puget Sound Public Transportation na camisa de algodão áspero.

Um...

Um suspiro nasalado, um meneio desapontado da cabeça e então...

Zero.

— De novo? Ah, *nossa*, garota! Qual é o seu problema? Deixa essa coisa em casa! É uma bela manhã de segunda-feira.

Sophie deu uma risadinha baixa enquanto encostava o guarda-chuva de cabeça para baixo em uma das barras de segurança e pagava a passagem. Não via nada especificamente engraçado na mulher ou em seus comentários, mas achava um tanto divertido que a motorista fosse tão previsível.

— E se chover? — respondeu Sophie, totalmente inabalada.

— Vê alguma nuvem hoje? Não temos nem um maldito chuvisco faz uma semana, agradeça ao Jesus todo-poderoso e bata na madeira. — Ela bateu na grossa coluna de metal do volante com os nós dos dedos.

Sophie balançou a cabeça, desanimada. Embora não gostasse do comportamento da mulher, não podia negar que a motorista estava correta quanto ao tempo. O ar lá fora estava fresco, mas o céu matinal era um imaculado lençol azul-claro de uma ponta do horizonte à outra, e a previsão local só havia anunciado sol. Nada disso importava para Sophie.

— Espere o pior — gracejou ela, tentando mais uma vez forçar um sorriso.

— Sei que é o que você faz, garota — retrucou a motorista.

— E *esse* é o seu problema.

A mulher ainda disse algo baixinho enquanto Sophie procurava um assento, mas as palavras foram abafadas pela aceleração do motor enquanto o ônibus arrancava. Sophie a teria ignorado de qualquer forma. Mesmo nos melhores dias, era cedo demais para ficar aborrecida com comentários descabidos de motoristas de ônibus.

Mas este não era o melhor dos dias.

Para Sophie, este era o pior dia do ano, uma espécie de pesadelo anual recorrente do qual não podia escapar. Não fosse pelo fato de ter que administrar um negócio, teria ficado feliz em fechar as venezianas, desligar o celular, voltar para a cama e dormir o dia inteiro, num pacato esquecimento.

Não fosse por isso, pensou Sophie, arrastando os pés pelo corredor até seu banco favorito no final do ônibus. Poucos passageiros de Gig Harbor se aventuravam a ficar tão atrás, então ela geralmente tinha o banco elevado do fundo todo para si. Sophie preferia a contemplação silenciosa durante suas viagens matinais, e seu lugar ao fundo a mantinha a salvo dos bate-papos e das conversinhas que os outros pareciam adorar. Enquanto o ônibus seguia viagem, ela olhou a exuberante paisagem verde passar assobiando e viu vários barcos ansiosos deixarem o porto para um dia no estreito. Observou os altos cabos de sustentação da ponte Narrows, que ligava a cidade de Gig Harbor e a península de Olympic à parte continental do estado de Washington. Na maioria dos dias, essas visões bastariam para distraí-la das amargas realidades da vida.

Mas este não era como a maioria dos dias.

Para Sophie, este era um dia para lamentações, e nada poderia abrandar a renovada sensação de sofrimento e decepção que esse dia em particular evocava a cada ano. Não havia pinheiros, veleiros ou cabos suspensos que passassem pela janela de um ônibus sujo que a ajudassem a esquecer o passado. *Um dia de autodesprezo*, disse a si mesma, enquanto apoiava o enorme guarda-chuva num espaço entre o banco e o aquecedor de chão. *Minha própria festa de autopiedade. Posso ficar tão infeliz quanto quiser no meu...*

— Feliz aniversário, Sophie!

Surpresa com a alta e inesperada intromissão, Sophie balbuciou:

— O quê...? — Ofegou audivelmente antes que a familiar voz feminina fosse registrada em sua mente. — Minha nossa, Evi! Está tentando me causar um aneurisma? O que está fazendo aqui? — Sophie ignorou conscientemente as olhadas ostensivas de um punhado de passageiros que torciam o pescoço para ver o que acontecia.

— Quis fazer uma surpresa! Parece que funcionou. — Evi abriu o seu maior sorriso e ainda deu uma piscadela enquanto se esparramava no banco vago na fileira da frente.

Sophie a encarou com um desdém fingido.

— Brilhante — falou, inexpressiva. — Tenho uma única amiga no mundo inteiro, e como ela demonstra que se importa comigo? Me seguindo, fazendo uma cena em público e me lembrando que dia é hoje.

Evi ainda estava sorrindo.

— Como se você precisasse de lembretes — brincou ela. — E, para sua informação, não a segui. Entrei no ônibus dois pontos antes de você, mas você estava tão distraída quando entrou que passou direto por mim. E eu estava até acenando! — Ela parou para dar uma piscadinha. — Mas esqueça. É seu aniversário, então te perdoo.

— Sim, meu aniversário, o pior dia imaginável.

— Ah, deixa disso — retrucou Evi, animada. — Nós duas sabemos que o pior dia foi há muito tempo, o que torna hoje o começo de algo bom.

Evi era uma morena baixa com um sorriso contagiante, riso fácil e uma bela pele bronzeada que nunca desbotava no inverno. O cabelo e o sorriso vieram da mãe, a cor da pele veio do pai latino, que ela jamais conhecera, e a risada era simplesmente a maneira que aprendera de enfrentar as complexidades da vida. Também era uma das poucas pessoas no mundo em quem Sophie confiava cegamente. Para grande desgosto de Sophie, o nome completo da amiga, Evalynn Marion Mason, fora aumentado recentemente para Evalynn Marion Mason-*Mack*, tendo a hifenização sido acrescentada seis meses atrás, como resultado do casamento com Justin Mack, amigo delas desde o primeiro ano de faculdade. Sophie não tinha nada contra Justin — na verdade, estava contente pelos amigos —, mas a união a deixou preocupada quanto à rapidez com que a vida estava passando, uma sensação que se multiplicou por dez quando Evalynn anunciou dois meses depois que estava grávida.

Por fora, Evi e Sophie eram tão diferentes quanto a noite e o dia. Evi era baixa, Sophie era alta. O cabelo de Evi era liso, castanho e curto, enquanto Sophie possuía cachos dourados que escorregavam graciosamente pelos ombros. E, enquanto Evi era sociável, Sophie era mais reservada. Todos que as conheciam presumiam que a amizade fora construída unicamente no princípio de que os opostos se atraem, mas Sophie sabia que era muito mais do que isso. Eram mais como irmãs do que qualquer outra coisa, e dependiam uma da outra de maneiras que as pessoas que cresceram sob circunstâncias normais não compreendiam. Afinal, por mais diferentes que pudessem parecer aos olhos de observadores, as amigas possuíam ao menos duas coisas em comum que as uniam como os retalhos de uma colcha: a tragédia e a mesma mãe de criação afro-americana.

Sophie suspirou devagar.

— Você sabe que odeio meu aniversário.

— Sei.

— Você devia ter ficado na cama com seu marido esta manhã e me deixar ficar mal-humorada sozinha.

— Eu sei.

Sophie bocejou, depois fez uma careta.

— Então *por que* está aqui? E não diga: "Porque a tristeza adora companhia." Sou prova de que isso não é verdade.

Evalynn tentou imitar o escárnio insolente da motorista do ônibus para animar as coisas.

— Garota, qual é o seu problema? Sabe que não vou te deixar sozinha no dia em que faz 29! *Nossa!* Ano que vem vai ser a droga de uma velhota. Melhor aproveitar os 20 enquanto ainda está aqui, garota!

— Para! Você está envergonhando a si mesma.

Uma única risadinha escapou do enorme sorriso de Evi.

— Não, estou envergonhando *você*. É o que faço de melhor. — Ela cutucou as costelas da amiga com delicadeza. — Ah, qual é. Sorria, Soph! Não quero passar o dia inteiro com você se é para ficar mal-humorada.

Sophie ergueu as sobrancelhas em indagação, mas se recusou a sorrir.

— O dia inteiro?

— Ora, é claro que não entrei no ônibus só para te desejar feliz aniversário. Minha chefe garantiu que podia sobreviver com uma assistente jurídica a menos hoje, então tirei o dia todo de folga e estou indo te ajudar a fazer os chocolates e tudo mais. Não quero que fique sozinha hoje.

— Espera. Está indo me ajudar a *fazer* os chocolates ou a *comer* os chocolates? Da última vez em que me "ajudou", que eu me lembre, foi difícil dizer qual era o seu verdadeiro objetivo.

Evalynn deu um tapa no ombro da amiga.

— Você sabe que adoro aquelas trufas de manteiga de amendoim. É só me colocar para trabalhar em outra coisa que vou ficar bem. De qualquer forma, também tenho outros planos que não envolvem encher fôrmas de chocolate e mergulhar cerejas em calda. Fiz um arranjo especial para esta tarde que talvez te ajude a esquecer que é seu aniversário.

— Arranjo? Não gostei como isso soou. Que tipo de *arranjo*, Ev?

Evalynn deu uma piscadela.

— Lamento, é surpresa. Meus lábios estão oficialmente selados. Você vai ter que esperar até mais tarde.

A próxima parada do ônibus era em um Park-and-Ride na Kimball Drive. Algumas pessoas desceram para fazer baldeação para outra linha, mas cerca de uma dúzia de novos passageiros embarcou. Entre eles havia um rosto que Sophie não reconheceu. O homem trajava paletó azul-marinho e calça cáqui, medindo pelo menos 1,90m, alto o bastante para que tivesse que se curvar para não bater a cabeça. O cabelo castanho e ondulado enroscava-se de maneira engraçada logo acima das orelhas, e seus brilhantes olhos azuis faiscavam à luz da manhã. Se já não tivesse desistido dos homens, Sophie talvez ficasse inclinada a dar àquele espécime em particular mais do que uma olhada rápida, casual. Repreendeu-se por até mesmo pensar em tais coisas.

A maioria dos novos passageiros pegou o primeiro banco vago que encontrou, mas o homem desconhecido examinou todo o interior do ônibus em busca do assento certo, mesmo depois que o veículo voltou a andar. Fingiu não notar que Sophie o olhava. Com uma bolsa carteiro numa das mãos e um mapa das rotas de ônibus na outra, encaminhou-se com cuidado para o fundo, mudando seu peso de tempos em tempos para se adaptar às inclinações e oscilações do ônibus em movimento.

Sophie girou a cabeça em um ângulo de 90 graus e olhou diretamente pela janela, fingindo estar muito interessada no cenário que passava.

— Posso sentar aqui? — perguntou ele com educação alguns segundos depois, apontando para a metade vazia do banco elevado da traseira do ônibus.

Sophie continuou olhando pela janela, como se não tivesse ouvido.

Ele pigarreou.

— Com licença. Será que posso?

Evalynn deu uma risada nasalada quando Sophie virou a cabeça para encarar o homem.

— É um ônibus público — disse com frieza. — Mas o que há de errado com os bancos vazios lá na frente? — Ela indicou com os olhos para os bancos vagos pelos quais ele havia passado.

O homem sorriu com graciosidade e se sentou, deixando a bolsa carteiro sobre o colo e desdobrando o mapa.

— A vista daqui é infinitamente melhor. — Ele olhou diretamente para Sophie ao falar.

Sophie se endireitou no banco, a mente por um breve momento pensando no antigo noivo. Parou mentalmente para comparar os dois. O cara que estava sentando ao seu lado era, impossível não admitir, agradável à vista. Alto. Bonito. Confiante.

Mas não era Garrett.

— Fique à vontade — respondeu ela. — Só tenho mesmo mais uma parada.

O homem continuou sorrindo.

— Ora, nesse caso, talvez você possa me ajudar. Sou novo aqui. Cheguei de Oregon no fim de semana e estou tentando entender o sistema de trânsito. Quantas paradas faltam até o centro de Seattle?

— Muitas — retrucou ela, finalmente se permitindo sorrir, mesmo que por achar graça da dificuldade do homem. — Esse ônibus só circula entre Gig Harbor e Tacoma. Deveria ter esperado o próximo ônibus, lá onde pegou este.

— Entendi. — Ele assentiu com um olhar perplexo. — Então, basicamente, estou perdido.

— Acho que sim.

Ele não deixou que isso o aborrecesse.

— Neste caso, fico contente por ter vindo até o último banco. Considerando que estou perdido, e provavelmente atrasado para o meu primeiro dia de trabalho, ao menos conheci você.

Agora era a vez de Sophie assumir um olhar perplexo.

— Espere um minuto. Isso é, tipo, uma brincadeira sua? Pegar o ônibus com um mapa e fingir que é o cara novo na cidade para que possa se aproximar de mulheres ingênuas?

Ele sorriu.

— Se for, está funcionando?

— Não mesmo! — retorquiu Sophie, parecendo bastante indignada.

— Estou brincando — disse ele, rindo. — Na verdade, não sou do tipo que sai tentando se aproximar de mulheres estranhas. — Calou-se por um instante. — Não que você seja estranha, mas... Entendeu o que eu quis dizer.

Sophie não respondeu. *De que adiantaria?*, ela se perguntou. *Ele pode flertar o quanto quiser que não vai fazer diferença. Cansei dos homens.* Outra imagem de Garrett surgiu em sua mente.

O homem continuou falando.

— Meu novo chefe falou que seria mais fácil pegar o ônibus do que enfrentar o tráfego da manhã, mas agora já não sei.

Pegando o guarda-chuva de seu local ao lado do banco, Sophie perguntou:

— Você é mesmo de Oregon?

Ele concordou novamente.

— Astoria, na costa.

— Então, seja bem-vindo a Washington — prosseguiu ela, educadamente. — Mas meu ponto está chegando, então, se importaria de me dar passagem? — Ela se virou para Evalynn.

— Pronta?

Evalynn assentiu, e as duas se levantaram.

O homem encolheu as pernas para que Sophie pudesse passar diante dele.

— Escute — disse ele. — Eu preciso mesmo de ajuda. Pode ao menos me dizer como chegar a Seattle?

Debruçando-se para que não precisasse falar alto, Sophie disse:

— Há muitas mulheres no ônibus. Garanto que uma delas vai ajudar.

Ele não disse mais nada.

Tão logo estavam na calçada e longe do ônibus, Evalynn cutucou Sophie nas costelas outra vez.

— Está doida? Aquele cara era uma graça!

Sophie sacudiu a cabeça.

— A última coisa de que preciso agora é um relacionamento. Já lhe disse antes, estou perfeitamente feliz sem um homem na minha vida.

— Me engana que eu gosto — resmungou Evalynn bem baixinho.

Sophie revirou os olhos.

— Ah, é? E você por acaso está melhor agora que você e Justin juntaram as escovas de dente?

— Ter Justin por perto é ótimo — afirmou Evalynn enfaticamente, depois colocou a mão na barriga. — Mas bem que eu podia viver sem o "presente" que ele me deu.

Sophie deu uma risadinha, mas não deixou de se perguntar se o comentário era mesmo uma piada. A amiga havia feito algumas observações semelhantes nos últimos meses, e Sophie começava a se preocupar com a possibilidade de ela estar brigando internamente para aceitar a ideia de ser mãe. Decidiu não se intrometer. Se Evi estava mesmo tendo dificuldades com isso, terminaria dizendo alguma coisa.

As duas continuaram tagarelando enquanto avançavam pelos quatro quarteirões restantes até a loja de Sophie, embora Evalynn se encarregasse da maior parte da conversa. Sophie ouvia enquanto andava, o guarda-chuva apoiado no ombro, mas a mente estava em outra parte — *perdida em recordações de antigos aniversários.* Na dianteira de seus pensamentos estava o mais importante de todos: há exatamente vinte anos, naquele que havia provado ser um dia de novos começos e fins trágicos; um dia que mudou o curso de todos os outros subsequentes.

Mas, na mente de Sophie, seria para sempre lembrado como o dia em que sua vida se despedaçou.

Capítulo 2

Você tem uma boa recordação, oprimida por recordações ruins.

21 de setembro de 1989

Jacob Barnes esfregou o rosto na manga do casaco, tentando em vão afastar a vertigem dos olhos. Sentia que poderia desmaiar novamente a qualquer momento. Sua mente disparou para juntar os detalhes dos últimos quinze minutos, mas ele ainda estava muito zonzo para lembrar exatamente como fora parar em sua posição atual na beira da estrada. Depois de se firmar junto a um poste, Jacob puxou furiosamente a gravata de seda, que de repente parecia um laço apertando seu pescoço. A frente de seu terno italiano estava ensopada, mas ele imaginou que era apenas o resultado de perambular às cegas no firme aguaceiro do infame tempo instável de Seattle.

— Meu Deus — falou alto, assim que sua mente ficou clara o bastante para enxergar o mundo ao redor. Apertou bem os olhos para melhorar o foco enquanto observava a cena. Jacob nunca fora conhecido por ter estômago forte, então o que viu, combinado à vaga reminiscência de como aquilo acontecera, fez com que quisesse vomitar. Lutou para controlar a ânsia.

— É tudo culpa minha — murmurou uma vozinha apavorada ali perto.

Os olhos dilatados de Jacob examinaram os arredores, buscando o dono da voz. Poucos passos adiante, sentada sozinha no meio-fio junto a um hidrante amarelo, estava uma menininha. Ela também secou o rosto com a manga, mas apenas para esconder a evidência de que estava chorando. Mas não importava; estava chovendo tão forte que o rosto dela continuaria molhado mesmo que o secasse a noite inteira. Os lábios e o nariz estavam machucados e inchados, e de um talho na bochecha descia um pequeno filete de sangue, que escorria pelo queixo até o pescoço. A blusa branca que vestia também exibia salpicos carmesins aleatórios.

A menina envolveu as pernas com seus braços trêmulos para protegê-las da chuva e do incomum vento frio de setembro.

— Eu... eu só queria um p-pedaço de chocolate — soluçou ela. — Só *u-um* pedaço.

Jacob sentiu-se fraco. Remexeu-se junto ao poste, esperando que isso bastasse para impedi-lo de desmaiar de novo.

— Acha que causou isso? — perguntou ele numa voz mais ríspida que o pretendido. — O que isso tem a ver com chocolate?

A menina respondeu a primeira pergunta com um aceno de cabeça, depois começou a se balançar lentamente para a frente e para trás, observando atentamente a comoção rua abaixo. Jacob acompanhou seu olhar: o zumbido constante de sirenes e carros, luzes girando e piscando, chamas faiscando com um forte brilho vermelho, policiais correndo de um lado para outro, enquanto tentavam organizar o tráfego, bombeiros gritando ordens, motoristas de ambulância, vidro quebrado, metal curvado e sangue — muito sangue. As visões e os sons, e até o cheiro e o gosto da cena horrorosa, preencheram seus sentidos a ponto de transbordar. A menina se virou para olhá-lo, mas permaneceu calada.

Foi então que uma policial e um jovem paramédico vieram correndo. Ocorreu a Jacob que ele e a menina estavam tão afastados do acidente que poderiam ter sido confundidos com espectadores pela primeira onda da equipe de emergência.

— Senhor — falou o paramédico a Jacob, parecendo preocupado —, deixe-me ajudá-lo a se sentar. — Colocou rapidamente a caixa de equipamentos de primeiros socorros no chão, depois passou um braço gigante pelo torso de Jacob e o baixou até o meio-fio. — Pode me fazer um favor? Erga a mão esquerda acima da cabeça e a mantenha assim enquanto preparo algumas ataduras. Consegue fazer isso?

Jacob ficou mais confuso com o pedido estranho do paramédico do que com a menininha culpando o chocolate pelo acidente.

— Por quê? Estou bem. Não está vendo? Ajude a criança, ela parece um pouco machucada.

— Senhor, você...

— É Jacob.

— Certo. Jacob, você está em estado de choque. Acho que provavelmente perdeu muito sangue e quero garantir que não perca mais...

— Sangue? De onde? Estou sangrando?

— Está tudo bem. Se o senhor seguir minhas instruções, vai ficar bem. Só deixe o braço erguido assim. — Ele ergueu o braço esquerdo de Jacob, que usou o outro braço para apoiá-lo quando o paramédico o soltou.

Outra onda de náusea percorreu o corpo de Jacob.

— O sangue é da minha cabeça? Do meu rosto? — A voz acelerava conforme ele entrava em pânico. — Como é que segurar o braço acima da cabeça vai me ajudar? Não vai fazer mais sangue correr para a minha cabeça e aumentar a perda de sangue? Tem certeza de que sabe o que está fazendo? Você tem idade suficiente para ser...

— Jacob! — gritou o atendente, a voz feito gelo. — Não é sua cabeça. Olhe sua mão!

Jacob ergueu a cabeça displicentemente. Apertando os olhos por causa da chuvarada e da luminescência enevoada do poste, focou pela primeira vez a mão que estava suspensa acima da cabeça. A visão provocou outra enxurrada de náusea em seu estômago. Quatro dedos da sua mão esquerda tinham sumido, cortados completamente onde deveriam se encontrar com a palma. Só restou o polegar. Tentou por instinto agitar os dedos. Estranhamente, seu cérebro dizia que todos eles estavam se movendo, mas só o polegar respondia.

— Acho... acho que preciso me deitar — gemeu.

Enquanto o paramédico cuidava da sua mão e de outros ferimentos menos graves, Jacob guiou sua atenção para a menininha e a policial. Estando deitado, podia ver e ouvir tudo o que diziam. O nome da policial era Ellen, ou ao menos era como havia se identificado à criança. Ela começou a limpar delicadamente o rosto da menina com um chumaço de algodão enquanto conversavam. Depois, sentou-se ao lado dela no meio-fio molhado. A menina de vez em quando olhava de esguelha para a mão mutilada de Jacob.

— Vai ficar tudo bem, querida. Tudo bem. — Ellen fez uma pausa para olhar a carnificina, como se imaginasse se algo poderia realmente ficar *bem* depois de algo como aquilo. — Agora, pode me dizer seu nome? — perguntou com cautela.

A criança a encarou com olhar vago, como se estivesse tentando processar as palavras. Depois assentiu e sussurrou:

— Sophia Maria Jones.

— Uau, que nome bonito. Prazer em conhecê-la, Sophia Maria.

A menina engoliu em seco.

— Me chamam de Sophie.

— Então, que seja Sophie. Quantos anos você tem, Sophie? — A policial devia ser treinada para fazer perguntas simples primeiro, em preparação às perguntas mais difíceis que, por fim, sempre tinham de ser feitas.

A menina limpou de novo o nariz na manga da blusa.

— Tenho 8. Não, 9.

— Uau — respondeu a policial calmamente —, uma idade ótima. Me lembro de quando eu tinha 9. Quando foi seu aniversário?

Uma lágrima nova e gigante se formou no canto dos olhos de Sophie e escorregou pela bochecha.

— *H-h-hoje* — disse ela, engasgando com a palavra.

— Ah, entendi — murmurou Ellen. — Vocês estavam comemorando seu aniversário esta noite?

Ela assentiu.

— Sophie, você estava num daqueles carros?

Outro assentimento.

Um nó se formou na garganta de Jacob conforme continuava ouvindo. Mal notou o socorrista que estava trabalhando depressa, enfaixando o braço danificado com uma gaze.

— Pode me dizer qual? — insistiu Ellen, erguendo o olhar para examinar novamente os destroços.

Um Datsun azul estava tombado a cinquenta passos dali, diante de uma perua último modelo que fora danificada na traseira e na dianteira. Nenhum dos dois poderia ser utilizado de novo, mas os passageiros pelo menos tinham saído ilesos. Os outros quatro carros envolvidos no acidente — um Volvo, uma pequena picape, um sedã Mercedes e um imenso caminhão de entrega da UPS — estavam espalhados de leste a oeste ao longo da estrada de quatro pistas. A picape fora atingida pelo lado do carona e virou completamente, provavelmente atingindo o Datsun no processo. O Volvo sofrera o maior estrago, aparentemente tendo sido atingido de frente pelo imenso caminhão de entrega. A Mercedes de Jacob estava de ponta-cabeça, perto do meio-fio oposto. Jacob não se lembrava, mas parecia ter capotado uma ou duas vezes antes de parar. Ele observou o pessoal da emergência usar uma máquina hidráulica para arrancar a porta esmagada do Volvo para que pudessem retirar o corpo inanimado de uma vítima presa ali dentro. No chão, perto da traseira do mesmo carro, equipes cobriam cuidadosamente com um plástico azul outra pessoa desafortunada que também havia sido retirada de lá. Vinte metros mais adiante na estrada uma equipe de emergência trabalhava arduamente no corpo curvado e quebrado do motorista do caminhão da UPS.

— Pode me dizer em qual carro estava, querida? — perguntou Ellen novamente.

Sophie assentiu com reticência pela terceira vez. Olhou com tristeza para Ellen, implorando com os olhos que não precisasse dizer. Mas pareceu pressentir que a policial precisava saber. Devagar, corajosamente, Sophie ergueu uma das mãos e apontou para o Volvo.

— Ali. Aquela é a minha mãe — murmurou, exatamente quando dois bombeiros retiravam com cuidado o corpo mole de uma mulher esguia de aproximadamente 30 anos pelo buraco no lado do carona, onde a porta dianteira amassada estivera momentos antes.

Jacob não conseguiu conter mais o embrulho no estômago. Virou a cabeça na direção oposta e vomitou no chão, sem se importar com a bile que escorria de volta até ele. Fechou os olhos e desejou em silêncio que pudesse anular a última hora de sua vida.

A POLICIAL ELLEN MONROE queria chorar, mas sabia que isso não ajudaria em nada nem ninguém. Em vez disso, pegou Sophie nos braços e escondeu o rosto da menina em seu ombro, depois a carregou depressa para a ponta mais afastada na fileira de ambulâncias, onde a visão do acidente estava bloqueada.

— Parece que está com as mãos cheias — disse outro policial quando as duas se aproximaram. — Posso ajudar em alguma coisa?

Ellen fez uma careta.

— Estamos bem — murmurou, tentando esconder sua crescente preocupação pela criança em seus braços. — Mas pode chamar um A.S. pra mim? Tenho a impressão de que vamos precisar deles.

— A.S.?

Ellen não queria ter que dizer as palavras *assistente social* na frente da menina. Indicou Sophie com a cabeça, enquanto lançava para o homem um olhar que dizia: *Use seu cérebro, idiota!*

— Ah! — disse ele, finalmente compreendendo. — Claro. A.S. Vou chamar um agora mesmo.

Ellen sentou Sophie com cuidado no chão de uma ambulância e encontrou um cobertor para enrolá-la.

— Você vai superar essa, menina. Sabe disso, não é?

Sophie apenas deu um sorriso forçado.

— Você está bem. Tem muita gente aqui para ajudar. — O sorriso de Sophie se transformou num franzir de sobrancelhas. Ellen mudou de assunto, esperando evitar que a menina se calasse de vez antes que a cavalaria psicológica chegasse. — Naquela hora, quando eu apareci, acho que ouvi aquele homem falar alguma coisa com você sobre chocolate. Você gosta de chocolate? Porque eu por acaso tenho um Kiss da Hershey's. Você quer? — Ellen alcançou o bolso e sacou o chocolate embrulhado em papel metálico. Os olhos de Sophie reconheceram o doce com franco interesse. — Tome. É todo seu.

Sophie desembrulhou a folha prateada e enfiou o doce na boca, depois relaxou perceptivelmente.

Sempre funciona, pensou Ellen.

— Então me conte, Sophie, o que essa linda menininha de 9 anos estava fazendo esta noite para comemorar o aniversário? Está usando uma roupa que é uma graça. Você saiu com sua mãe para jantar?

— Uhum.

— Legal. Onde foram? Em algum lugar divertido, aposto. — Embora não fosse mãe, Ellen possuía um jeito especial com os pequenos. Mesmo que nunca tivesse visto aquela criança antes, podia conversar com ela como se fossem amigas desde sempre. Era uma habilidade que considerava particularmente útil em circunstâncias tão dolorosas.

— Não sei o nome. Um lugar japonês. Só vamos lá em dias especiais. — Sophie olhou para a mão e então fechou os dedos com força.

— Tem alguma coisa aí que quer me mostrar? — Ellen apontou o punho cerrado de Sophie.

— Não quero que veja.

— Certo — respondeu ela, casualmente. — Que legal. Você se divertiu no restaurante?

— Sim. — Interrompeu-se. — Eles cozinham na mesa. O chef fez um vulcão que explodia com cebolas. Foi a minha parte favorita.

— Uau, Sophie. Parece que foi muito divertido. E depois do jantar, o que mais?

— Papai disse que tínhamos que ir, por causa da escola amanhã.

Merda! Deve ser o pai dela debaixo do plástico.

— Só você, sua mãe e seu pai?

— E a vovó. Ela mora com a gente, desde que o vovô morreu.

A avó também!

— Entendi. Então todos vocês seguiram juntos para casa?

— Sim. — Sophie fechou ainda mais a mão.

— E então... Vocês pararam em algum lugar? — *Vamos, Sophie, o que aconteceu? Ajude-me a entender o que você enfrentou esta noite para que eu possa ajudá-la.*

Sophie olhou de um lado a outro da estrada, os olhos finalmente focando num ponto algumas centenas de metros mais adiante.

— Eu queria. Mas papai... Ele estava com pressa para chegar em casa, eu acho. Falei que meu verdadeiro desejo era pegar um pedaço de chocolate naquela loja de doces ali. — Ela apontou.

— Eles têm o melhor chocolate da cidade. Ao menos é o que mamãe diz.

— Vou me lembrar de provar um dia desses. O que aconteceu depois?

— Papai disse que não.

— Sem chocolate?

— É. Hoje não, porque a gente tinha comido sobremesa no restaurante. Mas eu disse que era o meu verdadeiro desejo.

Ellen ergueu as sobrancelhas diante da repetição daquela expressão.

— E o que ele disse?

Sophie olhou para seu punho cerrado, depois para a policial, então de volta para a loja de chocolate.

— Ele... Ele devia ter esquecido.

— O que quer dizer?

— Bem, o meu desejo verdadeiro era ganhar um chocolate. Mas ele devia ter esquecido, então eu mostrei pra ele... — Sophie ergueu a mão, cujos nós dos dedos estavam esbranquiçados. — Eu mostrei pra ele que a gente *tinha* que parar.

— Você mostrou sua mão?

Sophie meneou a cabeça.

— Mostrei o que estava na minha mão. Ele me disse no restaurante que se tornaria realidade, então eu queria que ele se lembrasse. E então...

Ellen afagou o ombro da menininha com carinho.

— Está tudo bem, querida. O que aconteceu depois?

— Ele se virou para ver. Depois uma buzina tocou. Ele não teve tempo de virar para olhar. — As últimas palavras mal eram audíveis. A cabeça de Sophie pendeu entre os ombros. — É tudo culpa minha — disse, chorando mais uma vez.

Só então o policial voltou.

— Estão a caminho — murmurou, tentando não interromper.

— Obrigada, Pete. Ei, a avó de Sophie estava no carro também. Você poderia...?

Pete a interrompeu no meio da frase com um olhar que dizia: *Não pergunte. Não vai gostar da resposta.*

Ellen esfregou o ombro e o braço de Sophie com um pouco mais de força.

— Vai ficar tudo bem, Sophie Jones. Eu prometo. De uma maneira ou de outra, vai ficar tudo bem. E *não* é culpa sua.

Sophie se enrolou melhor no cobertor e mais uma vez olhou para seu punho cerrado.

— Poderia me mostrar o que está escondendo aí na mão?

Concordando, Sophie abriu lentamente os dedos. Aninhado dentro de sua mão trêmula estava uma tira amassada de papel de um biscoito da sorte. Ellen se debruçou para que pudesse ler a mensagem, e então compreendeu.

A felicidade é um dom que brilha dentro de você
O seu verdadeiro desejo se realizará em breve.

— Não é verdade, é? — perguntou Sophie. — Nem um pouco. Biscoitos da sorte não falam a verdade, né? Meu pai mentiu.

Ellen não sabia o que dizer para não arruinar ainda mais a menina, caso isso fosse possível.

— Ora, eles se tornam realidade sim — mentiu. — Em algum momento.

Os olhos de Sophie se arregalaram um pouco, mas a expressão era de dúvida.

— Sério?

— Claro. — Ellen deu de ombros. — Seu pai não mentiria para você, não é? Nem eu. *Vai* se tornar realidade.

Sophie levou algum tempo para refletir sobre as palavras de Ellen.

— Tá. Se você acha mesmo que vai, então meu novo verdadeiro desejo é ter minha família de volta. Eu vi eles no carro e... e eu sou bem grandinha pra saber que se foram. Mas eu quero eles de volta! *Este* é o meu desejo.

Era como se o coração de Ellen estivesse sendo arrancado do peito. Pela primeira vez em seu trabalho ela permitiu que as emoções que se avolumavam dentro dela se derramassem na forma de lágrimas.

— Ah, querida. Sinto muito — disse, chorando. — Sei que é o seu desejo. É o meu desejo também. Mas... mas...

— Mas não posso ter o meu desejo, posso?

Ellen deu um suspiro longo e sofrido, depois limpou as lágrimas que estavam escorrendo por seu próprio rosto e prendeu uma mecha de cabelo atrás da orelha da menina.

— Acho que não, querida.

SOPHIE AMASSOU o papelzinho e o atirou no chão à sua frente. Aterrissou sem ruído numa pequena corrente de água que escorria pelo canto da rua. Observou-o seguir flutuando para longe, carregando consigo todos os seus sonhos e as suas esperanças. Parte dela queria persegui-lo, apanhá-lo e secá-lo, fingir que tudo ficaria bem. Mas não ficaria bem, e ela se recusava a se iludir. Seus pais tinham partido, seus avós tinham partido, e não havia mais ninguém no mundo para amá-la. Sua mente voltou para as cenas dos destroços — o motorista do caminhão da UPS, os carros tombados para todos os lados, o homem com dedos faltando e, especialmente, os corpos sem vida de seus próprios pais.

— É culpa *minha* — murmurou, aturdida, consigo mesma. — Tudo culpa minha.

Capítulo 3

Algo que você perdeu logo irá reaparecer, mas é melhor que certas coisas perdidas permaneçam perdidas.

21 de setembro de 2009

A LOJA DE SOPHIE FICAVA EM UMA GALERIA NA COMMERCE Avenue, marcada por uma lustrosa placa de níquel escovado que se projetava horizontalmente do prédio, logo acima da entrada principal. Nas palavras gravadas a laser lia-se Chocolat' de Soph, acompanhadas por um subscrito numa letra cursiva miúda: Confeitos do Coração.

O interior da loja era definitivamente sofisticado. Várias pinturas pós-modernas grandes pendiam nas paredes em alturas e ângulos diversos, seus padrões coloridos oferecendo interesse visual suficiente para contrastar com os lustrosos painéis pretos e o acabamento de aço inoxidável, de modo que a decoração clean e contemporânea não ficasse sem graça. Quatro pratos de cristal austríacos ficavam dispostos sobre uma vitrine de vidro jateado; seriam usados mais tarde para expor as amostras gratuitas do *fudge* fresco do dia. Mesas semelhantes de granito, cada uma sustentada por bases grossas de aço martelado, ficavam em cantos opostos perto das janelas panorâmicas escuras da loja. Mesas com banquetas ofereciam espaço e ambiente para os clientes que desejassem sentar e desfrutar de uma bebida quente enquanto saboreavam as deliciosas criações de chocolate de Sophie.

A manhã passou como sempre, com Sophie correndo com tranquilidade de uma tarefa para outra. Havia nozes para picar, fôrmas para encher, manteiga para derreter, pós para misturar, cremes para bater, líquidos para medir, adoçantes para acrescentar e mil outras tarefas para serem realizadas antes que as portas abrissem, às dez horas. Além de tudo isso, Sophie tinha que garantir que Evalynn ficasse longe das bolas de manteiga de amendoim na geladeira até que estivessem bastante firmes para serem banhadas em calda.

Evalynn, por sua vez, proporcionava pouca ajuda visível. A maior parte de seu esforço era gasto provando cremes de chocolate para determinar qual gostava mais. Sophie não se importava. Embora preferisse ficar sozinha com seus pensamentos, apreciava o gesto da amiga; a presença de Evi já bastava para aliviar sua pesada carga emocional.

Às nove e quarenta, com tudo praticamente pronto, Sophie pegou uma caneta e um punhado de tiras estreitas de papel num pequeno escritório anexo à área da cozinha nos fundos do prédio e sentou-se para concluir os preparativos matinais. Escrever aquelas previsões singulares se tornara sua parte favorita do trabalho, e era provavelmente a razão pela qual seu nicho de negócio havia conseguido sobreviver a uma economia morosa.

— Algum tema específico hoje? — perguntou Evalynn.

— Não. — Sophie bateu a caneta nos lábios enquanto ponderava o que escrever.

— Pretende o desapontamento brando ou o sofrimento pleno?

Sophie ergueu o olhar, incomodada.

— Sshh. Nenhum dos dois. O objetivo é a realidade, nada mais.

Evi conteve uma risada.

— Sua realidade ou a minha?

— Pare.

— Posso ajudar a escrever?

— Não.

— Então posso pelo menos comer uma trufa de manteiga de amendoim? — perguntou, esperançosa.

Com um indício de rosnado, Sophie sibilou:

— Fique quieta! Não consigo pensar. Cala essa boca por uns minutos. Por favor.

— Vou considerar isso um sim — murmurou Evalynn, seguindo para o outro cômodo, onde uma bandeja de trufas fresquinhas estava exposta.

— Ótimo — disse Sophie, frustrada. — Se empanturre. Mas apenas me dê alguns minutos de paz para que eu possa terminar.

Quinze minutos depois, satisfeita por ter tirinhas de papel suficientes para atender a demanda do dia, reuniu todas e juntou-se a Evalynn na frente da loja.

— Conseguiu? — perguntou Evi.

Sophie entregou-lhe a pequena pilha de tirinhas.

— Veja você mesma. E quando tiver terminado, poderia enfiá-las nos biscoitos da sorte? Tenho umas coisas para limpar lá atrás antes de abrirmos.

As vendas da manhã costumam ser notavelmente escassas, mesmo para os melhores *chocolatiers*, então Sophie não ficou surpresa por ninguém estar batendo na porta quando ela ligou o neon da placa de "Aberto" pendurada na vidraça. Chocolat' de Soph abriu pontualmente às dez horas, mas os primeiros fregueses não chegaram antes das dez e meia, mais interessados nas amostras gratuitas do que em qualquer coisa.

Pouco depois das onze horas começou o movimento do almoço, e as vendas aumentaram. Como sempre, a maioria dos clientes era atraída pelos Biscoitos do Azar de Sophie, cada qual incluindo um dos seus singulares prognósticos manuscritos baseados em melancolia, ruína ou sofrimento iminente. Intencionalmente, os Biscoitos do Azar não eram o doce mais gostoso da loja. Depois de curvar e assar a massa no formato tradicional dos biscoitos da sorte, eles eram banhados numa tina de chocolate amargo importado diretamente de uma plantação de cacau no Brasil. O sabor resultante causava choque e pavor nas bocas desprevenidas. Quando inventou os biscoitos estranhos onze meses antes, Sophie imaginou que seria um produto de curto prazo, se muito, uma novidade que fracassaria. Mas, para sua grande surpresa, a iguaria amarga se tornou um produto de grande saída e lucro, ganhando infâmia local suficiente para fazer com que continuasse sumindo da prateleira. Sophie até começou a receber pedidos de outras partes do país.

Pouco antes das duas horas, quando ela estava registrando a compra de um casal que parecia tremendamente desnorteado por descobrir em seus Biscoitos do Azar que o carro quebraria em breve e que outras pessoas falavam mal deles pelas costas, Evi bateu no relógio de pulso e murmurou:

— Quase na hora!

Sophie enrugou a testa ao se lembrar do arranjo sobre o qual a amiga falara mais cedo. Entregou o troco ao casal e esperou que saíssem antes de se virar para a amiga.

— Certo, Ev. Desembucha. Qual é a grande surpresa?

Evalynn olhou de novo o relógio.

— Eu lhe disse, meus lábios estão selados.

— Alguma coisa vai ser entregue na loja? — Não houve resposta. — É algo tangível? — Ainda nada. — Ah, qual é, me dá uma pista, Evi. Você sabe que odeio surpresas.

— Tudo bem. Sim, tem algo vindo para a loja. Algo tangível. Mas é tudo o que vai arrancar de mim. — Ela gesticulou como se um zíper fechasse seus lábios, depois girou uma chave imaginária no canto da boca e a largou dentro da blusa.

— Quando? Espero que só chegue mais tarde.

Evalynn olhou por cima do ombro de Sophie na direção da porta, depois voltou a olhar o relógio, em seguida começou a fugir na ponta dos pés para a cozinha.

— Ah! — disse vagarosamente, arrastando a palavra enquanto dava outra espiadinha rápida na vitrine perto da entrada. — Tenho o palpite de que vai ser... — Evi sumiu de vista enquanto gritava por cima do ombro... — agora!

Naquele exato momento o sino suspenso na porta da frente retiniu baixinho. Sophie manteve-se de costas para a porta, sem querer encarar fosse lá qual surpresa havia acabado de entrar em sua loja. Seu estômago se agitou apreensivo e sua mente correu para deduzir que tipo de surpresa chegaria com tamanha pontualidade, precisamente às duas horas da tarde. *Um telegrama cantado? Não, seria vergonhoso demais, mesmo para Evi. Uma entrega de... o quê? Definitivamente, não era de chocolates. Talvez flores? Sim! Ela disse que havia feito um arranjo. Podia ser um arranjo de flores, certo? Um lindo buquê, talvez? Odeio surpresas. Que sejam flores. Por favor...*

Sophie se virou com relutância. Antes de concluir o movimento, fechou os olhos numa última tentativa de adiar o inevitável. Depois de inspirar depressa algumas vezes, entremeadas aqui e ali por um murmúrio indelicado por Evalynn ter feito aquilo com ela, Sophie forçou uma pálpebra a se abrir, só um pouquinho. Depois ofegou, e os dois olhos se arregalaram.

— O que... — Seu rosto corou imediatamente. Ela tentou recobrar a compostura antes de externar: — Ah! Bosta. — Não era exatamente o que pretendia dizer, mas pronunciou as palavras com tanta graça e firmeza quanto se podia esperar, acompanhadas com eloquência por: — Acho que vou ficar enjoada.

Capítulo 4

Uma maçã por dia, o médico dizia.
Talvez você deva investir num pomar.

— Enjoada? Talvez você deva ver um médico. — Ele segurava uma dúzia de rosas de talo longo entremeadas com lírios frescos. E possuía uma boca perfeita, mesmo quando falava. Era quinze centímetros mais alto que Sophie, de boa proporção e queixo marcado. Tudo nele — o cabelo espesso e escuro, as covinhas, o timbre tranquilizador da voz — era exatamente como ela lembrava.

Sophie sentiu uma urgência estranha de alisar o cabelo e endireitar a blusa, mas resistiu. *É difícil abandonar os maus hábitos*, pensou.

— Estou vendo um. Esse é o meu problema. — Calou-se. Seus olhos vagaram com circunspecção pelo ambiente, esperando encontrar algo que valesse mais seu olhar do que ele. — Humm. Por que está aqui?

Ele deu alguns passos à frente para poder fechar a porta. O sorriso simpático permaneceu fixo no lugar.

— Podemos retroceder um pouco? Que tal começarmos com um simples cumprimento, como "Olá" ou "Bom te ver"?

Ela cruzou os braços e mordeu o lábio inferior com nervosismo.

— É necessário?

Ele deu um longo suspiro.

— Não, mas eu adoraria.

Sophie o avaliou mais uma vez, depois cedeu.

— Tudo bem.

— Mesmo?

— Claro. — Ela aguardou. — Ah, você quer que *eu* comece?

— É a sua loja de doces — disse ele, dando uma piscadela.

Sophie se lembrou de como costumava amar aquelas piscadelas. Agora não tinha tanta certeza.

— Tudo bem. Humm. Olá... Garrett. Você está... aqui. Sem ser convidado, devo acrescentar. Bem-vindo.

— Oi, Sophie — respondeu ele, delicadamente. — Feliz aniversário. — Ele estendeu as flores e começou a se aproximar, vagarosamente, como um rato cauteloso que avança para inspecionar uma ratoeira. — Você está ótima. Como tem passado?

Sophie não respondeu de imediato. Desviando brevemente o olhar para a vitrine, percebeu o próprio reflexo no vidro e se assustou com o que viu. Já não era mais a mulher independente e confiante, nem uma empresária capacitada. Era uma adolescente, uma menina de olhar brilhante sonhando com o dia em que se apaixonaria. Olhou mais uma vez e viu a mesma garota, alguns anos mais velha, na faculdade, sentindo-se muito solitária, como se talvez nunca fosse encontrar alguém que se importasse com ela incondicionalmente. O reflexo mudou outra vez. Agora estava colecionando relacionamentos ruins, cada pretendente se mesclando curiosamente com o seguinte, mas todos terminando em decepção. Então, como um milagre, num piscar de olhos, ela estava exibindo seu anel de noivado para Evi, segurando a mão de Garrett, fazendo planos para o casamento e enviando convites. Sophie apertou um pouco os olhos, mas a imagem sumiu. Sabia que sumiria.

— Já estive melhor. Agora, de volta à minha pergunta original. O que está fazendo aqui?

Garrett continuou se aproximando até a vitrine ser a única coisa entre os dois. Ele a encarou, seus modos ainda mais suaves. A curva do sorriso de covinhas se esticou numa linha séria e solene.

— Senti sua falta, Soph.

Foi necessária apenas uma fração de segundo para que a mente de Sophie listasse todas as possíveis reações diante de uma afirmação tão incrível: chorar de maneira patética, dar as costas e sumir, alegrar-se, correr para os braços dele, gritar histericamente, vomitar, entrar em pânico, desmaiar, chamar a polícia, atirar a vasilha de *fudge* de Oreo mais próxima na cara dele, todas as opções acima, ou...

Sophie riu. Um simples riso, do tipo "Esta é a coisa mais estúpida que já ouvi". Depois olhou pela vidraça para ver se não havia fregueses aguardando para entrar na loja.

Só então, quando estava realmente certa de que a barra estava limpa, gritou o mais alto que pôde.

— Evalynn Marion Mason-Mack! Venha aqui, agora!

Uma tímida resposta ecoou de algum lugar nos fundos.

— Humm... Só um minuto.

— Agora! — repetiu ela. — E tire seus dedos imundos da massa de manteiga de amendoim!

Houve uma pausa momentânea, acompanhada de um resmungo de desgosto quase inaudível.

— Mas que diabos? Tem câmeras escondidas dentro da geladeira? — Poucos segundos depois a cabeça de Evi apareceu timidamente na beira da parede que separava a cozinha do resto da loja. Ela fez uma mesura brincalhona.

— Me berrou, minha senhora?

Sophie estendeu o braço e trouxe o resto do corpo de Evi com uma puxada na manga da blusa.

— Explique — exigiu, apontando para Garrett, que estava sorrindo de novo.

— Ei, cuidado com a senhora grávida — brincou Evalynn.

— Explique, *agora*.

— Ah, qual é, Sophie. Só pensei... você sabe, que talvez pudesse ser bom um pouco mais de fagulha no seu aniversário.

— Fagulha? — uivou ela. — Isso é uma explosão! Ou uma implosão. De qualquer forma, no que estava pensando?

— Bem, eu... — gaguejou Evalynn. — Entendo o que quer dizer, eu acho. Mas... eu só pensei... Ah, qual é, não vê o humor da situação? Que fagulha brilha mais do que uma velha chama, hein?

Sophie queria gritar outra vez, mas conteve a língua.

— Então *esta* é a sua grande surpresa? Vinte anos desde o pior dia da minha vida e, para comemorar, você convida o cara que é responsável pelo *segundo* pior dia da minha vida? Genial.

Evalynn encolheu os ombros.

— Bem, colocando assim, acho que...

— Esperem um minuto, senhoras — interveio Garrett, usando sua expressão séria de novo. Sophie imaginava que era o semblante que ele usava para dar más notícias aos pacientes. — Posso falar uma coisa? — Nenhuma das duas mulheres respondeu, então ele prosseguiu: — Sophie, eu entrei em contato com Evi dias atrás quando decidi voltar para ver você. Ela não me procurou nem me convidou. Na verdade, me mandou deixá-la em paz. Mas, como não conseguiu me fazer mudar de ideia, preferiu vir aqui hoje também, só para o caso de você precisar dela.

Sophie se voltou para Evalynn.

— É verdade?

Evi assentiu.

— E sei muito bem — continuou Garrett — que machuquei você. Não vou dar desculpas, mas precisa saber que o que fiz me machucou também. Acontece que seu segundo pior dia é o pior dos meus dias, e é por isso que vim hoje. Havia coisas sobre as quais eu não estava pronto para falar naquela época, mas sinto que você precisa saber a verdade. E acho que, se me der uma chance, vai descobrir que seu aniversário é o dia perfeito para ouvir o que eu preciso dizer. — Garrett estendeu as flores e olhou fundo nos olhos de Sophie.

Ela pegou o buquê com relutância, olhando de cara feia ao aceitá-lo. Depois também olhou de cara feia para Evalynn, e outra vez para Garrett.

— O que você tem na cabeça? O lugar de gente biruta é no manicômio, mas aqui está você. Garrett, acho que não temos nada pra conversar. Faz quase um ano, pelo amor de Deus! Você se foi. Você teve suas razões. Fim da história.

Garret ficou decepcionado.

— Você não vai me permitir nem um encontro para sentar e conversar, para que eu possa contar o que...?

— Pensei que tinha dito que só veio para conversar! Agora quer um encontro também?

— Sophie — disse Garrett —, ouça. O que eu tenho a dizer é importante. Você provavelmente não vai gostar, mas é importante que escute mesmo assim. Pode me dar apenas uma noite pra dizer o que eu preciso, pra que nós dois possamos ter uma espécie de conclusão? — Ele fez uma pausa, implorando com os olhos. — *Por favor?*

Ela meneou a cabeça com severidade.

— Não. Não vai dar.

— Mas eu...

Ela ergueu um dedo.

— Não.

— Só um encontro — insistiu ele. — Sei que devia ter lidado melhor com as coisas, mas é muito pedir uma hora do seu tempo para dizer o que eu deveria ter dito antes?

Sophie o ignorou.

— Caso não se importe, tenho um negócio para administrar aqui. Evi, acho que posso cuidar de tudo aqui na frente, então você poderia ir lavar a louça.

Evalynn assentiu, pedindo desculpas, e foi para os fundos.

Garrett parecia ter levado um soco. Olhou com saudade para a bela mulher que roubara seu coração um ano antes. Mas ele havia tomado o coração dela também, segurando-o nas mãos como um tesouro, e depois, quando Sophie menos esperava, o largou feito uma pedra e o pisoteou.

— Já que estou aqui — disse, deixando escapar um longo suspiro —, posso ao menos comprar alguns chocolates seus?

Sophie considerou brevemente a pergunta, procurando qualquer truque escondido.

— Tudo bem. Não vou recusar um freguês pagante — respondeu sem preâmbulos.

Ele examinou toda a extensão da vitrine.

— Alguma coisa nova desde a última vez em que estive aqui?

Um sorriso malicioso surgiu no canto da boca de Sophie, que tentou escondê-lo.

— Na verdade, sim. Estes aqui são campeões de venda — disse com orgulho, tirando um cesto de biscoitos da sorte cobertos de chocolate de trás do balcão. — Acredite ou não, você foi parte da inspiração por trás deles.

— Verdade? — perguntou ele, parecendo confuso e lisonjeado ao mesmo tempo. — Parecem deliciosos. Quanto?

— Três dólares.

— Tá, um desses. Mais meia dúzia de trufas para viagem. Podem ser sortidas.

Sophie reuniu os chocolates e os embalou, mas deixou o Biscoito do Azar num guardanapo. Sabia que era crueldade, mas esperava que ele o comesse antes de deixar a loja para que pudesse ver sua reação. Ele não a desapontou. Garrett puxou a carteira e lhe entregou algum dinheiro, depois pegou o biscoito e deu uma mordida. Sophie o observou com expectativa, o sorriso enviesado se tornando maior enquanto os branquíssimos dentes perolados fechavam-se ao redor do biscoito.

A reação inicial de Garrett foi de calma deliberação. Ele se permitiu vários segundos de contemplação para que suas papilas gustativas percebessem a nova e estranha experiência. Depois os olhos ficaram tão grandes quanto pneus e os lábios começaram a se contrair loucamente.

— Sophie, isso... — Ele cuspiu. — Tem gosto só de cacau.

Sophie comprimiu os lábios num biquinho deliberado.

—Ah, você detestou. Estou arrasada.

Garrett limpou um pouco do marrom amargo dos lábios e cuspiu várias vezes no guardanapo.

— Você vende mesmo isto para as pessoas? Elas pagam por isto?

Agora, pela primeira vez desde que ele havia entrado na loja, ela exibiu um sorriso genuíno.

— Não é impressionante? Eu chamo de Biscoitos do Azar. Só os mais durões comem o biscoito inteiro. A maioria das pessoas só compra pra ler a sorte.

Garrett quebrou outro pedaço do biscoito para poder pegar com facilidade a tirinha de papel enfiada lá dentro. Seus olhos examinaram a mensagem. Depois a leu alto, a voz questionando cada palavra.

— *Seu trabalho agora lhe parece seguro, mas tenha paciência. Nada dura para sempre!* O que isso quer dizer?

Sophie deu de ombros.

— Não faço ideia, Dr. Black. Eu só escrevo.

— É o biscoito da sorte mais deprimente que já li.

— Ora, compre mais alguns — respondeu ela com um brilho nos olhos. — Garanto que vai encontrar um que supere esse.

A boca de Garrett pendia aberta.

— Está me dizendo que as pessoas vêm aqui só para tirar sortes como esta? Por que fariam isso?

Sorrindo, Sophie entregou a Garrett o troco.

— Sim para a primeira pergunta, e o júri ainda está deliberando sobre a segunda. Evi acha que as pessoas gostam delas porque são únicas, inigualáveis. Mas a minha hipótese é que as pessoas só querem uma dose ocasional de realidade de vez em quando. A vida é uma droga, sabia? É tão amarga quanto esse chocolate, então, por que fingir que não?

Garrett a fitava sem entender, sem saber exatamente o que falar.

— Uau! — conseguiu enfim dizer, suspirando. — Acho que Evalynn estava certa. Você não está nada feliz, está?

O sorriso de Sophie desapareceu. Ela olhou por cima do ombro para ver se a amiga estava por ali.

— Ela disse isso?

Ele assentiu.

Sophie deu de ombros.

— Bem, talvez ela esteja certa. Não é que eu esteja triste, e estou longe de estar deprimida. Mas não sei se estou particularmente feliz.

— Humm. Há quanto tempo se sente assim?

— Ah, não tente fazer um diagnóstico, doutor. Lembre-se, você é podólogo, não um terapeuta. Além disso, o que é a felicidade, afinal? Eu diria que são remotas as chances de que as pessoas que alegam estar felizes possam sequer responder esta simples questão. E aqueles que acham que sabem o que é felicidade provavelmente estão inventando algo que os faça se sentir melhor.

Franzindo a testa, Garrett enfiou as mãos nos bolsos.

— Você não acredita mesmo nisso, acredita?

Ela prendeu uma mecha solta do ondulado cabelo louro atrás da orelha.

— Por que não? Veja este mundo. As coisas às quais as pessoas atribuem felicidade são passageiras. Pegue nosso relacionamento, por exemplo. Você, eu, nós... *passamos*. É como disse a sua sorte: *nada dura*.

— Acho que está enganada.

Sophie o encarou, olhando com dureza o homem do outro lado do balcão. Não observava o rosto dele assim havia muito tempo. Internamente, não conseguia negar que ainda adorava olhar para ele. Provocava-lhe um frio na barriga a maneira como Garrett era capaz de fitá-la como se fosse a única pessoa na face do planeta.

— Então me diga, Garrett. O que é felicidade?

Ele apertou o lóbulo da orelha enquanto considerava a pergunta.

— Para mim? Humm. No momento eu teria que dizer que a felicidade é ser completamente honesto com as pessoas com quem me importo.

O comentário pegou Sophie desprevenida. Ela alisou o avental.

— E isso significa o quê, exatamente?

— Significa que tenho vivido com um segredo nos últimos onze meses, e isso está me matando. Não posso ser feliz enquanto você não souber a verdade a meu respeito.

Sophie recuou com surpresa.

— Ah, droga — ofegou. — Existe uma *verdade* a seu respeito? O que é? Não, espera. Me deixa adivinhar. — Sua mente estava rodopiando. Após ter sido rejeitada sem qualquer cerimônia, Sophie havia passado incontáveis horas imaginando o que teria feito para afastar Garrett. Mas também havia considerado a possibilidade de existirem coisas a seu respeito que ele não queria que ela descobrisse, e a única maneira de evitar isso foi partir. Agora aqueles pensamentos inundavam sua cabeça novamente.

— Estava me traindo, não estava? — Ela queria chorar.

— Não, eu jamais poderia...

— Então o quê? Você não é médico, afinal? Há uma polpuda pensão alimentícia da qual nunca me falou? Uma DST? — Ela ofegou novamente e pôs a mão sobre a boca. — Ah! Não me diga que *eu* era a outra mulher. Você é casado, não é?

— Sophie! — gritou ele, tentando fazê-la ouvir. — Não! Não é nada disso! Não acredito que pensou essas coisas de mim!

— Então o que houve?

Falando mais suavemente do que antes, Garrett disse:

— Já disse que não posso falar aqui. Preciso me sentar com você onde possamos conversar de verdade. É complicado, e merece sua total atenção. Um encontro, é tudo o que peço. Você escolhe o lugar.

Justo então o sino soou de leve na porta, e uma jovem mãe entrou com duas crianças pequenas. Garrett se afastou do balcão e se sentou numa das banquetas vazias perto da vidraça, dando espaço para que as crianças tivessem uma visão completa dos doces na vitrine. Esperava que não escolhessem os Biscoitos do Azar.

Enquanto a mãe ajudava as crianças a selecionar seus doces, Sophie considerou o que Garrett dissera a seu respeito. *Ele é cruel*, pensou. *Me arranca a felicidade, depois aparece do nada e me acusa de não estar feliz.* Mas, enquanto permanecia ali pensando, Sophie sabia que Garrett não fora a primeira pessoa a lhe tirar a felicidade e o amor sem qualquer aviso. *Esta é a história da minha vida. Como posso culpá-lo por acrescentar outro capítulo?*

Deixando as mãos caírem ao longo do corpo, Sophie observou as crianças pela vitrine. A princípio, viu os rostinhos das duas crianças do outro lado, lambendo os lábios enquanto avaliavam cada chocolate. Observando mais atentamente, viu seu próprio reflexo tomar forma outra vez em sua mente. Como uma amiga esquecida, lá estava ela, uma menininha sorridente, rindo e brincando no colo do pai, depois gargalhando quando a mãe lhe fazia cócegas nos pés. Seus olhos se encheram d'água, fazendo a imagem mudar em sua mente. Agora já estava alguns anos mais velha. Não o suficiente para compreender por completo a sorte por ainda estar viva, mas crescida o bastante para lembrar-se de cada detalhe do acidente. Estava com frio. Com frio e terrivelmente encharcada, e nada no mundo parecia real. Tudo lhe parecia errado porque sabia que era tudo culpa dela. Sophie piscou com força e a imagem sumiu. A única coisa que via era o rosto familiar de uma mulher de quase 30 anos. *A felicidade é passageira,* lembrou a si mesma outra vez.

— Garrett — disse, depois que a família foi embora. — Ouça. Se estou ou não feliz, não é da sua conta. Você foi embora, lembra? Não tem que se meter na minha vida. E quanto a essa *coisa*, essa que quer dividir comigo? Sinceramente, acho que prefiro não saber. — Ela fez uma pausa, observando-o com atenção. — Realmente acho que devíamos deixar o passado em paz. Pode ser?

Garrett ficou sentado, quieto, olhando o chão. Depois de um longo instante, levantou e falou:

— Sophie, só para considerar a possibilidade, e se você estiver enganada? E se a felicidade existir *mesmo*? A do tipo duradouro. E se nós estivéssemos com ela nas mãos e eu a tivesse jogado fora? E se...? — Ele hesitou e deu um passo lento na direção dela. — E se ainda houver chance de sermos felizes?

— Não há — insistiu ela. — E são muitos "e se".

— E o que me diz de um "o quê"?

— Hã?

— O que custa aceitar um único encontro? O que tenho para lhe contar não diz respeito só a mim, Soph. Também diz respeito a *você*.

Sophie tamborilou os dedos na bancada, observando o homem que uma vez a tratara como se fosse o sol, a lua e as estrelas. *Até o dia em que resolveu se afastar*, lembrou a si mesma.

— Vou lhe dizer o quê — disse ela. O tamborilar dos dedos parou para que ela pudesse enrolar um pouco mais o cabelo dourado. — Vou fazer um acordo com você.

Os olhos de Garrett demonstraram entusiasmo.

— Que tipo de acordo?

O tipo de acordo que você não tem nenhuma chance de ganhar, pensou ela.

— Bem, desde que Evalynn se casou, ela vive me dizendo que preciso encontrar um homem para que possamos ter mais empatia uma com a outra. Até tentou me convencer a colocar um anúncio no jornal na semana passada.

Garrett deu uma risadinha.

— Algo como "Mulher branca e solteira procura..."?

— "Procura qualquer coisa que não seja um podólogo." Sim, algo assim. De qualquer forma, eu disse a ela que sempre achei que esses tipos de anúncio são apenas de pessoas procurando um caso. Não estão realmente procurando felicidade duradoura. Mas a verdadeira felicidade não requer um relacionamento, certo? — Ela esperou que ele respondesse. — *Certo?*

— Ah! Sim, claro. Bem... isso pode ajudar. Mas não é um requisito absoluto.

Sophie exibiu um sorriso.

— Ótimo. Já que você falou de felicidade e está tão certo de que ela existe, que tal se você tentar encontrá-la pra mim?

A testa de Garrett se enrugou.

— Como?

O sorriso de Sophie se alargou.

— No jornal! Há anúncio para todo tipo de coisa lá. Por que não um em busca da felicidade?

— Não entendi. Você quer que eu coloque um anúncio pessoal por você?

— Não. Quero um simples anúncio de *classificados*. Algo simples como "Procura-se felicidade". Você coloca o anúncio no *Seattle Times*, e se conseguir, digamos, que cem pessoas respondam com algo inteligente, então aceito um encontro. *Um encontro.*

— Posso colocar o anúncio na internet?

Sophie balançou a cabeça.

— Assim haveria o risco de alcançar muita gente. Só no jornal impresso, por favor.

Garrett a observou. Sabia que a probabilidade de alguém responder a um anúncio desses era mínima, e receber uma centena de respostas seria quase impossível.

— Você não quer mesmo me ouvir, não é?

— Onze meses atrás, sim. Agora? Não muito. Mas, olha, ao menos estou te dando a chance de lutar, certo?

Ele franziu a testa, parecendo ligeiramente desanimado.

— Claro. Existe mais alguma condição neste acordo que eu deva saber?

Sophie tamborilou os dedos novamente sobre o vidro enquanto pensava.

— Humm... Sim. Isso tem que ser inteiramente anônimo. Não pode recrutar nenhum dos seus amigos, pacientes ou quem quer que seja para enviar respostas. E tudo tem que ir para a caixa postal que eu tenho para assuntos de trabalho. Não quero nenhum maluco aparecendo lá em casa ou aqui na loja esperando me fazer feliz.

Garrett manteve o olhar fixo nela.

— E o que constitui uma "resposta inteligente"?

Sophie riu.

— O que quer que eu decida quando ler. Óbvio, só quero afirmações racionais e ponderadas de felicidade. Nada sexual. Nada assustador nem estranho. E o mais importante: nada que seja passageiro.

Garrett deixou escapar algo que soava como um bufo pelo nariz.

— Só posso anunciar no *Seattle Times*, preciso conseguir cem respostas e nada disso conta?

— Estas são as regras caso queira um encontro.

— Há algum limite de tempo?

— Não. A oferta fica de pé até o dia da minha morte, o que provavelmente será o tanto de tempo pra você encontrar cem pessoas felizes através dos classificados. — Sophie estava satisfeita com a ideia, e seu sorriso impiedoso mostrava isso.

Garrett, por outro lado, estava obviamente frustrado. Foram necessários onze meses para conseguir coragem de compartilhar seu segredo com Sophie, e agora que fizera o esforço ela o impedia. Virou-se e encaminhou-se para a porta, os ombros caídos. Parou apenas por um momento, como se considerasse ficar bem ali e contar tudo o que queria dizer. Mas ele devia acreditar que o assunto era complicado demais, pois continuou andando. Antes de abrir a porta, virou e olhou por cima do ombro.

— Tchau, Sophie.

Parte de Sophie desejava não ter sido tão dura com ele. Afinal, não era como se ela não pensasse nele o tempo todo, desejando em silêncio que ainda fosse dele. Mas sabia que isso era impossível, então se recusava a deixar que seu coração fosse esmagado de novo.

— Tchau, Garrett.

Os olhos dele examinaram Sophie da cabeça aos pés, assimilando cada detalhe.

— Não vou deixar de dar passadas periódicas para ver como andam as respostas. Mas, se nunca chegarmos a uma centena — acrescentou baixinho —, por favor, saiba que sempre te amei, Soph. Mesmo tendo sido um covarde e um cretino, meus sentimentos por você nunca mudaram.

Sophie não se permitiu chorar até ele enfim ter ido embora.

— Nem os meus — sussurrou assim que a porta se fechou.

Capítulo 5

Você nunca será feliz de fato. Que tristeza.

EMBORA SOPHIE TIVESSE INCENTIVADO EVALYNN A IR FICAR com o marido em casa três vezes, depois que Garrett saiu da Chocolat' de Soph, a amiga nem se mexeu.

— Não é como se estivesse me pagando para estar aqui — retrucou. — Escolhi passar o dia com você, então, a menos que me retire fisicamente do recinto, está presa comigo até sairmos do ônibus em Gig Harbor.

— Não vou pegar o ônibus para casa — murmurou Sophie.

— Que seja — disse Evalynn, achando que ela estava brincando.

— Estou falando sério, Ev. Se for pegar o ônibus, vai ter que ir sozinha.

— Por quê? Está com medo de que outro cara bonitinho dê em cima de você?

Sophie demonstrou seu desapontamento com um franzir de sobrancelhas; depois de tantos anos, Evalynn devia saber sem que fosse preciso ela falar.

— Porque preciso fazer uma coisa esta noite.

A questão finalmente foi entendida.

— Ah, puxa! Lamento, Soph. Fui tão insensível. Vai ao cemitério, não vai? — Evalynn fez uma pausa, observando a expressão tensa de Sophie. — Quer que eu vá com você este ano? Quero dizer... Posso ir?

Sophie relaxou o rosto o suficiente para sorrir.

— Já fez o bastante. De verdade. Mas isso é algo que preciso fazer sozinha. E você precisa ir fazer companhia a Justin.

Evalynn retribuiu o sorriso, depois deu em Sophie um abraço que dizia: *Vai ficar tudo bem.* Mas por dentro Evi pensava: *Quando vai ficar tudo bem? É hora de superar o passado e seguir em frente.* Não era por falta de compreensão que Evalynn se sentia assim. A exemplo de Sophie, conhecia um pouco sobre tragédia, tendo ficado sem a mãe quando ela foi condenada à prisão quando Evi tinha 8 anos. Foi a mútua falta de família que no final das contas uniu as duas quando eram crianças e forjou um elo inseparável. Mas, por razões que Evalynn não entendia completamente, as cicatrizes de Sophie eram mais profundas que as suas, e ficar sem Garrett só aumentara seus sentimentos de perda e desesperança.

Evalynn largou a irmã de criação.

— Tem certeza absoluta? Não tem que ir sempre sozinha, sabia? E Justin ficaria bem satisfeito se eu não fosse direto para casa interromper o futebol de segunda-feira à noite.

— Tenho certeza.

QUANDO O AJUDANTE DA NOITE apareceu na loja às cinco da tarde, sob a forma de um universitário ruivo chamado Randy, Sophie estava completamente exausta. Fisicamente, o dia não fora mais atribulado que qualquer outro, mas, emocionalmente, ela estava desgastada. Em geral, ficava mais um pouquinho depois que Randy chegava para adiantar os preparativos do dia seguinte, mas o sol de setembro já começava a baixar; o tempo, portanto, estava se tornando um fator crítico.

Parando o primeiro táxi vazio que conseguiu encontrar, Sophie se encaminhou para o norte de Seattle. Não conseguia visitar o cemitério mais do que uma vez ao ano, mas era o bastante para que soubesse a rota de cor. Indicou o trajeto ao motorista, mesmo com o homem jurando que sabia exatamente aonde estava indo sem a ajuda dela.

O trânsito ao longo da I-5 estava, como era de se esperar, um pesadelo. Quando o táxi parou diante do Evergreen Washelli Cemetery, na Aurora Avenue, o sol tinha baixado ainda mais no horizonte ocidental. Sophie pagou a corrida e saiu depressa, esperando evitar passar muito tempo entre as lápides depois de escurecer.

Dentro do perímetro cercado do cemitério, seguiu a aleia principal em sua curva para o leste. A aleia se dividia quase na base de uma famosa estátua da Primeira Guerra Mundial chamada The Doughboy, que representava um soldado americano retornando da batalha com lama nas botas e um sorriso no rosto. Da estátua, ela tomou o caminho à esquerda, seguindo para o norte, por cima e ao redor de vários pequenos morros ondulantes margeados por cedros altos.

— Ali, perto da cerca — disse vários minutos depois, quando seus olhos se fixaram num ponto no topo do morro seguinte. Não havia ninguém por perto para ouvir, mas falar alto a ajudava a ficar mais calma.

Acelerando o passo, Sophie saiu da aleia principal nos últimos cem metros, ziguezagueando por arbustos, árvores baixas e muitos túmulos até alcançar uma fileira alta de bétulas no topo da subida. Com 20 metros faltando, ela chegou a um ponto em que a sebe já não bloqueava a visão da sepultura de seus pais. Ficou paralisada. Havia um homem lá, agachado na relva, olhando para o punhado de túmulos no local exato para onde ela estava indo. As mãos do homem estavam enfiadas no bolso da frente do agasalho, as costas voltadas para ela.

Sophie pensou na probabilidade de que a única outra pessoa presente no cemitério estivesse visitando um túmulo junto ao de seus pais. *Isso não é nada bom.* Não entrou em pânico, mas a ideia de ficar sozinha perto do anoitecer num cemitério com um homem estranho parado junto à lápide de sua família lhe provocou um calafrio. Virando-se lentamente, tentou sair dali sem ser notada.

Só conseguiu dar três passos.

— Olá! Não se vá! Já estou indo embora. — Era definitivamente uma voz masculina, mas havia nela um aspecto estranho, musical. Algo decididamente... único.

Sophie girou.

O homem era baixo e de ombros largos, e usava óculos escuros sob os últimos raios penetrantes da luz do dia. Veio até ela, sorrindo, e Sophie notou uma falha peculiar em seu andar.

— É sério — continuou ele, na mesma voz. — Já terminei.

Sophie observou o homem se aproximar. Era mais jovem do que ela, talvez tivesse 19 ou 20 anos. Em outras circunstâncias, teria ficado apavorada, mas algo no comportamento dele dizia para não se preocupar. Enquanto ele se aproximava, notou que a cabeça era um pouco maior que o normal e que o rosto era ligeiramente mais arredondado. Queria ver seus olhos, mas estavam escondidos por trás das lentes espelhadas. Sophie engoliu um nó na garganta.

— Encontrou o que procurava? — perguntou, hesitante, quando ele estava a poucos passos de distância.

Ele sorriu, mas não parou nem reduziu o passo.

— Só estava de passagem — disse ele, com uma pequena risada. — Tinha que fazer uma coisa para o meu pai. — O homem abriu um sorriso ainda maior, afundou ainda mais as mãos no agasalho e continuou andando.

Sophie observou o estranho com curiosidade por vários segundos. Estava refletindo sobre o tom incomum da voz — um ceceio moderado que soava como uma melodia — quando outro movimento perto da base do pequeno morro atraiu sua atenção. Era um braço, acenando.

— Sophie! Espere!

Ela não precisou ouvir nada além de seu nome para saber a quem a voz pertencia. Permanecendo completamente parada, Sophie observou Evi, que também usava óculos escuros, passar apressadamente pelo curioso jovem e continuar num ritmo acelerado até o morro onde ela estava parada.

— Pensei ter dito que queria ficar sozinha.

— Você disse? — perguntou Evalynn.

— Não se faça de idiota.

— Tá bom... É o seguinte. Justin pensou que eu chegaria tarde, então convidou uns amigos para ver a partida de futebol americano. Eu ia ficar sobrando, então peguei o carro e vim. — Calou-se por tempo suficiente para observar a expressão de Sophie se tensionar num franzir de sobrancelhas. — Achei que assim não teria que pagar uma corrida de táxi quando tivesse terminado. — Exibiu um sorriso travesso. — Pode me pagar, em vez disso.

A risada abafada que escapou da boca de Sophie ajudou a abrandar-lhe o humor.

— Nunquinha. Mas ficarei contente em comprar algo para nós duas no caminho. Estou morrendo de fome e com vontade de afogar minhas mágoas num prato gorduroso de anéis de cebola e num milk-shake de chocolate.

Evalynn sorriu.

— Parece perfeito. Agora podemos ir ver seus pais?

Sophie guiou Evalynn até uma sepultura simples no canto mais afastado da sebe, bem debaixo dos galhos estendidos de um cedro antigo, que marcava o local de repouso eterno de Thomas e Cecilia Jones. Lia-se na gravação:

Marido e Pai
Esposa e Mãe
Sempre devotaram amor à filha e um ao outro.

— Que tocante — sussurrou Evalynn depois de ler a inscrição. Depois olhou as lápides ao redor. — Sua avó está por aqui também?

— Não. Ela queria ser enterrada com o marido, meu avô, num cemitério em outro canto do estado. Em Camas, eu acho. Nunca estive lá.

Evalynn assentiu.

— Quer saber? Vou me afastar um pouco pra que você possa fazer o que tiver de fazer sem bisbilhotices.

— Não precisa — disse Sophie, acenando para que ela se aproximasse. — Acredite ou não, vai ser uma parada rápida.

Evalynn observou com curiosidade Sophie remexer a bolsa e puxar uma caixinha de chocolates de seu interior. Abrindo a caixa, Sophie escolheu uma pequena trufa e a depositou com cuidado na lápide no espaço entre os nomes de seus pais. Depois remexeu novamente a bolsa, dessa vez tirando uma pequena faixa de papel e um alfinete. Ajoelhou-se diante da lápide, depois passou com cautela o alfinete pelo papel e cravou os dois no centro da trufa.

Antes de se levantar, Sophie fez uma última coisa que deixou Evalynn perplexa. Havia uma pedra achatada e lisa, talvez com dois centímetros de diâmetro e meio centímetro de espessura, perto do canto da lápide. Estava claro que não estava ali por acidente. Grande parte da pedra era ágata translúcida, com várias seções quase transparentes. O resto dela era opaco, mas com brilhantes manchas de prata e vinho espalhadas. Sophie a fitou por um instante, maravilhada com sua beleza. Depois, sem qualquer alarde, ela a pegou e a largou na bolsa, ficando de pé.

— Vamos — disse.

— O quê? — perguntou Evalynn, surpresa. — É isso?

— Eu disse a você. Parada rápida. Já acabei.

Sophie deu vários passos pelo caminho pelo qual tinham vindo.

Evalynn não se mexeu.

— Mas Soph, é o aniversário de 20 anos. Não quer, você sabe... dizer alguma coisa a eles? Ou pelo menos passar um pouco mais de tempo?

— Por quê?

— *Porque* — disparou Evalynn, a voz ficando pela primeira vez em vários minutos mais alta que um sussurro — são seus pais!

— Está tudo bem, Ev. Fiz o que vim fazer aqui. Já fiz minha reconciliação anual.

Evalynn deu outra olhada na lápide.

— O chocolate? Você deixa um todos os anos?

Sophie assentiu.

Dando outra olhada na lápide, Evalynn perguntou:

— E o papel que você pregou nele? É uma coisa anual também?

Sophie discordou com a cabeça.

— É um acréscimo este ano. Depois... — Ela se calou, mordendo o lábio com nervosismo. As palavras estavam claras em sua mente, mas falar em voz alta, mesmo para Evalynn, era difícil. — Depois do lance com Garrett, acho que minha perspectiva de vida mudou um pouco. O bilhete é só minha maneira de compartilhar o que sinto, sem ter que verbalizar.

Evalynn sorriu com simpatia.

— Que bom! Você precisa expressar isso de uma maneira ou de outra. Se importa se eu...? — Ela indicou o papel com os olhos.

Sophie deu de ombros.

— Este é um lugar público. Fique à vontade.

Evalynn virou e se ajoelhou. Ler as palavras no papel foi uma tarefa difícil na luz minguante, principalmente com os óculos escuros. Seria mais fácil pegar o conjunto e aproximá-lo do rosto, mas ela não queria desarranjar o que Sophie havia tido o cuidado de arrumar. Ficando de quatro e baixando a cabeça rente ao chão, empurrou os óculos escuros para a testa, apertou bem os olhos e depois leu vagarosamente as palavras minúsculas em voz alta.

— *Você vai se arriscar num futuro próximo e ganhar.*

De sua posição no chão, Evalynn girou a cabeça e olhou para Sophie, que agora estava sorrindo satisfeita.

— Sophia Maria Jones! Você se dá o trabalho de visitar seus pais apenas para deixar uma mensagem dos seus biscoitos idiotas?

Sophie deu uma risadinha desdenhosa.

— Ei, este não é um dos meus. É claro que eu não teria escrito algo tão otimista. Parei no Panda Express ontem depois do trabalho. Na verdade, havia duas sortes no biscoito, e foi muito difícil escolher entre elas. A outra dizia: *A oportunidade está batendo. Vai atender a porta?* Legal, né?

Evalynn ficou de pé e limpou as mãos e os joelhos.

— Ah, pelo amor de Deus. Não me importa de onde veio. O que me importa é *você*. Pensei que tinha dito que era sua maneira de expressar o que sentia. Como é que isso expressa seus sentimentos por seus pais?

— Eu disse que expressava como eu me sentia, mas não disse que era como eu me sentia a respeito deles.

— E o que isso quer dizer?

Sophie olhou ao redor e apertou os olhos sob o sol poente.

— Pense assim. Exatamente agora, hoje, está um dia lindo lá fora, ensolarado e quente. Mas e amanhã? Espero que até lá a chuva esteja caindo, o vento esteja soprando, e que essa sorte tenha sumido. *Arruinada*. E a trufa? Um esquilo ou um guaxinim faminto provavelmente já a terá engolido ao amanhecer. Então, a sorte e o chocolate são apenas pequenos lembretes... pros meus pais, pra mim, pra *qualquer um...* de que em algum momento as esperanças e os sonhos simplesmente desaparecem. — Ela baixou os olhos e leu em silêncio a inscrição abaixo do nome dos pais mais uma vez. — É a história da minha vida. Tudo passa.

Evalynn a observou sem falar.

Por um momento, Sophie se recusou a encarar a melhor amiga, preferindo, em vez disso, mirar o chão e esfregar devagarinho os braços com as mãos. Enfim ergueu o olhar e viu a preocupação no rosto de Evalynn. E a confusão. E talvez até um pouquinho de desapontamento. Deixou o ar escapar num longo e pesado suspiro.

— É por isso que queria vir sozinha. Não espero que entenda, Ev. Tenho certeza de que agora você me acha maluca, se já não achava antes.

Evalynn ainda permanecia calada.

— Olhe — continuou Sophie —, sei que provavelmente não é como você prefere lidar com as coisas, mas funciona comigo. Tá?

Parte de Evalynn queria se aproximar de Sophie e sacudi-la para que recuperasse um pouco do bom senso, enquanto outra parte gostaria de encontrar Garrett Black e fazê-lo pagar pelo que tinha feito ao coração dela. Mas Evalynn sabia que não podia fazer nada disso. Simplesmente concordou e exibiu um sorriso pálido.

— Tá, Sophie.

Juntas refizeram o caminho morro abaixo até a rua, sem que nenhuma delas falasse enquanto caminhava. De costas para a lápide dos Jones, deixaram de notar uma figura solitária por trás de uma imensa sebe perto do cedro. Não ouviram o graveto que estalou debaixo de seus pés quando saiu do esconderijo e se postou em cima de Thomas e Cecilia Jones.

Depois de alguns minutos, ele se abaixou e pôs uma pequena pedra redonda no canto inferior da lápide. Com a outra mão, pegou com delicadeza a trufa, tirou o alfinete e o minúsculo papelzinho da sorte, e enfiou a iguaria na boca. Depois desapareceu em silêncio em meio às sombras crescentes e às árvores.

Capítulo 6

É amor ou pena? Tente não pensar nisso.

Cinco dias e onze horas depois, o celular no criado-mudo de Sophie começou a vibrar, arrancando-a de outra noite inquieta antes que estivesse pronta para acordar. Apertou os olhos para ver a hora na tela — 6:26 AM —, depois olhou para a foto de quem ligava, ponderando se deveria ou não atender.

— Este é o meu único dia de folga — resmungou Sophie, ao atender com relutância. — Você é horrível por me ligar a esta hora.

— Não consegui me conter — respondeu Evalynn, animada.

— E não é como se você precisasse de um sono de beleza. — Passou a imitar Zsa Zsa Gabor, performance que havia aperfeiçoado no ensino médio. — Você é for-mi-dá-vel, querida, simplesmente for-mi-dá-vel.

Sophie hesitou.

— Obrigada, mas você ainda é horrível. Além disso, é muito cedo para bajulação. — Fez outra pausa para esfregar os olhos. — O que quer, Sra. Mason-Mack?

— Primeiro, quero que *nunca* me chame assim outra vez. *Senhora* me faz parecer velha. E, segundo, Justin e eu estamos saindo bem cedo hoje, mas antes de partirmos queria avisar que você deve pegar uma cópia do *Times* de domingo. Acho que vai querer dar uma olhada na página G4.

— O que tem na página G4? — perguntou Sophie, meio grogue, ainda tentando acordar.

— Bem, quer que eu estrague a surpresa ou prefere esperar para ler por si mesma?

— Ev. Ainda está escuro. Conte seja lá o que descobriu pra que eu possa voltar a dormir.

Evalynn riu ao telefone.

— Sinceramente, Soph, acho que você vai rir. Tá, talvez não vá rir, mas... me jura que vai comprar uma cópia do jornal. Para a posteridade.

— Posteridade? Isso é ridículo.

— Jura? — perguntou Evalynn, ainda borbulhando de animação.

— Evi Mack, desembucha logo, senão vou desligar.

— Tá, tudo bem. Aqui vai. Três palavras. Pronta?

— Evalynn!

— Tá bom! É que eu adoro a tensão. Aqui vai. *"Procura-se felicidade."* — Ela pronunciou as palavras com lentidão e clareza, articulando cada sílaba.

Fez-se um longo momento de silêncio. Depois Sophie gemeu.

— Ele botou mesmo o anúncio?

— Botou.

— Eu pensei que ele fosse descartar a ideia. Não há como ele conseguir cem respostas.

— Acho que ele pensa o contrário.

Outro gemido.

— Como você descobriu?

— Pura sorte. Eu estava vendo se havia algum bazar perto da casa dos meus sogros. Justin está me arrastando para visitar a família hoje em Everett, e sei que a mãe dele adora caçar pechinchas, então pensei em levá-la pra dar uma volta, pra ver se consigo fazê-la gostar de mim.

Sophie ouviu Justin ao fundo dizer a Evalynn, de maneira nada convincente, que a mãe dele "geralmente" gostava dela.

— Ela me odeia — murmurou Evalynn ao telefone, retomando em seguida sua voz alta de sempre. — De qualquer forma, eu estava vasculhando os anúncios e esse simplesmente saltou da página. O título está em letra bem grande. E em negrito.

— Por favor, diga que ele não usou o meu nome.

— Não. Sem nome, sem número de telefone. Só a sua caixa postal em Tacoma. Ah, e um letreirozinho no final dizendo que mulheres não precisam responder, pois você é uma mulher lindíssima procurando pelo Cara Certo.

— Mentira.

— Espera, eu li errado. Na verdade, diz: "Mulher solteira e zangada, sem qualquer senso de humor. Aceita infelicidade e desespero."

Um bocejo gigante escapou da boca de Sophie.

— Pare. Já falei que é cedo demais para bajulações.

— Ótimo, agora tenho que correr mesmo. Justin está literalmente me puxando pela manga. Disse que, se não sairmos agora, vamos pegar trânsito para o jogo dos Seahawks na cidade.

— Ótimo. Bem, obrigada por me acordar com essa novidade tão maravilhosa, Ev — disse Sophie friamente. — Você é uma verdadeira amiga.

— Ah, estou vendo como é. Nada de bajulação, mas é claro que não é cedo demais para o sarcasmo.

— É o que faço melhor.

— *Ciao*, Soph!

Sophie desligou o celular e puxou as cobertas sobre a cabeça, mas, depois de se virar de um lado para o outro na cama e enfiar a cabeça debaixo do travesseiro, e ainda assim descobrir que era impossível voltar a dormir, ela rolou para fora da cama e seguiu para o banheiro. Assim que entrou na banheira quente, não quis sair, então permaneceu nela até a pele ficar enrugada. Depois, vestiu um agasalho e seu jeans mais confortável, pendurou um guarda-chuva sobre o ombro e saiu para uma caminhada sob o sol da manhã.

Havia um mercadinho logo na esquina da sua casa, mas que não abria antes das nove horas aos domingos, então Sophie atravessou a rua para o lado da costa, seguindo para o sul ao longo do porto até o cruzamento seguinte. A 800 metros dali, perto do topo de um morro íngreme, havia um centro comercial com uma farmácia que vendia jornais numa máquina automática logo na entrada. Um dólar e cinquenta centavos depois, ela estava folheando o *Seattle Times*.

Logo em seguida encontrou a seção G, virou para a página quatro e procurou letras em negrito.

Sophie gemeu quando viu o anúncio na metade inferior da segunda coluna, logo abaixo de um de alguém que estava dando gatinhos. Tentou franzir a testa, mas encontrou resistência na forma de um sorriso que teimou em surgir no canto da boca enquanto lia e relia o anúncio nos classificados.

Procura-se felicidade
Por favor, ajude-me a encontrar o que perdi. Mande sugestões para Caixa Postal 3297, TACOMA, WA 98402. (Apenas felicidade duradoura, por favor. Nada passageiro.)

— Garrett Black — disse em voz alta, balançando a cabeça enquanto os lábios se contorciam entre uma careta e um sorriso. — Não crie falsas esperanças. Tudo passa.

Parte II

O começo

Capítulo 7

Você ficará caído de amores por alguém em breve.
Cuidado: quando alguém cai, geralmente
alguma coisa se quebra.

Outubro de 2007

— VOCÊ NÃO FEZ ISSO — RESMUNGOU GARRETT AO TELEFONE. — Por favor, diga que está brincando.

Olivia DeMattio estava na outra ponta da linha em sua casa em Seattle e parecia tão eufórica quanto uma menininha. DeMattio era seu nome de casada — do segundo casamento, o primeiro tendo terminado quase antes de começar. Embora Olivia gostasse do som de seu sobrenome de casada, sempre odiou seu nome de batismo — talvez porque ninguém jamais o usasse. Seu marido há 16 anos, Ken DeMattio Jr., um contador que trabalhava para a Microsoft, às vezes a chamava de Liv. Ou de Biscoito, Docinho, Biscoito Doce, ou, seu favorito, Potinho de Biscoitos. Os amigos na delegacia geralmente a chamavam de Livie, a menos que estivessem de patrulha, quando ela respondia como "despachante". Sua própria mãe, que a princípio a batizou Olivia, apenas a chamava de Olive, que em inglês significa azeitona, o que foi uma tortura para Olivia enquanto ela crescia.

69

— Minha filha, Olive — dizia a mãe aos amigos —, é um tantinho azeda. Como se fosse mesmo um prato de azeitonas em conserva.

Garrett nunca chamou Olivia por nenhum desses nomes. Para ele, ela era simplesmente mamãe.

— Ah, que é isso, Garrett. Não finja que não está interessado.

Ele esperou antes de responder.

— É que parece muito como um encontro às cegas, e você sabe que odeio essas coisas.

— Por que seria um encontro às cegas? Por que ela não sabe quem você é? *Pff.* Mesmo que fosse um encontro às cegas, *o que não é,* mas se fosse, um encontro às cegas é melhor que encontro nenhum, não é? — Olivia fez uma pausa. — E, quem sabe, talvez vocês dois acabem encontrando algo que nem sabiam que estava faltando. Afinal, nós já sabemos que vocês têm muita coisa em comum.

— Incrível. Você simplesmente transformou um encontro às cegas em... o quê? Uma busca por sabe-se lá o quê com uma mulher que eu nunca nem conheci?

Olivia ficou momentaneamente muda.

— Então vai recusar essa oportunidade?

Garrett afastou o telefone da orelha o suficiente para dizer à enfermeira-chefe que já estava indo.

— Tá bom — disse com relutância ao fone, depois que a enfermeira estava longe. — Eu vou. Mas não conte com nenhum desdobramento. Só vou por curiosidade. Um encontro, nada mais.

— Como você quiser, Garrett.

— Ótimo. Então, que fique bem entendido. Aliás, Sophie sabe alguma coisa sobre mim?

— Só o que contei a Ellen no trabalho, o que não é muito.

— Tem mais alguma coisa que possa me dizer a respeito dela?

Olivia se calou para pensar.

— Não me vem nada à mente que você já não saiba. Mas vi fotos hoje.

— E?

Olivia bufou.

— E você vai ter que esperar para ver. — Ela hesitou. — Mas Garrett...

— Que é?

— Lembre-se de dar uma boa olhada no que ela tem por dentro.

Ele sabia o que isso queria dizer. Quando garoto, sempre que o assunto de meninas vinha à tona, a mãe de Garrett nunca perdia a chance de lhe dizer que "as verdadeiras joias da raça feminina geralmente estão disfarçadas com exteriores imperfeitos". A própria Olivia nunca foi o que se descreveria como uma rainha da beleza, e Garrett tinha certeza de que ela se considerava uma dessas joias escondidas.

— Não se preocupe — prometeu ele. — Vou ser simpático, não importa a aparência dela.

Garrett sabia o que viria depois do instante de silêncio seguinte.

— Você é um bom garoto, Garrett.

— Não sou mais um garoto, mãe.

— Entendeu o que eu quis dizer.

— Ei, tenho que correr. Pode me mandar um e-mail com os detalhes do encontro?

— Não. É às sete da noite na sexta. Pode se lembrar disso sem um e-mail. Mas ela não quer que vá buscá-la, então me diga onde gostaria que se encontrassem que eu repasso o recado para Ellen.

— Ah. Humm... Bem, tem um restaurantezinho do KFC fantástico que não fica muito longe do...

— Garrett.

— Tá bom. Que tal o Space Needle? Só subi lá pela vista, mas soube que o restaurante é excelente.

— Acho ótimo. Você faz as reservas e eu aviso a Ellen que você vai encontrar Sophie na loja de lembrancinhas às sete.

Ele deu uma olhada no relógio, percebendo que o paciente seguinte já estava esperando havia cinco minutos.

— Como vou reconhecê-la?

Olivia deu uma risadinha.

— Apenas procure por uma joia escondida completamente sozinha, e provavelmente será ela.

Garrett deu um grande suspiro ao telefone.

— Só um encontro — lembrou ele.

— Falo com você mais tarde, Garrett.

O telefone voltou ao gancho.

A SEXTA-FEIRA CHEGOU muito mais rápido do que Garrett Black desejava. Brincou uma ou duas vezes com a ideia de ligar para a mãe e dizer que estava de cama, mas temia que ela mandasse um dos amigos detetives para verificar a história, e depois seria um inferno.

Às seis e quinze deixou com relutância seu consultório em Tacoma; às seis e cinquenta e cinco encontrou uma vaga para estacionar a poucos quarteirões do Space Needle ao longo da Fourth Avenue. Depois de alimentar o parquímetro com uma nota novinha de dez dólares, caminhou os 400 metros restantes até o marco mais reconhecível de Seattle: o Space Needle, uma estrutura elevada de 184 metros que fora construída como ponto alto da Expo 62, adornada no topo com o que claramente se assemelhava a um OVNI.

Dando mais uma olhada no relógio de pulso antes de entrar na loja de lembrancinhas no térreo, Garrett viu que já estava dois minutos atrasado. Lá dentro, examinou as dúzias de pessoas que estavam andando e olhando os suvenires, mas as poucas mulheres que de alguma forma se encaixavam na humilde imagem que havia criado de um diamante bruto ou já estavam com um homem ou estavam carregando crianças. Uma delas, com um menininho, sorriu quando percebeu que estava sendo observada, e ele sorriu de volta, rindo consigo mesmo em seguida. Ele já havia saído com mulheres com filhos antes e não tinha nada contra isso, mas ir num primeiro encontro com as crianças a tiracolo? Não era a situação ideal.

Continuando sua busca por Sophie Jones, Garrett deu duas voltas completas pela loja em forma de donut, mas não encontrou ninguém que se encaixasse no perfil.

— Odeio encontros às cegas — murmurou.

Ao passar pelos elevadores ao sul pela terceira vez para começar outra volta, alguém o cutucou no ombro. Virando para a direita, Garrett se viu cara a cara com uma das mulheres mais estonteantes na qual já pusera os olhos, embora não fosse a primeira vez que a via. Já a notara em cada uma das voltas anteriores, mas desviara o olhar de propósito com medo de ser pego embasbacado. Ela estava bem-vestida, com calça social e suéter de gola V. Os cabelos louros da mulher pendiam um pouco abaixo dos ombros em cachos espessos e ondulados, os lábios e as bochechas com covinhas formavam um sorriso muito bonito, e os olhos azuis cintilavam e sorriam com luz própria.

— Parece perdido — disse ela.

— Ah! — respondeu ele, gaguejando. — Não. Só estou... Estou procurando alguém. Deveria me encontrar com uma garota... dama... uma mulher, na verdade. — *Idiota.*

O sorriso dela aumentou.

— Bem, posso ajudar?

Sim, pensou ele.

— Não. Está tudo bem. Tenho certeza de que ela vai aparecer mais cedo ou mais tarde. Espero que mais cedo, pois temos reservas para jantar em um minuto.

— Como ela é? — perguntou ela, sorrindo.

— Boa pergunta. Mas não tenho uma boa resposta. É meio que um encontro às cegas, por mais patético que possa parecer.

Ela assentiu.

— Parece mesmo patético.

— Ainda mais patético é o fato de que foi minha mãe quem arranjou.

— Ui!

— Eu sei.

A loura esguia apontou uma mulher atarracada com cabelo castanho e bagunçado que acabava de chegar pela entrada principal.

— Ela parece simpática. Talvez seja ela.

Garrett encolheu os ombros.

— Talvez.

— Ora, por que não vai se apresentar?

Ele encolheu os ombros mais uma vez, em seguida se aproximou da mulher e perguntou se seu nome era Sophie Jones. Ela jogou o cabelo para o lado, chegou bem pertinho dele, tocou-lhe o braço e disse que poderia ser Sophie Jones se ele quisesse. Tomando isso como um não, retornou para a loura, que estava tentando muito não rir.

— Não é ela? — perguntou.

— Creio que não.

A mulher mordeu o lábio e enrolou uma mecha de cabelo no dedo.

— Tenho uma ótima ideia — disse ela, após alguns segundos.

— Por que não vai até a recepção e pede que a chamem? Isso vai poupar vocês dois de se procurarem.

Ele olhou no relógio, depois concordou.

— Pouparia tempo também. Obrigado.

A recepção ficava um pouco mais atrás, perto do elevador. A mulher acompanhou Garrett até o balcão.

— Poderia chamar alguém? — perguntou à moça detrás do balcão.

— Claro. A pessoa está perdida? — perguntou ela. — Não é seu filho, espero. — Olhou para Garrett e a mulher parada perto dele.

— Ah... não... não somos... — disse Garrett, gaguejando novamente, enquanto olhava de relance para a loura. — Estou procurando alguém. Ela só está me ajudando.

— Certo — disse a recepcionista. — Qual o nome?

— Sophie Jones.

— Obrigada. Um momento, por favor. — A jovem arrumou o colete com um bordado do Space Needle e debruçou-se sobre um pequeno microfone por trás do balcão, então apertou um botão na base do pequeno suporte do microfone. — Sophie Jones, compareça à recepção. Sophie Jones, compareça à recepção, por favor. Seu companheiro a aguarda.

As pessoas por ali pararam para ouvir o anúncio. Depois continuaram com seus afazeres.

A loura perto de Garrett deu um riso abafado. Mas o riso logo se tornou uma risadinha, que por sua vez se transformou numa risada branda, que rapidamente evoluiu para uma franca gargalhada. Ela pôs uma das mãos na cintura e secou uma lágrima com a outra.

Tanto a recepcionista quanto Garrett a encararam, pasmos.

— Eu... sinto... muito! — conseguiu falar, em meio às gargalhadas. Ela estendeu a mão. — *Eu sou* Sophie Jones.

O queixo de Garrett caiu quando apertaram as mãos.

— Mas você... quero dizer, você é... *você é* a Sophie? — Ela nem de perto era o diamante bruto que havia imaginado. Era *melhor.*

Ela assentiu, ainda dando risadinhas.

— Imaginei que fosse você... que você fosse ele... quando bati no seu ombro. Mas você não disse quem estava procurando, então entrei na brincadeira. — Ela secou os olhos novamente. — Sinto muito mesmo. Mas fico agradecida. Eu precisava de uma boa risada.

— Que bom que pude ajudar — disse Garrett, ainda espantado por *aquela* mulher ser seu par. Pensou novamente no conselho da mãe de olhar bem o que havia dentro dela, então, de repente, aquilo lhe pareceu bastante prudente. Seria muito fácil ser levado apenas pela aparência com alguém tão atraente quanto Sophie.

Como já estavam ficando atrasados, Sophie e Garrett pegaram o elevador para o restaurante do Space Needle, a 152 metros do solo e logo abaixo do deque de observação mais alto. Um garçom chamado Andre estava pronto para acomodá-los tão logo a porta do elevador se abriu.

— Cuidado — disse Andre quando o casal entrou na área de refeição. — O piso se move. — Ele os guiou por metade da curva do restaurante em forma de O até uma mesa de granito preto ao lado da vidraça externa do Needle. Enquanto andavam, Andre explicou como, diferentemente do resto do Space Needle, o restaurante girava continuamente num círculo, fazendo uma rotação completa ao menos uma vez a cada hora para que os clientes pudessem desfrutar de uma visão de 360 graus da paisagem ao redor. Depois de alguns fatos e números sobre a história e o propósito da estrutura, Andre entregou um cardápio a cada um deles. Recomendou que provassem o salmão alasquiano e o bolinho de caranguejo de Dungeness, depois saiu para buscar as bebidas.

Assim que fizeram os pedidos — nenhum deles escolheu o salmão nem os bolinhos de caranguejo —, Sophie tirou uma caneta da bolsa e rabiscou algumas palavras na ponta de um pacotinho cor-de-rosa de adoçante que apanhara numa cestinha no meio da mesa. Quando terminou, colocou-o no peitoril da janela perto da mesa.

-– Pra que é isso? — perguntou Garrett.

— Suvenir — comentou ela. — É uma espécie de tradição aqui. Escrevi nossos nomes e a data de hoje, e de onde somos. Todos no restaurante o verão na vidraça quando passarem, e alguns vão acrescentar seus nomes só por diversão. Talvez alguns até nos escrevam uma mensagem. Então, daqui a trinta ou quarenta minutos, quando tivermos feito uma volta completa, terei uma pequena lembrança da nossa visita. — Ela fez uma pausa. — Quer um?

— Claro. Só não o cor-de-rosa. Um pacotinho de açúcar branco seria ótimo.

Sophie rabiscou alguma coisa num pacotinho sobressalente de açúcar e o deixou na vidraça. Na velocidade em que estavam girando, o adoçante já estava a 3 metros de distância.

— Pronto. Daqui a anos você terá algo doce para se lembrar de mim. — Ela prendeu uma mecha de cabelo atrás da orelha, depois desdobrou o guardanapo e o colocou sobre o colo.

— Depois de anunciar seu nome no sistema de som, acho que não vou te esquecer tão cedo.

Ela mordeu o lábio e sorriu.

— Sinto muito mesmo — disse. — Quer saber? Por que não recomeçamos pelas apresentações básicas? Meio que perdemos as formalidades lá embaixo porque estávamos com pressa.

— Que formalidades, exatamente?

— Você sabe. "Oi, meu nome é Sophie. É um prazer conhecê-lo." Esse tipo de coisa.

— Tudo bem.

— É? Que bom.

Garrett esperou, mas ela apenas ficou encarando-o, sorrindo.

— Ah, quer que eu comece? — perguntou ele.

— Bem... seria uma coisa cavalheiresca a se fazer. — Ela piscou.

Sorrindo com timidez, ele respondeu:

— Eu pensei que as damas viriam primeiro. Mas tudo bem. — Ele pigarreou. — Oi, meu nome é Garrett. Humm... Garrett Black. E é um prazer conhecê-la.

— Muito bem. Certo, agora é minha vez. Olá, sou Sophie Jones. Deve ter ouvido falar de mim antes. Anunciaram meu nome nos alto-falantes ainda há pouco, então se lhe parecer familiar, a razão provavelmente é esta.

Garrett balançou a cabeça e riu.

— Muito engraçado. Me conte, Sophie Jones, como foi que você e eu acabamos neste encontro esta noite? Foi um feito da minha mãe ou da sua?

A testa de Sophie enrugou e o sorriso desbotou um pouco. Ela tomou um gole de água antes de responder.

— Acho que elas foram parceiras no crime. Se não trabalhassem no departamento de polícia, eu diria que deveríamos mandar prendê-las. Mas...

— Mas?

— Nada. É só que... Bem, ela não é exatamente minha mãe. Ellen é minha mãe de criação.

Idiota!

— Ah? Há quanto tempo a conhece?

— Desde os 9 anos.

Garrett ponderou rapidamente sobre o que dizer em seguida. Mudar para um assunto completamente diferente talvez parecesse insensível, pensou ele, mas se aprofundar no passado dela desde o princípio representava o mesmo risco.

— Sei que isso provavelmente não entra no escopo das perguntas para nos conhecermos que você tinha em mente, mas... se importa se eu perguntar como acabou vivendo sob os cuidados de outra família?

Sophie tomou outro gole de água.

— A resposta de um primeiro encontro para esta pergunta é "Meus pais morreram".

— Lamento. Deve ter sido muito difícil pra você. Perdi meu pai quando tinha 12 anos. Meus pais se divorciaram quando eu era bebê, então eu não era muito chegado a ele, mas mesmo assim foi difícil.

Sophie relaxou, como se de repente sentisse ter um aliado. Permitiu que seu sorriso fácil retornasse.

— Não vamos falar do passado. Deve haver coisas melhores que isso pra conversar, certo?

— Certo — disse ele, acenando com a cabeça.

Logo em seguida Andre apareceu com o primeiro prato da refeição: sopa de tomate com uma bandeja de pães e queijos sortidos. Enquanto comiam, Garrett descobriu toda a informação típica de um primeiro encontro sobre a mulher estonteante sentada diante dele. Coisas como onde ela cursou o ensino médio, o que estudou na faculdade, o que fazia para ganhar a vida.

— Uma *chocolatier*? — disse ele ao saber sobre a loja de doces. — Mal consigo pronunciar a palavra, mas posso dizer com honestidade que jamais conheci uma *chocolatier*.

— Queria poder dizer que nunca conheci um médico antes — brincou ela. — Mas um podólogo? Sinceramente, quantos problemas podem existir nos pés para que deva existir um especialista para cuidar deles?

Ele riu do sarcasmo dela.

— Ficaria surpresa. Espere até a curvatura dos seus pés cair e veja se não vai correndo atrás do podólogo mais próximo.

O garçom se aproximou.

— Mais água? — perguntou ele, mas começou a completar o copo de Sophie antes que ela pudesse responder. — E você, senhor?

Garrett aceitou.

Enquanto Andre retirava os pratos, Garrett aproveitou o momento para dar uma olhada no relógio. Pelos seus cálculos, o encontro estava provavelmente na metade, mas ele já se via desapontado por sua noite com Sophie Jones ter que chegar ao fim.

— Pode me emprestar sua caneta? — perguntou ele a Sophie.

Ela lhe deu uma olhada indagadora, mas entregou a caneta. Garrett pegou mais um pacotinho de açúcar e logo escreveu algumas palavras no topo.

— Volto já — disse ele, depois se levantou e andou por metade do círculo do restaurante, deixando o pacotinho no peitoril ao lado de uma mesa vazia.

— O que foi isso? — perguntou Sophie, quando ele voltou.

— Mais um suvenir. Quero ter certeza de que vai voltar para nós antes de partirmos, então dei uma vantagem ao pacotinho.

Ela o olhou de maneira engraçada, mas estava mesmo era olhando a maneira como as covinhas dele se movimentavam quando ele sorria.

— Entendi.

Vários minutos depois, enquanto saboreavam o prato principal, o pacotinho de adoçante de Sophie tornou-se visível outra vez, e em poucos minutos estava ao alcance dela ao lado da mesa.

— Quatro nomes — disse ela, com orgulho, depois de apanhá-lo. — Dois de Spokane, um de Portland e um lá de Connecticut. — Ela o virou. — Ah, e uma mensagem no verso! "Sacarina causa câncer!"

Os dois riram alto.

— Não sei se isso é comprovado — retrucou Garrett —, mas é engraçado mesmo assim.

Não demorou muito para que o primeiro pacotinho de açúcar de Garrett chegasse. Ele deixou que Sophie fizesse as honras, já que ela o havia colocado ali por ele.

— Droga — disse ela, fingindo estar aborrecida. — Você conseguiu mais assinaturas do que eu. Duas de Spokane novamente; provavelmente as mesmas que as minhas. Uma de Seattle e três da Califórnia.

— Mas não tem mensagens?

Sophie virou o pacotinho e caiu na gargalhada.

— O quê? Não me diga que alguém também acha que açúcar é cancerígeno.

A iluminação no restaurante não era ideal, mas Garrett podia jurar que Sophie estava ficando ruborizada.

— Não — disse ela, reprimindo mais uma risada. Parou para ler mais uma vez para si mesma, depois fechou a mão ao redor do pacotinho. — Quer mesmo ouvir?

— Claro. Gosto de uma boa gargalhada.

— Pois bem. Diz: "Ei, loira, largue esse idiota. Temos uma cadeira sobrando aqui na nossa mesa." Assinado, Rodney e amigos.

— Não está escrito isso mesmo, está? — perguntou Garrett, a testa ficando enrugada de repente.

Sophie começou a rir alto novamente ao entregar-lhe o pacotinho. Depois olhou além de Garrett e acenou educadamente.

Garrett sentiu o sangue subindo ao rosto tão logo leu a breve mensagem. Virando-se para ver para quem Sophie estava acenando, o rosto ficou ainda mais vermelho ao ver que os culpados — três homens na faixa dos 50 anos — estavam praticamente caindo das cadeiras e rindo histericamente. Um deles, provavelmente Rodney, estava chorando de rir. Todos acenaram e apontaram para Garrett, e continuaram rindo.

— Sinto muito — disse Sophie, ainda tentando conter uma risadinha. — Para falar a verdade, discordo da avaliação deles. Você não parece ser nem um pouquinho idiota.

Garrett sabia que suas bochechas ainda estavam coradas, mas tentou não pensar nisso.

— Ei, não vá tirando conclusões precipitadas — brincou. — Pense assim: o que é mais *idiota* do que ir num encontro às cegas arranjado pela mãe?

Sophie inclinou a cabeça de lado e brincou com uma longa mecha de cabelo. Manteve os olhos fixos nos dele.

— Boa pergunta. A única coisa que me vem à mente é ir num encontro às cegas arranjado pela mãe de criação. — Ela sorriu cordialmente, depois voltou novamente sua atenção ao prato de comida.

O segundo pacotinho de açúcar de Garrett chegou à mesa justo quando estavam terminando a sobremesa. Os dois podiam ver de onde estavam sentados que estava cheio de palavras, e Garrett sabia que só algumas eram dele.

— Vai apanhá-lo? — perguntou Sophie. — Ou posso fazer três de três?

— Vá em frente. Mas vou avisando: este é um pouquinho diferente dos outros.

Ela não disse nada, mas lhe deu um olhar inquisidor que revelava muito.

Não vai dar em nada, pensou Garrett.

Sophie o apanhou e o segurou, estudando os dois lados pelo que pareceu uma eternidade, embora na realidade provavelmente fossem menos de dez segundos. Por fim, ela falou:

— Posso presumir que está planejando um encontro com alguém?

Ele sorriu.

— Para falar a verdade, estou.

Ela ergueu as sobrancelhas.

— Alguém especial?

Garrett pensou por um momento no conselho de Olivia.

— Uma verdadeira joia, pelo que posso dizer.

— Uau! Que ótimo. Já a convidou para sair?

— Não, não cheguei tão longe.

Sophie estava sorrindo, o que Garrett considerou encorajador.

— Então esta pesquisa no pacotinho de açúcar é para ajudá-lo a planejar o próximo encontro com essa "joia especial"? É isso mesmo?

— É essa a ideia, sim. Alguma sugestão boa?

Ela riu.

— Devo ler o que diz?

Ele sorriu e concordou.

— Sim, por favor.

Sophie ajeitou mais cabelo atrás da orelha, depois leu a pergunta que Garrett havia escrito no topo do pacotinho de açúcar.

— Ideias para um segundo encontro? — Ela o encarou. — Apenas para que saiba, algumas das respostas, aposto que de Rodney e companhia, são bem grosseiras. Posso pular essas? Garanto que esse alguém especial não concordaria nem um pouco com elas.

— Sem dúvida, filtre o que for lixo.

— Ótimo — disse ela, recomeçando. — Ideias para um segundo encontro? — Ela fez outra pausa, pigarreando. — E eu cito: "Três Bs: boliche, bar, bebida."

— Essa pode ser do Rodney também — retrucou Garrett.

Sophie deu uma risadinha.

— Sem dúvida. A seguinte: "Jantar num cruzeiro pelo estreito de Puget." Parece bom. "*Laser tag*." Humm. Acho que um adolescente escreveu isso. O seguinte está numa letrinha miúda, mas acho que diz: "Jantar e um filme." Completamente manjado, se quer saber. A seguinte é um fracasso. "Conhecer os pais!" Ahã, claro. — Ela virou o açúcar. — "Escalar o monte Rainier." Puxa, não nesta época do ano. "Hidromassagem." Não no segundo encontro. E finalmente: "Passar a noite inteira olhando as estrelas." Garanto que uma mulher escreveu essa. — Sophie deixou de olhar o açúcar em suas mãos e sorriu.

— Por que essa é de uma mulher?

— Porque é a única sugestão remotamente romântica.

— Ah! Então romance é importante?

— Romance é *tudo*. Estou disposta a apostar que sua amiga quer um homem que seja carinhoso, atencioso e faça todas as coisinhas que são importantes. Um homem realmente romântico deve estar disposto a fazer o que quer que seja para ganhar o coração da dama.

— Ah? E depois? Sair galopando ao pôr do sol?

Ela baixou o rosto e sorriu.

— Algo assim.

— Romance me parece intimidante — comentou ele, ainda exibindo seu enorme sorriso com covinhas. — Então, se tivesse que escolher uma sugestão dessa lista para o próximo encontro, você com certeza ficaria com observar as estrelas?

Ela deu uma piscada.

— Com certeza.

Em seguida, Andre apareceu com o cartão de crédito de Garrett e uma notinha, e agradeceu a presença deles. Pela maneira como ficou ali esperando, Sophie e Garrett presumiram que era a hora de partirem. Andre os guiou ao elevador principal, e 43 segundos depois eles estavam de volta ao planeta Terra.

— Sophie — disse Garrett, antes que chegassem à saída principal da loja de suvenires —, quero me desculpar por não ter planejado nada mais para esta noite além do jantar. É que me pareceu mais seguro para um encontro às cegas.

— Foi ótimo — disse ela, parecendo sincera. — Vai me contar como foi o segundo encontro com seu alguém especial?

— Eu adoraria. Como posso entrar em contato com você?

Os olhos dela cintilaram ao puxar da bolsa outro pacotinho rosa de adoçante que já continha seu nome, endereço e telefone.

— Para você. — Garrett não sabia quando ela teve tempo de escrever aquela informação sem que ele notasse, mas tinha sido claramente premeditado. — Então, quando você acha que vai ser esse encontro?

Garrett podia sentir o coração palpitando.

— Amanhã à noite — afirmou, com nervosismo. — Se ela estiver disponível.

Sophie sorriu com timidez.

— Se ela é a joia que diz que é, garanto que vai estar disponível. — Ela hesitou. — Aposto que vai estar livre às sete e meia.

Vasculhando novamente a bolsa, Sophie encontrou o pacotinho de açúcar com sugestões para um segundo encontro e o entregou a ele. Colocou-o na palma dele de tal modo que suas mãos se tocaram brevemente. O coração dele acelerou ainda mais.

— Obrigado — disse ele, nervoso demais para encontrar algo mais inteligente para dizer.

— Boa noite, Garrett — despediu-se Sophie, satisfeita, mordendo o lábio e sorrindo ao mesmo tempo.

Quando ela se virou e começou a se afastar, Garrett examinou as palavras no pacotinho de açúcar que havia acabado de receber. Ele o virou, lendo depressa os dois lados duas vezes. Então seu coração realmente disparou.

— Sophie! — gritou, mas a porta já havia se fechado após a passagem dela. Ele correu até a saída e saiu na noite. — Sophie! — chamou de novo.

Ela se virou e sorriu, como se soubesse o que ele ia dizer.

— Aqui não diz: "Olhar as estrelas."

Sorrindo maliciosamente, Sophie veio andando até onde ele estava.

— É mesmo? — Ela tomou o açúcar da mão dele, escreveu no pacotinho com sua caneta e depois o recolocou na palma da mão de Garrett. — Bem, agora diz. Boa noite, Garrett Black. — Ela deu uma piscada.

— Boa noite, Sophie Jones.

Capítulo 8

Confie na sua intuição. Ela vai estar
certa mais cedo ou mais tarde.

Não foi difícil para Garrett encontrar a casa de Sophie em Gig Harbor no dia seguinte. A cidade era pequena, e ela vivia na principal via da cidade, a rua que acompanhava a margem do porto. A casa em si era pequena, um bangalô de dois andares construído na década de 1940, mas o revestimento azul-ardósia e o telhado de telhas sobrepostas pareciam ter menos de uma década, enquanto o nítido adorno branco ao redor das janelas e das calhas lhe dava certo charme clássico. Ele apareceu exatamente às sete e meia com um paletó esportivo leve e calça social.

Sophie o recebeu na porta da frente com uma grossa parca de inverno, um cachecol de lã e luvas. Os dois permaneceram um instante avaliando a escolha de roupas um do outro.

— Você parece aquecida — disse Garrett, sorrindo. — Hã... Você está ótima. *E aquecida.*

— Está fazendo frio, e eu pensei que talvez passássemos algum tempo ao ar livre. Não é o caso?

Ele riu e puxou um pacotinho de açúcar do bolso.

— Na verdade, eu estava analisando essas ideias para um segundo encontro — disse com animação, segurando o açúcar no ar — e, apesar de ter gostado da ideia de ver as estrelas, achei que está muito nublado para isso esta noite. Então escolhi a segunda melhor coisa.

— Que é?

— Os três Bs: boliche, bar e bebida.

O rosto dela foi ao chão.

— Está brincando, não é?

— Sim — respondeu ele, sorridente. — Não sou muito um cara de bar e bebida, muito menos de boliche. Mas está mesmo muito nublado para ver estrelas, então fiz outros planos.

Sophie exibiu um sorriso generoso.

— Entendi. E posso saber que planos são esses? Não sou muito fã de surpresas.

Garrett esfregou o queixo, pensativo.

— Bem, posso dizer, com certeza, que haverá um jantar. E que envolverá uma atividade. Mas, além disso, vai ter que esperar para ver.

Ela franziu a testa, mas ele viu que os olhos dela ainda sorriam.

— Tudo bem. Mas ao menos me diga se vou ficar com calor.

Ele a examinou mais uma vez dos pés à cabeça.

— Você provavelmente ficará segura sem uma camada ou duas, mas é você quem sabe.

Sophie escolheu trocar a parca e o cachecol por uma jaqueta, mas continuou com as luvas, por precaução. Poucos minutos depois, estavam na interestadual voltando pela Narrows Bridge rumo a Tacoma e, logo depois disso, pegaram a I-5 no sentido norte, em direção a Seattle. Ao longo do caminho, Sophie tentou conseguir pistas de para onde estavam indo ou do que fariam, mas Garrett sempre se esquivava das respostas.

— Tudo bem, eu desisto — disse ele, depois da terceira tentativa dela. — Não queria estragar a surpresa, mas estamos indo ao Seattle Center comer enroladinho de salsicha e brincar de *laser tag*.

Sophie sabia que ele estava blefando.

Quando tentou investigar outra vez, ele lhe disse que a programação era jantar e cinema.

Depois disso, disse que jantariam em um cruzeiro.

— Verdade? — perguntou ela, animada.

— Não — disse ele, achando graça. — Não exatamente. Lamento.

Depois de pegar a saída ao norte do centro da cidade, Garrett reduziu a velocidade, pegou uma máscara de dormir preta no porta-luvas do carro e a entregou a Sophie enquanto continuava dirigindo.

— Ficaria assustada se eu pedisse que colocasse isso? — perguntou. — Se vir onde estamos indo, vai estragar a surpresa.

Ela o encarou com muito ceticismo.

— Sim, na verdade, eu ficaria assustada. Acho que vou deixar essa oportunidade passar.

Garrett sorriu com animação.

— Não confia em mim?

— Confiança não é um dos meus pontos fortes. E eu mal conheço você. Além disso, já tive um encontro às cegas com você, e isso foi suficiente, muito obrigada.

Ele continuou sorrindo ao enfiar a mão no bolso interno do paletó e tirar um celular, depois passou por uma série de menus para chegar a um número que havia discado recentemente. Fez uma ligação para ele.

— Não esperava que colocasse a máscara sem qualquer garantia de que fosse seguro — disse ele, entregando-lhe o celular. — Aqui. É pra você.

Ela o encarou como se fosse louco.

— Hã?

— Apenas diga alô — murmurou ele.

— Hã... alô?

— Sophie, é você?

— Ellen? — Sophie lançou outra olhada indagadora a Garrett. — O que está acontecendo?

— Ah, não se preocupe, Docinho. A mãe do Garrett deu a ele meu número, então nós nos falamos mais cedo. Ele parece bem simpático, a propósito. Ele é tão gracinha quanto parece ao telefone?

Docinho era o apelido que Ellen dera a Sophie numa referência carinhosa ao seu amor por doces. Nem sempre tinha condições de comprar doces para as meninas quando pequenas, mas isso não impedia que a pequena Sophie os pedisse sempre que os via numa loja. O apelido pegou de vez quando Sophie era adolescente e sua fascinação mudou de comer doces para fazê-los. Quando terminou o ensino médio e ingressou na faculdade, ela já possuía um catálogo cheio de receitas para seus próprios confeitos, que mais tarde usou para abrir o Chocolat' de Soph.

Sophie ficou calada e deu outra olhada em Garrett, esperando que ele não tivesse ouvido a pergunta.

— Talvez.

— Que bom! Mal posso esperar para conhecê-lo. De qualquer forma, ele disse que me ligaria por volta desta hora. Pode ficar tranquila porque sei exatamente aonde vocês estão indo, e não precisa se preocupar com nada. Certo? Apenas se divirta.

— E a venda? Você sabia disso?

— Sim, senhora. Coloque. O desconhecido pode ser uma aventura.

Sophie fez outra pausa.

— Obrigada, El. — Encerrou a ligação, depois voltou sua atenção para Garrett. — Não vamos a nenhum lugar assustador, não é?

— Confie em mim — disse ele, em tom tranquilizador.

Sophie suspirou, depois colocou com relutância a máscara sobre os olhos e ajustou a tira de velcro atrás.

— Consegue enxergar?

— Nem um pouco.

— Excelente.

Estavam a poucos minutos do destino final, mas Garrett dirigiu em círculos por mais uns cinco minutos apenas para despistá-la. Quando o carro parou e o motor foi desligado, Sophie perguntou se podia tirar a máscara.

— Ainda não. Tem uma pequena caminhada, depois estaremos lá.

Dando a volta até o lado do passageiro, Garret ajudou Sophie a sair do carro, depois a pegou pelo braço e a guiou até um prédio próximo.

— Onde estamos? — Sophie continuou perguntando, depois que entraram. — Parece que estamos completamente sozinhos.

Garrett não deu pistas enquanto a conduzia pelo prédio. Subiram um lance de escadas, seguiram por um longo corredor e atravessaram um pesado par de portas duplas.

Por fim, a mandou se sentar com cuidado. Ele a ajudou a se abaixar até o chão, onde um imenso cobertor estava colocado. Sophie tateou com as mãos até a beirada do cobertor, notando com certa preocupação que estava num chão de concreto. O mais desconcertante era a completa ausência de som. Não havia definitivamente ninguém ao redor, e ela começou a achar que talvez a venda e o segredo não fossem uma boa ideia, afinal, apesar do que Ellen acreditasse que estivessem fazendo.

Garrett podia ver a preocupação nas linhas ao redor de sua boca.

— Está pronta para tirar a venda? — perguntou, sentando-se ao lado dela.

— Bastante.

— Certo, então. Aqui estamos. Tire.

Sophie ergueu as mãos com cuidado e puxou o velcro da tira que rodeava sua cabeça. Ela piscou para se ajustar à nova luz quando a máscara ficou frouxa.

Só que... ainda estava muito escuro.

Ela olhou ao redor do ambiente estranho e vazio. Parecia haver apenas uma parede contínua que os rodeava feito um domo, curvando-se para o centro do ambiente conforme subia. Diante dela, no chão, havia dois pratos vazios ao lado de uma pequena caixa de comida embalada para viagem.

— Agora, Vance — disse Garrett, inclinando a cabeça na direção da porta.

Poucos segundos depois as luzes diminuíram ainda mais.

Sophie observou o rosto de Garrett no ambiente escuro. Ele a encarava com uma alegria infantil. Conforme os arredores embotavam num negro quase de piche, um brilho novo e sutil começou a emanar das paredes abobadadas. Sophie virou a cabeça em todas as direções e assistiu maravilhada quando milhares de luzinhas de repente ganharam vida. E então ela compreendeu.

— Estrelas! — exclamou ela. — Ah, minha nossa! Não ponho os pés em um planetário desde uma excursão no quinto ano! Como conseguiu isso?

— Conheço um cara — respondeu ele, sorrindo. — Vance é um paciente meu, e ele dirige o Centro de Ciências do Pacífico. Dei uma ligada pra ele na noite passada, e ele disse que podíamos ficar com o lugar inteiro só pra nós.

— É impressionante — disse ela, assimilando tudo aquilo.

— Que bom que gostou.

Sophie se remexeu sobre o concreto.

— Pensei que costumasse haver cadeiras aqui.

— Sim, lamento quanto a isso. Estão reformando, trocando os assentos antigos por algo mais confortável.

— Bem, com ou sem cadeiras, é incrível. Não posso acreditar. — Ela olhou para as constelações que surgiam por toda parte. — Muito obrigada por isso.

Garrett sorriu na escuridão.

Passaram o resto da noite fazendo exatamente o que Sophie havia pedido: olhando as estrelas. Garrett esperava que ela achasse o cenário romântico; ele acreditava que sim, mas estava escuro demais para dar uma boa olhada em Sophie. Enquanto observavam o universo se expandindo ao redor deles, também tiveram uma boa conversa, entremeada aqui e ali por bocados de arroz de coco e *pad thai*, usando duas pequenas lanternas que Garrett levara para que pudessem ver o que estavam comendo. Não era exatamente o romantismo de velas bruxuleantes, mas era o mais próximo de um jantar à luz de velas que as regras de prevenção de incêndio permitiam.

Durante a conversa, Garrett descobriu que Sophie tinha uma afinidade especial com astronomia. Havia até feito várias matérias eletivas na faculdade e podia facilmente nomear e identificar as doze constelações do zodíaco do mundo ocidental, junto com um monte de constelações menos conhecidas, de origem asiática. Quando Garrett perguntou o que, especificamente, mais a atraía nas estrelas, a resposta dela o intrigou.

Deitada com as costas no chão duro de concreto, Sophie manteve os olhos focados nas luzes piscantes lá em cima.

— Olhar as estrelas é vislumbrar a história — disse ela, sonhadora. — Algumas das coisas que vemos no céu estão a *milhões* de anos-luz daqui. A galáxia de Andrômeda, por exemplo, fica a 2 milhões e meio de anos-luz da Terra, e é relativamente próxima. — Pegou a mão dele e apontou para um leve borrão que compunha um dos pontos da constelação de Andrômeda. — Então o que estamos vendo, bem, se estivéssemos olhando para o céu real lá fora, tem literalmente milhões de anos de idade. Estamos vivendo no presente, mas vendo o passado de um modo bem real. — Ela fez uma pausa, olhando de lado para Garrett. — Tudo no universo tem um passado, mas as estrelas não tentam escondê-lo. Ficam só brilhando, para que todos possam ver.

Garrett observou as áreas do rosto de Sophie que estavam iluminadas pela falsa luz de estrelas.

— Andrômeda. Isso é grego, não é?

— Muito bem. Ela era uma princesa no reino mitológico da Etiópia. Mas também era conhecida por um nome diferente. A Dama Acorrentada.

— Ah, é? Ao que acha que ela devia estar acorrentada?

Os olhos de Sophie fixaram-se nos de Garrett por um breve instante.

— Ao passado.

Embora Sophie tivesse desviado o olhar quase imediatamente, Garrett não conseguiu deixar de olhar para ela. Tudo nela o cativava. A sutil mudança na voz quando falou sobre Andrômeda o fez se perguntar se ela se via como uma Dama Acorrentada moderna, presa a algum passado escondido. *Ou talvez ela seja mais como uma estrela e menos como a princesa grega*, disse a si mesmo. *Talvez compreendê-la no presente signifique olhar para seu passado.* Mas, se ela fosse uma estrela — e, pela maneira como Sophie reluzia ao sorrir, Garret sabia que ela era mesmo uma estrela —, então estava claro que os dois possuíam algo fundamental em comum: *um passado que em algum momento viria à luz.*

Ele não se importava. Olhando o perfil dela, Garrett queria descobrir o máximo que pudesse sobre aquela mulher. Queria aproveitar cada oportunidade para vê-la no presente, com a esperança de vislumbrar seu passado, desejando se tornar parte de seu futuro.

Capítulo 9

Não fique preso a um romântico incorrigível.
O romance terminará, e só sobrará o incorrigível.

Para Garrett um encontro às cegas rodopiando pelo Space Needle, seguido de uma noite admirando estrelas falsas no conforto de um chão de concreto, era mais do que tempo suficiente na companhia de Sophie Jones para perceber que o plano original de se encontrar com ela apenas uma vez foi muito imediatista. A curiosidade deu lugar à paixão, e agora queria passar o máximo de tempo possível com ela. Sentia-se um pouco tolo por se deixar ficar tão afetado por ela, mas dez minutos depois de deixar Sophie em casa, ao fim do segundo encontro, decidiu que era hora de convidá-la para sair novamente. Parou num estacionamento vazio e pegou o celular. Sophie havia mencionado naquela noite que estava ficando boa em trocar mensagens com Evalynn, então, só por diversão, mandou uma rápida mensagem de texto. Ao apertar as letras no minúsculo teclado, ocorreu a Garrett que jamais convidara alguém para sair por escrito desde que deixou um bilhete na carteira de uma garota no quinto ano pedindo que circulasse sim ou não para uma carona de bicicleta depois da escola.

Enquanto apertava o botão para enviar, concluiu que um convite-texto era mais do seu feitio, pois não tinha que ficar sentado do outro lado do cômodo observando a reação dela ao receber a mensagem.

Digitou: *Tá à toa amanhã?*

Trinta segundos depois surgiu uma resposta que o fez rir.

À toa? Ñ. Sempre fui boa moça.

Haha! Posso ver vc de novo? Jantar às 7??

Desculpa. É o trabalho. Meu único funcionário tá fora da cidade.

Se importa se eu passar na sua loja então?

Garrett esperava uma resposta rápida, mas se passaram vários minutos antes do retorno de Sophie, e o laconismo da resposta o pegou desprevenido.

Sim... me importo.

Esperando que fosse piada, Garrett logo digitou outro texto breve: *Então isso é um ñ, msm???*

Sim... desculpa.

Sentando no carro, Garrett olhou as palavras, sentindo-se de repente como lá no quinto ano quando sua pretensa namorada circulou o não bem grande com uma caneta vermelha e depois passou o bilhete pela sala para que todos vissem.

Um grande buraco roncou em seu estômago. Tinha tanta certeza de que Sophie havia se divertido nos dois encontros anteriores que não conseguia acreditar que ela simplesmente não queria vê-lo de novo. *Por outro lado*, pensou, *não sou perito em mulheres. Talvez ela só estivesse sendo simpática.* Depois de cinco minutos ponderando se deveria ou não enviar outra mensagem, Garrett decidiu deixar para lá. Ligou o carro, pegou a estrada e voltou para casa.

DEITADA NA CAMA uma hora depois, Sophie olhava a última mensagem enviada para Garrett. *Sim... desculpa.* Queria ter transmitido a mensagem de maneira mais delicada. Não que não quisesse vê-lo de novo; simplesmente não queria vê-lo tão cedo.

Sophie já havia passado por relacionamentos que começaram rápido, mas que fracassaram tão rápido também, e isso era algo que queria evitar com Garrett, se possível.

Nos trinta minutos seguintes, Sophie ficou esparramada na cama, celular na mão, esperando que Garrett enviasse outra mensagem, mas nada chegou. Depois de mais meia hora, estava começando a se preocupar com o fato de que ele talvez não a convidasse para sair novamente, então cedeu e mandou uma mensagem. *Ei, Garrett! Onde vc está?*

Garrett estava sentado perto do celular também, e não perdeu tempo em responder. *Estou aqui sentado tentando imaginar o que fiz de errado. :-(*

DESCULPAAAA! Sou desajeitada, sabe? Mas quero ver vc de novo. POR FAVOR, apareça na loja amanhã. Pode me ajudar a fazer fudge!!

P q mudou de ideia?

Aparece na loja depois do trabalho... Explico lá.

Ok. Mas só pq adoro fudge.

Perfeito! Boa noite!

GARRETT PASSOU O dia seguinte inteiro nervoso por causa do que Sophie diria sobre ter circulado um não na sua mensagem, mas quando apareceu na Chocolat' de Soph naquela noite descobriu depressa que a preocupação fora desnecessária. Assim que ele passou pela porta, ela se aproximou, sorrindo, e lhe deu um abraço afetuoso, depois o sentou numa das banquetas perto da vidraça.

— Todos os clientes ganham um abraço? — perguntou ele, um tanto envergonhado. — Tenho que vir aqui mais vezes.

— É por isso que ainda estou no mercado — retrucou Sophie com uma risadinha. Depois se sentou na banqueta vazia perto dele e ficou séria. — Escuta, sobre a noite passada. Foi nervosismo — disse ela. — Não tenho exatamente um bom histórico com... — Ela viu uma manchinha de chocolate seco grudado no avental e começou a arranhá-lo com a unha.

— Com? — insistiu ele, depois aguardou pacientemente que ela prosseguisse.

Sophie ficou arranhando até a manchinha sumir, e só então o encarou, notando que os olhos de Garrett tinham o mesmo tom castanho de um cremoso chocolate amargo. Existiam várias maneiras corretas de concluir a frase que iniciara, mas ela não sabia ao certo qual queria compartilhar com o homem que havia acabado de abraçar. *Um péssimo histórico com homens bonitos? Em abrir o coração? Em ser afetuosa? Com compromisso? Com relacionamentos em geral?*

— Com confiança — disse enfim.

Ele a encarou de maneira engraçada.

— Não confia em mim?

Sophie deu uma leve risada, afagando o joelho dele por baixo da mesa.

— Não, você parece bastante confiável. É em *mim* que não confio. Tenho o mau hábito de arruinar relacionamentos, então, quando disse que queria me ver de novo tão cedo, fiquei um pouco nervosa, só isso. Acho que suspeito que vou estragar as coisas. Isso faz sentido?

— Acho que entendi.

Sophie agarrou uma mecha de cabelo e a prendeu atrás da orelha.

— É meio irônico, se você pensar. Por medo de afastar os caras, eu acabo afastando todos.

Garrett deu uma risadinha zombeteira.

— Para. Qualquer cara seria louco se deixasse você afastá-lo.

Sophie gostava do som da voz de Garrett. Era tranquilizadora e confiante, e estranhamente reconfortante. Também gostava do modo como as covinhas nas bochechas ficaram mais evidentes quando ele sorria e falava ao mesmo tempo.

— Foi o que disse o último cara que veio na minha loja me ajudar a fazer *fudge*, e sabe onde ele está agora? — Ela observou o rosto dele para ver se Garret tinha uma resposta. — Nem eu! — Riu. — Mas garanto que está bem longe daqui.

Garrett continuou sorrindo, achando o humor depreciativo de Sophie estranhamente encantador.

— Já contei o que minha mãe sempre diz sobre relacionamentos?

— Evite-os a qualquer custo, pois só trazem sofrimento?

— Quase isso — disse ele, contente. — Ela diz que todo relacionamento é um completo fracasso, até que chega um que não é, e é isso que torna todos os fracassos um sucesso: ser capaz de passar por eles para encontrar o relacionamento certo.

Sophie cruzou os braços, sorrindo feliz.

— E você acredita na velha e boa mamãe? Afinal, foi essa mesma mulher que te arranjou um encontro comigo, então você devia se perguntar sobre o juízo dela.

— Acredito. Por mais amargos que sejam os fracassos ao longo do caminho, e eu sei disso, porque foram muitos, ainda tenho esperança de que a pessoa certa vai aparecer. E isso vai transformar o amargo em doce.

— Ahh — disse ela, brincando de leve. — Você não é só romântico, é um romântico incorrigível.

— Um romântico *esperançoso* — contrapôs ele. — Há uma diferença. E espero que não seja uma coisa ruim.

Sophie retribuiu o olhar dele, tentando ler o que ele estava pensando pela expressão de seus olhos.

— Não. Não é uma coisa ruim. — Então fez uma pausa. — Apenas lembre-se do que eu disse a respeito de mim e de confiança, tá? Não quero que pense que só porque é a terceira noite seguida que passamos juntos que sua série de fracassos está para terminar. Considere-se avisado, Garrett Black: quanto mais vejo um cara, e quanto mais gosto dele, maior a probabilidade de fazer algo que realmente estrague tudo. — Fez outra pausa. — É inevitável.

Garrett se levantou e chegou mais perto, tocando-lhe o braço com delicadeza.

— Vou considerar isso um desafio. — Ele sorriu, olhando diretamente em seus olhos, depois baixou a mão ao longo do corpo. — Agora vai me mostrar como se faz chocolate ou não?

Ela inclinou a cabeça e se levantou também.

— Vamos ao chocolate. Siga-me.

Sophie levou Garrett à cozinha e em poucos minutos ensinou alguns truques básicos de como se faz um bom *fudge*. Depois passaram para as trufas e as frutas mergulhadas em chocolate. Trabalharam lado a lado pelo resto da noite, fazendo todo tipo de confeitos diferentes para o dia seguinte. Quando o sino da porta da frente tocava, Sophie ia depressa assumir a caixa registradora e auxiliar os fregueses, mas passaram o resto do tempo conversando, brincando, fazendo piadas, mergulhando cerejas ou enchendo fôrmas, realmente divertindo-se na cozinha.

Com Garrett para ajudar, o trabalho avançou mais rápido que o normal. Quando a loja fechou, às nove horas, Sophie já estava com os preparativos para o dia seguinte praticamente concluídos. A única coisa que ainda fervia em banho-maria era uma nova mistura que ela andara criando em seu tempo livre havia várias semanas. Era uma mistura derretida de elogiados chocolates escuros, leite condensado, um toque de licor de menta e uma variedade sortida de cremes, manteigas e açúcares. Enquanto Garrett empilhava panelas num balcão, Sophie enfiou cuidadosamente um dedo na mistura de chocolate, depois o lambeu.

— Vem provar isto — disse ela, acenando para que Garrett fosse para junto do fogão. — Estou trabalhando numa nova receita e preciso de uma opinião sincera. — Pegou uma colher e a mergulhou na panela, depois a levou à boca dele, mantendo a outra mão embaixo para caso algo pingasse

Ele se inclinou e experimentou.

— E aí?

Lambendo os lábios, Garrett respondeu:

— É bom. — E então, sem pensar, inclinou-se ainda mais. Sophie não resistiu quando ele lhe deu um único e delicado beijo. — Não — disse ele, ao se afastar. — É mais do que bom. Provavelmente, é o melhor que já provei.

Sophie inclinou a cabeça para o lado e riu.

— O chocolate? Ou...?

Garrett abriu um grande sorriso.

— Os dois.

Capítulo 10

Você é vigilante quando se trata de esconder seu verdadeiro eu dos outros... e por uma boa razão.

POR MAIS QUE SOPHIE NÃO QUISESSE APRESSAR AS COISAS COM Garrett — e apesar dos constantes lembretes de que, quanto maior o tempo juntos, mais provável seria que ele terminasse e fugisse —, os dois estavam, sob todos os aspectos, gamados um pelo outro. Depois do primeiro beijo na Chocolat' de Soph, passavam juntos o máximo de tempo que conseguiam arranjar entre os trabalhos. Na maioria dos dias, depois de atender seus pacientes, Garrett pegava Sophie na loja e a levava de carro para casa, para que não precisasse esperar pelo ônibus. Depois aproveitavam a noite para conversar, passear, comer, rir, qualquer coisa que preenchesse o tempo, desde que estivessem juntos.

Nos primeiros meses de relacionamento, Sophie fazia questão de dizer a Garrett, sempre que podia, que, apesar de estarem sempre saindo juntos, não significava que eram um casal. Insistia em dizer que os dois podiam sair com outras pessoas, *se quisessem*. Era sua maneira de garantir que Garrett soubesse que havia uma maneira fácil de escapar, para o caso de precisar. E, embora adorasse estar com ele e secretamente esperasse que as coisas continuassem bem entre os dois, lá no fundo Sophie sempre esperava que mais cedo ou mais tarde ele sumiria. Sempre que mencionava isso, Garrett a lembrava pacientemente de que, a menos que tivesse planos de terminar, ela estava presa a ele.

Em janeiro, o quarto mês desde o encontro no lobby do Space Needle, Garrett pegou Sophie para passarem um dia em Cannon Beach, uma cidade fantástica encravada na costa norte de Oregon, logo ao sul dos limites do estado de Washington. O tempo estava frio demais para desfrutarem da água oceânica, mas procurar poças residuais da maré nas rochas em busca de estrelas-do-mar e caranguejos-eremitas e ainda provar uma tigela fresquinha de sopa de mariscos no Mo's Restaurant parecia ser a maneira perfeita de passar um preguiçoso domingo de inverno. Como Garrett adivinhava que aconteceria, durante a viagem de três horas até o destino Sophie casualmente perguntou quanto tempo ele ainda demoraria a encontrar alguma mulher bonita de quem gostasse mais do que dela.

Ele suspirou alto, ganhando tempo extra para pensar antes de responder. Se era para ser honesto consigo mesmo, Garrett precisava admitir que o constante questionamento de sua lealdade estava começando a ser desgastante. Pessoalmente, imaginava se Sophie um dia confiaria nele — ou em si mesma — o bastante para levar o relacionamento adiante. Quando falou, suas palavras não tinham a tranquilidade nem a convicção que normalmente possuíam.

— Ora, Soph — disse, sem olhar para ela. — Temos que passar por isso de novo?

Sophie notou a diferença na voz dele. Já tivera relacionamentos suficientes para reconhecer o tom familiar, e sabia exatamente o que significava: estavam chegando ao começo do fim.

— Só estou sendo prática — disse, sem rodeios. — Todas as coisas boas têm um fim, certo?

Dessa vez Garrett tirou os olhos da estrada e fitou Sophie no assento ao lado. Em seguida, esticou a mão para pegar as dela.

— Não. Está completamente errado. O que você acha que venho tentando mostrar pra você nesses últimos meses? Nem todas as coisas boas têm que ter fim! Por que você simplesmente não pode aceitar que não quero mais ninguém?

Ela o encarou por um longo tempo, depois, enfim, desviou o olhar e deu de ombros.

— Não sei.

Ele tentou sorrir.

— Bem, de uma forma ou de outra, temos que resolver isso. Porque não vou a lugar nenhum.

Sophie apertou-lhe a mão.

— Acredito que você acredita nisso. Eu simplesmente... É difícil pra mim imaginar que o que temos não vai simplesmente desaparecer. É como se fosse bom demais pra ser verdade.

Garrett deu uma risadinha.

— É porque seus antigos namorados não aguentaram tanto tempo quanto eu?

— Seja bonzinho! — disse ela, cutucando-lhe as costelas. Sophie sabia que Garrett estava brincando, mas aproveitou o momento para considerar a pergunta. — Acho que não foram apenas os caras com quem saí. É mais profundo que isso.

— O que é?

— O medo. A sensação irritante de que todas as coisas boas em algum momento terminam. Não é só por causa dos homens que conheci.

Garrett tirou os olhos das luzes traseiras do carro à frente por tempo suficiente para ver que a expressão no rosto dela combinava com a tristeza na voz. Sophie havia trazido o assunto à tona várias vezes desde que se conheceram, mas sem jamais chegar de fato ao X da questão.

— Seus pais? — arriscou ele.

Sophie assentiu quase imperceptivelmente.

— Quer desabafar?

Ela soltou a mão dele para que pudesse ajustar o cinto de segurança. Não porque quisesse se remexer, mas porque de repente lhe parecia incômodo.

— Não exatamente.

A voz suave e tranquilizadora de Garrett estava de volta.

— Garanto que seus sentimentos são muito naturais. Tente.

Sophie deixou escapar uma risada.

— Você parece o psicólogo que vi quando era adolescente. Sabe o que ele me disse? Disse que eu estava certa! Que devia me acostumar ao fato de que todas as coisas se vão. Todos nós morremos, então devemos desfrutar dos relacionamentos que temos enquanto durarem, e seguir em frente depois que terminam.

— Bem, é algo insensível de se dizer para uma criança.

— É — afirmou ela. — Parei de vê-lo depois disso.

— Então você pensa que porque perdeu seus pais todos os relacionamentos vão de alguma forma terminar da mesma maneira?

Olhando para Garrett, Sophie deixou um pequeno sorriso se esboçar nos cantos da boca.

— Puxa, Dr. Black, se as pessoas pararem de ter problemas nos pés, deve tentar ser terapeuta.

— Então é isso?

Ela encolheu os ombros.

— Acho que sim. Não consigo imaginar o que mais poderia ser. — Sophie sabia que havia mais coisa, como o fato de ter um papel maior no ocorrido à família e não querer correr o risco de ferir alguém que amava assim outra vez, mas isso era mais do que queria que Garrett soubesse agora. — Desde a morte deles, os relacionamentos na minha vida pareceram... temporários. E não foi só a perda dos meus pais. Depois disso, tive várias famílias de criação, todas passageiras. Um dos meus pais de criação até morreu.

— E a Ellen? Ela não foi a lugar nenhum. Nem Evalynn.

— *Pff.* Ellen é policial. Está sempre no caminho do perigo. Sempre me preocupei, na verdade, me preocupo até hoje, com a chance de ela ser baleada ou algo assim, e é isso. E Ev? Eu já a perdi por semanas inteiras enquanto ela tentava acertar as coisas com Justin. E se eles um dia se casarem... quem sabe? Posso perdê-la de uma vez por todas.

Garrett estendeu a mão e apertou-lhe a perna.

— Bem, não precisa se preocupar com nada disso a meu respeito, Sophie Jones. Não sou pai de criação, policial, nem melhor amiga que está saindo com alguém. Sou apenas um cara que está amando você.

O comentário pegou Sophie de surpresa. Não bastasse ser apenas a primeira vez que ele usava a palavra com A, a maneira de dizer realmente aguçou seus ouvidos. Já tinha ouvido caras dizendo que a amavam, mas a maneira como Garrett falou realmente soava sincera. Não havia nenhum outro interesse escondido nas palavras, nenhuma sensação de que falara aquilo como se insinuasse outra coisa. Sophie não teve sequer a impressão de que ele esperava que o gesto fosse recíproco, o que era bom, pois não estava preparada para admitir que o amava, mesmo que tudo em seu coração dissesse que era exatamente o que estava sentindo. Em vez de dizer alguma coisa, Sophie soltou o cinto de segurança para poder se esticar o bastante e beijá-lo na bochecha.

— Cuidado — disse ele, de brincadeira, apertando-lhe a perna outra vez. — Perco a maior parte das minhas faculdades físicas e mentais quando seus lábios estão perto do meu rosto, então, se vai me beijar enquanto estivermos em movimento, pelo menos mantenha o cinto por segurança.

Sophie o cutucou nas costelas, depois segurou a mão dele, entrelaçando os dedos. Muitos pensamentos passavam por sua mente. Alguns deles eram as mesmas velhas preocupações de que Garrett talvez um dia fugisse, mas, em grande parte, ela estava pensando no quanto se importava com o homem que, tinha acabado de notar, possuía mãos que se encaixavam nas dela como luvas.

— Garrett — disse ela, após alguns momentos de silêncio. — Fico feliz que sua mãe bisbilhoteira trabalhe com minha intrometida mãe de criação.

Ele apertou suavemente os dedos dela.

— Eu também.

Capítulo 11

Quando lhe oferecerem o sonho de uma vida, DIGA NÃO!
Lembre-se, é apenas um sonho.

Para Sophie a viagem a Cannon Beach com Garrett, em janeiro, e principalmente a inesperada manifestação de amor dele foram um ponto crucial em sua disposição a aceitar que talvez — *apenas talvez* — o relacionamento tivesse chance de resistir ao teste cruel do tempo. Depois disso, começou a se abrir para a ideia de que ele realmente se importava tanto com ela quanto afirmava, e até começou a dar dicas de que se sentia do mesmo jeito a respeito dele.

O Dia dos Namorados era o dia mais atarefado do ano na Chocolat' de Soph, o que significava que Sophie tinha que trabalhar o dia inteiro, mesmo depois de Randy chegar. Os dois trabalharam sem parar apenas para dar conta do maremoto de clientes procurando doces de última hora com que presentear seus entes queridos. Garrett chegou às seis e meia da tarde e ficou para ajudar nos fundos, esperando agilizar as coisas para que pudesse passar um tempinho com Sophie. Quando a loja fechou e tudo foi limpo, a noite já estava quase no fim. Além disso, Sophie estava tão exausta das quinze horas de trabalho sem descanso que as pálpebras dela estavam se fechando, então Garrett a levou para casa, deu-lhe um beijo de boa-noite e a mandou direto para a cama.

Na noite seguinte, no entanto, ele surpreendeu Sophie com um encontro pós-Dia dos Namorados que em muito supriu a falta de romantismo da véspera. Pegando-a exatamente às cinco e meia, dirigiram-se ao norte até uma pista de decolagem particular perto do Aeroporto Internacional de Seattle-Tacoma, onde embarcaram num pequeno avião de propulsão que Garrett fretara. O piloto sobrevoou a área metropolitana de Seattle por vinte minutos, depois desviou para oeste, aterrissando trinta minutos depois numa estreita pista de cascalho numa seção remota das colinas ao norte do monte Rainier.

Quando Sophie perguntou por que estavam aterrissando, Garrett sorriu.

— Não está com fome?

A pista, Sophie descobriu, era mantida por um restaurante. Em décadas passadas, o lugar havia sido um alojamento de madeireiros. Mas, quando um processo ambiental provocou o fechamento da madeireira, um grupo de empresários arrematou a propriedade por uma ninharia de dólares e a transformou num restaurante gourmet com temática de caça, atraindo quase exclusivamente entusiastas de aeronaves pequenas. Em dez anos, desde a abertura, o estabelecimento se tornou um ponto badalado por clubes de aviação de todo o noroeste do Pacífico.

O piloto leu uma revista no lobby do restaurante enquanto Sophie e Garrett jantavam.

— Você só pode estar brincando! — disse Sophie quando viu os preços no cardápio. — Uma refeição custa o equivalente a duas semanas de supermercado.

— Não olhe os preços — repreendeu ele. — É o que estou tentando fazer. — Depois acrescentou: — Aposto que pessoas que podem arcar com seu próprio avião nem hesitam diante do custo de uma refeição aqui.

— É. Ou é isso, ou sabem que o histórico de segurança de aeronaves pequenas justifica uma refeição cara, já que talvez seja a última.

Garrett deu uma risadinha.

— Você me faz rir, Soph. Acho que é o que mais gosto em você.

O momento talvez fosse um tanto inadequado, mas, sem sequer pensar, Sophie deixou escapulir:

— Eu também amo você.

Os dois permaneceram num silêncio surpreso depois que as palavras escaparam de seus lábios. Garrett tentava compreender se tinha ouvido bem e Sophie tentava compreender se tinha mesmo dito o que pensava ter dito, ou se era uma peça pregada pela sua imaginação.

— Opa — disse Garrett, por fim. — Você acabou de...? Quero dizer... Falou sério?

Sem desviar o olhar, e parecendo tão surpresa quanto ele, Sophie disse:

— Acho que sim. — Calou-se, mordendo o lábio com nervosismo. — Isso é... legal?

Ele sorriu calorosamente e estendeu as mãos sobre a mesa para segurar as dela.

— É perfeito.

Ela sorriu da mesma maneira. Pelo jeito como Garrett a olhava, Sophie teve uma sensação estranha de vulnerabilidade, equilibrada por uma sensação ainda mais estranha de segurança e confiança de que ele não a magoaria. Era uma sensação que jamais experimentara antes, então a saboreou. *É assim que deve ser*, disse a si mesma.

O resto da noite foi tão agradável quanto Sophie podia lembrar, embora as especificidades sobre o que a tornava tão maravilhosa fossem imperfeitas, mesmo para ela. Os únicos detalhes concretos dos quais conseguia se recordar no dia seguinte foram o pouso brusco no aeroporto de Seattle-Tacoma e o beijo suave de boa-noite em Gig Harbor.

— Sei que conversamos bastante, mas não me lembro de nada do que dissemos — contou a Evalynn na noite seguinte pelo telefone. — Acho que estava tão impressionada emocionalmente por dizer a ele como eu me sentia que foi só nisso que consegui pensar pelo resto da noite. Tudo além disso foi um borrão feliz.

Duas semanas e meia depois do Dia dos Namorados, Garrett passou uma semana numa convenção de podologia em Nova Orleans. Era o primeiro tempo significante que passavam separados desde quando se conheceram, seis meses antes.

Evalynn achou que o comportamento de Sophie enquanto Garrett estava longe era nauseante, e disse isso nas duas noites em que jantaram juntas.

— Vamos ter uma conversa de verdade enquanto comemos — reclamou Evalynn na segunda noite — ou só vai ficar namorando por mensagem de texto com o Sr. Perfeito a noite inteira?

Sophie mal a ouvia.

— Só um minuto — respondeu. — Ele acabou de me enviar um recado *fofo*! Deixa eu responder rapidinho e depois... nós vamos... — Os polegares de Sophie estavam trabalhando velozmente antes que pudesse terminar a frase.

— Com licença — resmungou Evalynn baixinho, enquanto se levantava e limpava a boca com o guardanapo. — Tenho que ir ao banheiro vomitar.

Sophie nem levantou a vista.

Garrett retornou de Louisiana no sábado, 8 de março. Sophie ainda estava na loja quando o voo chegou, então ele disse para não se preocupar em buscá-lo no aeroporto. Em vez disso, preferia vê-la logo depois do trabalho, para jantarem. Não disse aonde iriam, mas avisou que ela deveria se vestir bem.

Sophie levou um vestido sobressalente para o trabalho para que tivesse algo bonito para colocar antes que Garrett aparecesse. Tão logo Randy chegou para o turno da noite, ela foi para a cozinha, lavou o rosto na pia, arrumou os cabelos no espelho e escapuliu para a privacidade do escritório para colocar o vestido. Garrett chegou dez minutos depois, vestindo um terno.

— Nossa, como estamos elegantes esta noite — disse Sophie quando o viu, dando-lhe em seguida um rápido abraço e um beijo para dizer "oi".

— Gente — disse Randy, por brincadeira. — Estou tentando trabalhar aqui! Vão lá pra fora.

Eles o ignoraram, mas saíram e foram para o carro de Garrett.

Depois de seguirem por 45 minutos para o norte em meio ao trânsito, Garrett exibiu a máscara de dormir preta que a fizera usar no segundo encontro.

— Está disposta a usar isso de novo por alguns minutos?

Sophie riu.

— Qual é o seu problema com vendas?

— Gosto do elemento surpresa — respondeu ele com um sorriso torto —, não da venda.

— E se eu disser não, vai ligar de novo para Ellen para que me convença?

— Se for preciso — disse ele, fingindo seriedade. — Acredite em mim, não tenho medo de chamar a polícia quando é necessário.

— Não — disse ela, sorrindo. — Confio em você.

Ao ajustar a tira ao redor da cabeça, Sophie ponderou o significado de conseguir dizer a ele tais palavras com sinceridade. Não era apenas que confiasse o bastante nele para colocar uma venda por causa de uma surpresa especial. Acreditava que ele manteria suas promessas. Acreditava que ele se importava com ela, que colocaria sua felicidade acima da dele mesmo. Não sabia como, mas Garrett, de alguma forma, conseguira lhe demonstrar que amor e confiança eram inseparáveis; quanto mais seu amor por ele crescia, mais acreditava que ele não desapareceria de repente da sua vida.

Cinco minutos depois de Sophie ter colocado a venda, chegaram ao destino, quatro quarteirões ao leste da orla na ponta norte de Seattle. Vagas de estacionamento no centro da cidade numa noite de sábado eram escassas, então Garrett decidiu que valia a pena gastar um dinheiro extra no serviço de manobrista. Saiu do Mercedes, deu a chave a um atendente, depois ajudou Sophie a cruzar a curta distância até as portas da frente.

Uma vez lá dentro, disse que ela podia tirar a máscara.

— Que bom — disse ela, aliviada. — Porque, mesmo sem ver, consigo *sentir* as pessoas olhando. — Ao descolar o velcro e deixar a máscara cair do rosto, Sophie soube imediatamente onde estavam. — O Space Needle! — exclamou, olhando de um lado para o outro. Mas Garrett não estava ali. Ela girou depressa para ver se ele estava atrás dela, mas não estava. Fazendo um círculo completo no lugar, Sophie examinou o rosto de todos os homens usando terno para ver se o localizava na multidão próxima. Sem sorte.

Perfeito, pensou meio que de brincadeira. *Justo quando eu estava começando a achar que talvez ficasse comigo, ele desaparece no ar.* Então, uma voz feminina ecoou pela loja de suvenires no sistema de som:

— Sophie Jones, compareça à recepção. Sophie Jones, por favor, compareça à recepção. Seu par a espera.

Sophie não pôde deixar de abrir um grande sorriso ao caminhar pela loja em forma de donut até o balcão da recepção, perto dos elevadores. Lá, ao lado da moça que a chamara, estava Garrett, segurando uma única rosa vermelha.

— O que está fazendo? — perguntou Sophie, um tanto envergonhada, mas muito contente.

— Nosso aniversário de seis meses — disse ele, dando-lhe a rosa junto com um beijo na bochecha. — Achei que seria divertido voltar ao lugar onde tudo começou.

— Você é louco — disse ela, ainda sorrindo. — Mas isso foi muito adorável.

Tomando-lhe o braço, Garrett conduziu Sophie aos elevadores à esquerda.

— Estamos alguns minutos adiantados, mas aposto que vão arranjar um lugar para nós se formos andando.

Depois de pegarem uma mesa 152 metros acima do nível do solo e ouvirem o costumeiro discurso sobre o Space Needle feito pelo garçom, Sophie e Garrett pegaram canetas e escreveram seus nomes em pacotinhos de açúcar, depois os deixaram no beiral da vidraça. Enquanto esperavam pela comida, trocaram histórias sobre a semana anterior, dizendo com alegria um ao outro o quanto estavam contentes por finalmente estarem juntos outra vez. Sophie sabia que Evalynn teria vomitado se ouvisse a conversa. Mas Garrett estava lá, Sophie estava feliz, e o que qualquer outra pessoa pensasse era de pouca importância.

Quando Sophie e Garrett terminaram o prato principal, o restaurante tinha girado de volta ao lugar onde os pacotinhos de açúcar descansavam na vidraça. Garrett estava mais próximo, então pegou o primeiro, olhou-o por tempo suficiente para ver que cinco pessoas haviam assinado, depois o entregou a Sophie. Poucos momentos depois, apanhou o segundo pacotinho de açúcar do peitoril e verificou as assinaturas.

— Estranho — disse ele, virando o segundo pacotinho de açúcar de um lado para o outro na mão. — Ninguém além de mim assinou neste.

— Ninguém escreveu nada?

— Bem, alguém escreveu uma pergunta no verso, mas não colocaram nem o nome nem de onde são.

— Qual a pergunta?

— Só diz: Aceita? — disse ele, entregando-o sobre a mesa. — Aqui, dê uma olhada.

Sophie pegou o pacotinho de açúcar e o manteve nas mãos, notando que era mais grosso — e pesado — que o outro que havia acabado de ler. Uma expressão intrigada cruzou-lhe o rosto.

— Acho que tem alguma coisa dentro.

— Tem, Soph. Chamam de açúcar — gracejou Garrett.

— Para — disse ela com delicadeza, erguendo o olhar. — Tem outra coisa dentro.

— Será que é um inseto? Que nojo. Quem ia querer uma coisa dessas no café?

Sophie apertou o pacotinho com cuidado entre o polegar e o dedo indicador.

— Não. É rígido demais para ser um inseto.

— Ora, abra. Agora me deixou curioso.

— Aah! Não sei. E se for algo asqueroso?

— Seja o que for, garanto que não está vivo. Anda, rasga isso.

Fazendo careta, Sophie rasgou uma das pontas do pacotinho, depois esvaziou o conteúdo num espaço vazio do prato. No meio da pilha de pó estava o anel de diamante mais impressionante que ela já havia visto. Aquela imagem a fez soltar um "Minha nossa!" ofegante quando o pegou e espanou o açúcar.

Olhou para Garrett, que estava sorrindo com timidez.

— Qual era mesmo a pergunta que estava no verso?

Sophie ainda estava tão surpresa com a descoberta no pacote que mal ouviu.

— O quê?

— A pergunta?

— Ah! — exclamou ela, pegando a embalagem de papel vazia. — Aceita? — leu.

Garrett hesitou por alguns segundos, observando-a examinar o anel com uma fascinação eufórica, esperando que ela entendesse.

— E então? Aceita?

Sophie soprou um cristalzinho de açúcar encravado entre o diamante central e o ouro branco que o mantinha no lugar.

— Aceitar o quê? — respondeu ela, distraída, ainda estudando o anel. Mas, um instante depois, uma lâmpada se acendeu em seu cérebro. Seu olhar se ergueu em busca do de Garrett. — Ah... meu... Deus! — murmurou, de repente sem fôlego. — Você está...?

Sophie estreitou os olhos para se concentrar apenas no sorriso com covinhas de Garrett, só para ter certeza de que, se não conseguisse ouvir o que ele estava para dizer em meio à balbúrdia dos seus pensamentos, ao menos poderia ler os lábios dele.

— Se está perguntando se acabei de pedir você em casamento, então é sim. *Casa comigo*, Sophia Maria Jones?

— Ah... meu... Deus! — repetiu Sophie, mais espantada do que antes. Depois começou a disparar perguntas. — O quê? Isso é importante! Como podemos? Quero dizer... Só estamos saindo há seis meses. Seis meses! Isso não é nada! Você me conhece bem o bastante? Eu o conheço bem o bastante? Como é que poderíamos...?

Garrett apenas riu, aceitando tudo com calma.

— Imaginei que talvez dissesse isso. Sei que pode parecer um pouco súbito, mas sei que estou apaixonado, e sei que você também está. E como sei que meus sentimentos por você só vão aumentar, raciocinei, por que esperar?

— Ora, porque... as coisas podem mudar. E se acontecer alguma coisa com você? Ou comigo?

— Também achei que fosse dizer isso. Quando eu estava em Nova Orleans, pensei muito no que o psicólogo lhe disse quando você era criança, sobre desfrutar dos relacionamentos enquanto durassem, e acho que ele talvez estivesse certo. Bem, a maneira de explicar isso a uma criança que tinha acabado de perder os pais foi cruel, mas acho que ele talvez estivesse tentando dizer que não devemos medir o valor de um relacionamento por sua duração.

Sophie o encarou demoradamente.

— Então, digamos que nos casemos, e que dois meses depois eu fique doente e morra. Terá valido a pena pra você?

— Claro! — disse Garrett, enfático. — Porque teriam sido os dois melhores meses da minha vida. Ah, eu odiaria o fato de você ter partido. Mas preferiria ter dois meses de casamento com você do que nada. — Ele hesitou. — Sei que está assustada. Também estou nervoso com isso; casamento é um *grande* passo. Me sinto muito feliz desde que a conheci, e quero que seja mais do que a mulher bonita com quem estou saindo. Quero muito que seja minha esposa.

As palavras ajudaram Sophie a relaxar, mas ela ainda não estava pronta para lhe dar uma resposta para a grande pergunta. Em vez disso, redirecionou a conversa.

— Como foi que enfiou o anel aqui?

Garrett piscou para ela.

— Um pouco de cola na viagem de avião para cá. Gastei cinco pacotinhos de açúcar antes de conseguir que parecesse estar intacto. Acho que a senhora no assento do lado pensou que eu estava escondendo joias roubadas.

Sophie ergueu o anel e o examinou mais de perto.

— Não acredito que deixou isso na vidraça por 45 minutos. Podia ter sido roubado.

— Ficou no meu bolso o tempo todo. — Troquei com o outro quando você estava lendo o seu. — Garrett esticou o braço e pegou uma das mãos de Sophie. — Então, o que me diz?

— Estou pensando — garantiu ela.

— Não pense — retrucou ele, sorrindo. — Não pense nisso. Apenas tenha coragem.

Ela riu.

— Coragem? Meu estômago está revirando. Acho que está dizendo que quer vomitar. Acha mesmo que devo confiar nele?

— Não, melhor não. Vamos lá: o que seu coração diz?

Sophie se recostou na cadeira e olhou para as luzes no horizonte de Seattle. Quando falou, a voz estava firme, mas cautelosa.

— Diz... que caras como você só aparecem uma vez na vida. — Seu olhar permanecia fixo lá fora.

— Certo, pelo menos escolhemos um órgão confiável agora. Ele está dizendo mais alguma coisa?

— Que nunca me senti tão feliz na vida.

— Gostei disso. Mais alguma coisa?

Sophie virou-se para encarar Garrett novamente.

— Sim. Meu coração ainda quer garantias de que você não vai despedaçá-lo.

Ficando ereto na cadeira, Garrett ficou observando Sophie por um momento. Era a mulher mais bonita que ele já conhecera, por dentro e por fora. Divertida, inteligente, paciente, carinhosa, espirituosa — tudo o que ele sempre desejou numa companheira. Olhando para ela, teve certeza de que nada jamais poderia mudar seus sentimentos e que faria qualquer coisa para impedir que ela ficasse magoada.

— Soph — disse ele, baixinho —, eu realmente amo você mais do que pensei que pudesse amar alguém. Eu nem sabia que esse tipo de amor existia, até conhecer você. Não posso prometer que não vamos passar por coisas difíceis na nossa vida. E por mais que eu quisesse, não posso prometer que eu — *ou você* — não serei levado desta vida mais cedo do que gostaria. A vida não é assim tão previsível. Mas, sem dúvida, posso prometer que *jamais* despedaçarei seu coração. — Ele parou para sorrir. — Avise isso ao seu coração, e veja o que ele diz.

Sophie inclinou a cabeça para o lado, como se estivesse avaliando algo na mente.

— Ele diz sim — anunciou ela enfim.

— Sim, o quê?

Ela estendeu o pacotinho vazio de açúcar com o pedido de Garrett escrito.

— Apenas "sim".

Garrett queria pular da cadeira, mas se conteve.

— Vamos nos casar?

Sophie enfiou o anel no devido dedo. *Exatamente como Garrett*, pensou ela. *Um encaixe perfeito.*

— Vamos nos casar.

Capítulo 12

Ontem foi o ponto alto de sua vida. Lamento.

Vinte e cinco de outubro foi a data que Sophie e Garrett escolheram para o casamento. Isso lhes dava sete meses inteiros para se organizarem, o que Garrett achou ser tempo mais do que suficiente para planejar e fazer todos os preparativos necessários. Para Sophie, no entanto, parecia ser um prazo apertado, especialmente com as demandas da Chocolat' de Soph.

Ao fim da primeira semana de noivado, ela já tinha feito uma lista abrangente das coisas que precisavam ser feitas. Quando a repassou com Garrett, ele ficou surpreso por descobrir que havia mais a se planejar para um casamento que simplesmente convidar a família e os amigos para a cerimônia. Ele leu a lista várias vezes, balançando a cabeça diante do nível de minúcias. *Cores do casamento, vestido de noiva, madrinhas, damas de honra e padrinho, roupas de madrinha, damas de honra e padrinho, flores, lista de convidados, lista de presentes, local da cerimônia, local da recepção, sacerdote, decoração, jantar para o ensaio da véspera, fotógrafo, convites, aperitivos, pratos principais, centros de mesa, lembrancinhas, livro de convidados, música, DJ, divisão dos convidados nas mesas, bolo, cobertura do bolo, faca do bolo...*

— Precisamos escolher uma faca para cortar o bolo? — perguntou ele. — Tenho muitas facas que poderíamos usar.

— Elas combinam com o conjunto de canetas que as pessoas vão usar para assinar o livro de convidados?

— Provavelmente, não.

Ela o cutucou nas costelas.

— Então não servem.

Garrett deu uma gargalhada.

— Para uma mulher que duvidava que um dia iria se casar, você parece entender muito do assunto.

— Mesmo quando tem dúvidas, toda garota sonha — disse ela.

Sempre que possível, Garrett e Sophie cuidavam juntos da imensa lista de afazeres, deixando tempo livre a cada semana para riscar mais alguns itens. A magnitude do esforço fez o tempo voar, e, antes que qualquer um dos dois percebesse, era setembro, quatro semanas antes da grande data.

O aniversário de Sophie caiu no terceiro domingo daquele mês. Estava contente por ser domingo, pois significava que não tinha que trabalhar. Embora ainda houvesse vários itens pendentes na lista de preparativos para o casamento, Sophie decidiu que aquelas coisas podiam ser adiadas por mais uns dias para que pudesse relaxar e desfrutar de seu aniversário com Garrett.

— Tenho uma surpresa pra você hoje — disse ela durante o brunch.

— Mas é o seu aniversário. Sou eu quem deveria fazer surpresas.

— Bem, é mais algo que quero dividir com você do que uma surpresa mesmo. Uma espécie de tradição de aniversário. Podemos dar uma saída de carro hoje à tarde?

Ele concordou. Então, poucas horas depois, entraram no carro e Sophie o direcionou para o Evergreen Cemetery, fazendo questão de não avisar aonde estavam indo até chegarem lá.

— Esta é a sua grande surpresa?

— Tradição — disse ela, sorrindo.

Estacionaram o carro e saíram na base de um morrinho, depois caminharam de mãos dadas pelo resto do trajeto até uma imensa sebe junto da base de um velho cedro.

— É aqui — disse Sophie, apontando, quando alcançaram a lápide de Thomas e Cecilia Jones.

Garrett leu com atenção cada palavra gravada na lápide. Sophie notou que os músculos do queixo dele se contraíram dramaticamente.

— Eles morreram no seu aniversário — disse ele, solene. — Não sabia disso.

Sophie encolheu os ombros.

— Não é algo de que gosto de falar.

Os olhos dele se fixaram novamente na lápide, que leu em voz alta, quase para si mesmo.

— Vinte e um de setembro, 1989... Uau! Soph, isso... Algum jornal na época mencionou que você perdeu os pais no seu aniversário?

· Ela envolveu a cintura dele com os braços.

— Não que eu saiba. Mas quem garante?

— Se não mencionaram, deveriam. Isso torna a coisa ainda mais trágica.

— Definitivamente, tornou meu aniversário mais... *significativo*, com certeza. — Calou-se e olhou para o rosto dele. — Sabe, sem contar as primeiras vezes quando eu era menina e alguém tinha que me trazer aqui, esta é a primeira vez que venho visitá-los com alguém. Não pensei que gostaria de dividir isso com alguém, mas encarar o passado não parece tão pavoroso quando estou com você. Obrigada.

Garrett lhe deu um leve apertão, mas manteve os olhos na lápide.

— É... claro.

Sophie ignorou aquela súbita introspecção. Todos para quem ela contava sobre a morte de seus pais reagiam de maneira estranha quando descobriam que seu aniversário era o dia da morte deles, então, por que deveria ser diferente com Garrett? Dando a ele a oportunidade de refletir sobre o assunto, vasculhou a bolsa e encontrou uma caixinha de chocolates. Escolheu um dos vários e inclinou-se para deixá-lo sobre o túmulo, depois apanhou uma bonita pedra redonda que estava no canto inferior esquerdo da lápide e a colocou na bolsa.

— Para que o chocolate?

— Só um lembrete — murmurou.

— De quê?

Sophie recuou e envolveu Garrett com o braço novamente, agarrando uma presilha da cintura dele com um dedo.

— Se for bonzinho comigo, um dia eu conto.

Garrett a fitou.

— Não sou bonzinho com você?

— Ah, é sim. — Ela riu. — E se continuar assim, um dia divido todos os meus segredinhos com você.

— Entendi. E a pedra? Não vai me falar sobre ela?

Ela se esticou na ponta dos pés e lhe deu um beijo rápido nos lábios.

— É. Você ganhou essa pelo menos. — Então o beijou de maneira um pouquinho mais demorada.

Com os olhos fechados, Sophie não viu que Garrett ainda estava olhando para a lápide.

Capítulo 13

Aquele que atira terra está perdendo terreno.

Depois de deixarem o cemitério, o humor de Garrett melhorou um pouco, coisa pela qual Sophie ficou grata. O resto da tarde, passaram pelo mercado da Pike Street em Seattle, depois optaram por um jantar um pouco mais cedo ao passarem por uma barraquinha cujo cheiro de kebabs deixara os dois salivando.

Uma vez satisfeitos, voltaram vagarosamente para o lugar onde haviam estacionado o carro e seguiram para o sul, na direção de Gig Harbor. Mas, depois de cruzar a Narrows Bridge, Sophie lembrou Garrett de que ainda precisava explicar o que ela fazia com as pedras que pegava no túmulo dos pais. Pegaram a primeira saída após a ponte, depois retornaram por uma estradinha que serpenteava para leste através de uma área residencial bastante arborizada. Ela o mandou parar à beira da estrada, perto de uma trilha que dividia a linha de propriedade entre duas casas.

— O que estamos fazendo aqui?

— Vamos andando daqui. — Sophie pegou a pedra arredondada na bolsa e saiu do carro, então começou a caminhar.

Duzentos metros adiante na trilha chegaram à margem do Narrows, a renomada faixa d'água que separava a parte continental de Washington da península de Olympic. A autoestrada assomava acima deles na forma da Narrows Bridge.

Sophie tinha que falar alto para ser ouvida acima do barulho dos carros que passavam.

— Sabe o que está lá? — perguntou ela, apontando para um ponto na água debaixo da ponte.

Garrett a olhou de maneira engraçada.

— É uma pegadinha?

— Não.

— Tá. Então deve ser a ponte ou a água.

— Não — repetiu ela. — *Na água.* Debaixo da superfície.

— Nem imagino — respondeu ele, depois de examinar a superfície mais uma vez em busca de uma pista.

— Quando eu estava no segundo ano, meu pai me trouxe aqui algumas vezes. Ele era fascinado por pontes suspensas. De todo modo, ele me contou sobre a *antiga* Narrows Bridge, embora eu ache que não tenha gravado muito da história até estudá-la por minha conta, anos depois. Quando foi aberta ao público, em 1940, a ponte antiga foi considerada avançadíssima, uma maravilha da engenharia.

— O que aconteceu com ela?

— Quatro meses depois de aberta, caiu. O vento que cruzou soprando o Narrows fez com que ela começasse a levantar e ondular. Dizem que os carros naquela hora pareciam estar numa montanha-russa. Depois de muito se retorcer e entortar, a coisa inteira se despedaçou e desabou na água.

Garrett coçou o queixo.

— Impressionante. Mas por que isso é importante pra você agora?

Sophie contraiu os lábios.

— Foi uma tragédia de proporções épicas, Garrett. Uma ponte inteira, *a melhor do tipo,* sumiu simplesmente assim. Mas o motivo para eu estar aqui agora é por causa do que aconteceu depois da queda. Primeiro, a comunidade de engenharia descobriu muito sobre como construir pontes suspensas. As lições que aprenderam tiveram impacto duradouro em cada nova ponte suspensa no mundo desde 1940. Além disso, acredite ou não, a ponte antiga, que agora repousa mais de 50 metros abaixo da superfície, se tornou o maior recife artificial do mundo, servindo de casa para inúmeros animais marinhos.

Envolvendo-lhe os ombros com o braço, Garrett disse:

— Acho que entendi. Algo bom veio de uma coisa ruim. É isso?

Ela assentiu.

— Então, por que você vem aqui com a pedra que pegou no túmulo?

— Para isso. — Sophie se desvencilhou do braço de Garrett e atirou a pedra na água, que saltou sete ou oito vezes, provocando ondulações para todas as direções, antes de afundar. — Sei que é ridículo, mas quando fiz 10 anos e encontrei a pedra no túmulo dos meus pais, no primeiro aniversário do acidente, achei que parecia uma boa pedra de se atirar. Pedi a Ellen que me trouxesse aqui, porque este lugar me lembra meu pai. De qualquer forma, desejei na época que, como com a ponte antiga, algo bom pudesse vir da tragédia da minha família. — Ela se calou, olhando para as diminutas ondulações que ainda se moviam pela superfície onde a pedra tocara a água. — Volto aqui todo ano e faço o mesmo pedido.

Garrett assentiu, consciente.

— Ainda esperando que se torne realidade, não é?

Sophie fez uma careta.

— É.

Ela pegou a mão de Garrett, e juntos voltaram para o carro, ambos em silêncio, perdidos nos próprios pensamentos.

Capítulo 14

Compartilhar muito de si mesmo com os entes
amados pode ter graves consequências.

Dezenove dias antes do casamento Garrett recebeu uma ligação à noite do DJ contratado para tocar durante a recepção. O homem estava ligando para informar que, devido a "um monte de imprevistos", ele não poderia fazer o casamento. Além disso, DJ Danny-B estava encerrando atividades e não poderia devolver o depósito feito pelo serviço.

— Está brincando, não é? — disse Garrett ao telefone, a voz falhando de nervosismo. — Diga que está brincando, por favor.

— Humm...

— Espere! Antes que diga qualquer coisa, quero que entenda que a única coisa que eu tive que fazer para esse casamento por minha conta foi encontrar alguém pra cuidar da música, o que eu fiz. Pus minha fé e minha confiança em *você*, DJ Danny, então, por favor... diga que está brincando.

— Lamento, chefe. Sem brincadeiras esta noite.

Os preparativos do casamento tinham desgastado Garrett e Sophie; emocionalmente, ele estava cansado demais no momento para lidar com esse tipo de confusão. Rosnou audivelmente, depois começou a gritar.

— Está me dizendo que tenho que encontrar outro DJ faltando menos de três semanas pro casamento? *Além diss*o, vou ficar sem quinhentas pratas? Isso é um roubo!

— Sinto muito — disse DJ Danny, sem qualquer remorso. — Mas, ei, se serve de consolo, o cara do *bar mitzvah* no dia seguinte ao seu casamento perdeu quase mil. Até mais, cara.

A ligação foi encerrada.

No dia seguinte, Sophie e Garrett passaram cinco horas folheando as Páginas Amarelas e vasculhando a internet à procura de um substituto para Danny-B. Não foi fácil encontrar um DJ qualificado que já não estivesse ocupado, e, quando enfim trombaram com um que estava disponível, seu preço era quase o dobro do preço-padrão.

Para Garrett, a voz do DJ Diddy Dan soava muito parecida com a de Danny-B ao telefone.

— Oferta e procura, irmão. É pegar ou largar.

Ele aceitou, mas não ficou muito contente. Imaginou se não seria algum tipo de golpe do DJ Danny para aumentar os lucros — pegar o dinheiro do depósito e fugir, depois aumentar o preço quando é encontrado sob um nome diferente. Sophie lembrou-lhe calmamente que havia coisas muito piores que podiam dar errado num casamento — *como a noiva não aparecer*, brincou ela —, então ele deixou o assunto para lá.

Depois de fecharem negócio com o DJ e cuidarem de outros detalhes, foram ao 13 Coins, um restaurante em Seattle conhecido por tocar jazz e blues ao vivo. Era o lugar que Sophie escolhera para o jantar do ensaio da véspera do casamento, por causa de seu Room Thirteen, um imenso salão que, além do ambiente, oferecia jantares particulares num espaço perfeitamente apropriado ao número de convidados. O gerente do 13 Coins quis que viessem mais uma vez para confirmar os pratos selecionados e provar as sobremesas que seriam oferecidas.

Quando terminaram de provar os manjares importados e as tortinhas de frutas frescas, os quase casados estavam prontos para algo que os saciasse um pouco mais. Garrett apertou alguns botões no GPS para encontrar uma lista de diferentes restaurantes para escolherem na área.

— Está com vontade de comer o quê, Soph?

— Você decide. Como qualquer coisa.

— Tem certeza?

Ela pôs a mão sobre a perna dele, apertando-a logo acima do joelho.

— Certeza. Me surpreenda. — Ela fez uma pausa e sorriu. — Mas nada de vendas nos olhos.

— Pode deixar. — Ele apertou mais alguns botões, encontrou um restaurante e começou a dirigir.

A voz feminina dava instruções periódicas, navegando com facilidade por vias de mão única, mudanças de faixa e uma série de desvios nada discerníveis até um restaurante japonês a exatamente 10,1 quilômetros de distância.

— Conheço esse lugar — sussurrou Sophie, meio que para si mesma, enquanto saía do carro.

— Ah, é? Já esteve aqui antes?

Ela mordeu o lábio de maneira nervosa enquanto as memórias inundavam sua mente.

— Muito tempo atrás — respondeu, a voz desaparecendo.

O restaurante era ao estilo *hibachi*, com vários chefs talentosos que preparavam as refeições na mesa diante dos clientes. Garrett achou que seria divertido tentar, mas podia dizer pelo comportamento de Sophie que alguma coisa não estava bem.

Depois que a recepcionista os colocou à mesa com um grupo de quatro outras pessoas, ele perguntou baixinho qual era o problema.

— É este lugar — revelou ela, olhando para as paredes e para o teto. — Não mudou nadinha.

— Que lugar?

Pegando seu *hashi*, Sophie puxou até separar as duas varetas.

— É onde meus pais me trouxeram para o meu nono aniversário. Fizemos nossa última refeição aqui. — Ela se virou e apontou para outra mesa, imensa, onde um chef estava ocupado regando um montinho de frango com molho *teriyaki*. — Naquela mesa ali.

Garrett esfregou as costas dela com delicadeza.

— Quer ir a outro lugar?

Sophie se permitiu sorrir.

— Você é um amor. Não, estou bem — disse, olhando ao redor novamente. — Na verdade, acho que foi bom vir aqui. Talvez eu não devesse tê-lo evitado por tanto tempo.

O chef deles chegou alguns minutos depois e começou seu show culinário. Foi divertido, mas a comida não era tão boa quanto Sophie lembrava.

— Talvez estejam sob nova direção — disse a Garrett. — Afinal, passaram-se quase 20 anos.

Ao fim da refeição, a recepcionista apareceu com um biscoitinho da sorte para cada um na mesa. Ela começou com os outros quatro convidados, indo de um em um para que escolhessem um biscoito da tigela imaculada.

— Pensei que biscoitos da sorte fossem chineses — comentou Garrett, pegando o último.

A recepcionista curvou a cabeça educadamente.

— Biscoito da sorte asiático — disse, num carregado sotaque japonês. — China gosta de biscoito... Japão gosta de sorte.

Garrett riu.

— Entendi. Tenho que me lembrar disso. E eu que sempre pensei que fosse apenas uma coisa chinesa.

A recepcionista deu uma risadinha, depois se curvou e falou novamente, só que sem qualquer sotaque.

— Na verdade — disse ela, sussurrando, para que seu disfarce não fosse descoberto pelos outros clientes —, os biscoitos da sorte foram inventados pelos imigrantes americanos no começo do século XX. Começaram com passagens bíblicas no lugar de sortes, mas depois da Segunda Guerra Mundial transformaram-nos num instrumento de marketing para os donos de restaurantes americanos. A China e o Japão nada tiveram a ver com eles.

— Sério? — perguntou Sophie, intrigada com a lição de história.

— Posso estar simulando o sotaque — sussurrou a mulher, dando uma piscada —, mas não simulo os fatos. — Então, reassumiu o sotaque falso e falou em voz alta para que todos pudessem ouvir. — Ásia compartilha boa sorte com vocês! Voltem sempre! — Ela se curvou de maneira dramática, depois foi atender outra mesa.

Garrett ainda estava rindo e imitando a recepcionista quando entraram no carro. Sophie estava mais contemplativa.

— Antes de irmos pra casa — disse —, podemos seguir um pouco mais por esta rua?

— Claro. O que foi?

Ela ergueu as sobrancelhas, nervosa.

— Só uma coisa que quero te mostrar.

Vários quarteirões mais à frente na estrada Sophie o instruiu a virar à esquerda numa movimentada rua principal com quatro faixas, na qual continuaram por outro quilômetro e meio. Ela ficou tensa ao passarem pela loja dos chocolates preferidos da mãe, aquela na qual queria tanto parar em seu nono aniversário. Trincou os dentes. *Dezenove anos*, pensou, *e eu ainda não entrei ali para comprar doce.*

Cem metros além da loja de doces mandou que Garrett reduzisse e pegasse a última faixa à direita. Viu o hidrante junto do qual se sentara na chuva; estava se aproximando depressa pela calçada.

— Reduza! — pediu. — Estamos aqui.

— Soph, se eu reduzir mais, vou provocar um acidente. Onde é *aqui*?

Ela hesitou antes de responder, mantendo o olhar no hidrante amarelo.

— O acidente.

Não havia onde parar, mas Garrett pisou no freio mesmo assim e reduziu até quase o carro se arrastar. Os veículos na outra faixa continuaram passando voando à esquerda, enquanto alguns dos carros presos atrás dele começaram a buzinar. Ele ligou o pisca-alerta e acenou para que contornassem enquanto continuava devagar.

— Exatamente aqui? — perguntou ele. Não estava apenas interessado, Sophie podia perceber que Garrett apreciava o fato de ela estar se abrindo sobre o assunto.

— Fiquei sentada bem aqui do lado do hidrante por algum tempo, só assistindo a tudo acontecer ao meu redor. A fileira de ambulâncias estava bem ali e nosso carro no meio da estrada, bem ali — disse ela, apontando. — Lembro que havia um caminhão da UPS bem aqui, e que o motorista estava logo à frente, no chão. — Continuou falando enquanto se moviam lentamente pelo quarteirão. Garrett permaneceu em silêncio enquanto ela compartilhava todos os detalhes que conseguia lembrar: o número de caminhões dos bombeiros e ambulâncias, o padrão das luzes ao longo da estrada, até que distância o trânsito ficou retido, os policiais acenando para que os carros contornassem o acidente.

Quando terminou de falar, Garrett ainda estava olhando em silêncio para a estrada.

— Garrett? — Ele se voltou para Sophie. — No que está pensando?

— Só que... Uau! — murmurou. — Deve ter sido difícil. — Continuou olhando para ela. — Lamento que tenha passado por isso, Sophie.

Ela sorriu discretamente e lhe tocou o braço.

— Vamos para casa.

Capítulo 15

Suas dúvidas sobre o futuro são facilmente
explicáveis: você é paranoico.

— Está tudo bem? — perguntou Sophie a Garrett
depois de lhe dar um beijo de boa-noite. — Você quase não falou
desde que saímos do restaurante.

— Só estou cansado, eu acho.

Sophie pensou ter visto uma pontinha de algo mais passar
pelo rosto dele.

— Tem certeza? Não está tendo dúvidas, está?

Ele deu um pequeno sorriso e a envolveu em um forte abraço.

— Não. É que... ver onde seus pais morreram. Dá no que
pensar. Antes desta noite, você nunca falou muito sobre isso,
e acho que ver onde aconteceu me ajudou a visualizar o que
deve ter sido pra você, e isso me abalou. Fico triste que tenha
carregado todas essas memórias consigo por todos esses anos.

Sophie o manteve no abraço, temerosa de que, caso o afas-
tasse naquele momento, Garrett pudesse ver em seus olhos que
existiam coisas piores que ela carregava consigo a respeito do
acidente, coisas que não havia dividido com ele.

— Obrigada — murmurou.

Quando se soltaram, Garrett deu outro beijinho em Sophie.

— Vejo você amanhã, Soph — disse, depois foi embora e
entrou no carro.

ENQUANTO DIRIGIA para a própria casa em Tacoma, tantos pensamentos corriam pela mente de Garrett que ele perdeu a saída. Depois de passar por ela, disse a si mesmo que podia facilmente pegar a saída seguinte, um quilômetro adiante, mas também passou direto por essa. Depois que todas as saídas para Tacoma viraram borrões distantes no retrovisor, ele parou de se enganar.

Garrett não estava indo para casa. *Ainda não.*

ELLEN JÁ ESTAVA pegando no sono quando ouviu a campainha tocar. Sentou-se na cama e ficou à escuta. A campainha de três carrilhões soou outra vez no corredor alguns segundos depois. Pulando da cama, jogou um robe sobre o corpo, depois enfiou a cabeça no corredor e gritou:

— Bata uma vez se amigo, duas se inimigo.

Não houve batida em resposta, só os carrilhões da campainha outra vez. Ellen pegou o coldre com a arma no criado-mudo e o levou para a porta, só por precaução.

— Olá? — perguntou com cautela, antes de destrancar qualquer coisa. — Quem está aí?

— É Garrett Black — foi a resposta. — Lamento incomodá-la a essa hora, Ellen, mas preciso conversar.

Garrett era a última pessoa que Ellen esperava que aparecesse tão tarde da noite sem ser convidado. O fato de faltar menos de duas semanas para o casamento e de ele parecer preocupado não lhe deu uma boa sensação. Destrancou a porta depressa e o deixou entrar.

— O que está acontecendo, Garrett? — perguntou, depois de trancar a porta. O rosto dele parecia ainda mais preocupado do que a voz havia soado. — Está tudo bem?

— Tudo bem — disse ele, mas o sorriso frágil dizia outra coisa. — Lamento muito incomodá-la, mas... Sophie me levou ao local do acidente esta noite, o lugar onde os pais dela morreram.

Ellen o observou brevemente antes de falar.

— Entendo. Acho que ela deve amá-lo mesmo tanto quanto diz. Ela mal fala sobre o acidente, e nunca, *jamais*, levou alguém lá. Nem mesmo Evalynn.

— Eu sei — murmurou ele.

— Então, o que há de errado?

— Mesmo quando estávamos lá, Soph não me deu muitos detalhes, só algumas imagens mentais que mantinha guardadas. Mas eu gostaria de entender melhor o que ela realmente sofreu. — Ele se calou por um instante. — Sei que é difícil demais para ela falar disso, mas quero saber mais a respeito, para poder apoiá-la melhor, dividir um pouquinho o fardo emocional. Isso faz algum sentido?

Ellen sorriu.

— Faz todo sentido — disse. — E, francamente, estou aliviada. Parece que você se importa com ela tanto quanto ela se importa com você.

Garrett concordou.

— Eu me importo. Ellen, sei que esteve lá naquela noite. Pode me contar o que lembra?

— Posso fazer melhor do que isso. Se prometer não contar a ninguém, deixo ver a cópia do relatório policial daquela noite Fiz uma cópia no fim daquele dia. Tem todos os detalhes imagináveis.

— Sophie leu?

Ela meneou a cabeça.

— Fiz uma cópia para o caso de um dia ela querer saber detalhes, mas, em todos esses anos, ela nunca perguntou nada. Nem sabe que eu o tenho. — Apontou para o sofá. — Sente-se. Vou levar uns minutinhos para encontrá-lo.

Garrett fez como recomendado, mas depois que Ellen saiu ele se levantou para olhar as fotos na parede. Já estivera na casa de Ellen inúmeras vezes, mas nunca teve realmente chance de observar as imagens. A maioria era de Sophie e Evalynn ao longo da vida: fotos de escola, baile, formatura. Mas uma pequena, mais acima na parede, era a de um jovem casal negro de mãos dadas. Ele reconheceu a mulher como Ellen e supôs que o homem fosse o marido dela. Garrett sabia que Ellen tinha sido casada, e que o marido havia morrido, mas era tudo o que sabia.

Enquanto olhava a foto, Ellen voltou para o cômodo.

— Encontrei — anunciou.

Garrett se virou. Não queria ser invasivo, mas sabia que ela já o tinha visto olhando a foto.

— Ellen, esse é...?

— Meu marido, Rick. Sim, é ele.

— Era policial também, certo?

Ela aquiesceu em silêncio.

— Sophie disse que ele foi morto no cumprimento do dever.

Ellen mexeu a cabeça novamente, só que não era em assentimento. Nem uma sacudida de negação, mas algo entre os dois.

— Foi... quase isso mesmo.

Garrett não queria se intrometer ainda mais no passado dela, então não disse nada. Mas Ellen percebeu pela expressão dele que queria saber mais.

— Ele não estava em serviço — prosseguiu ela. — Nunca contei às meninas exatamente como foi, pois não queria que se preocupassem com a própria segurança. Sempre que perguntavam, eu só dizia: "Ele foi um homem corajoso e morreu fazendo o seu trabalho."

Garrett lhe deu uma olhada indagadora.

— Por que elas não se sentiriam seguras?

Ellen suspirou.

— Venha se sentar. — Quando os dois estavam sentados, ela continuou: — Sophie já lhe contou que eu costumava dizer que há propósito em tudo, até nas coisas ruins?

— Sim, ela mencionou. Mas, para ser honesto, não acho que ela compartilhe dessa visão.

— Eu sei. Espero que compartilhe um dia. Ser mãe de Sophie e Evalynn foi uma grande bênção para mim. Mas, honestamente, provavelmente eu nunca conheceria essa alegria se não tivesse perdido Rick. Sophie foi meu raio de esperança.

— Por quê?

— É... complicado. Você tem tempo?

Garrett assentiu.

— Certo. Bem, acho que vou começar com Rick. Nós nos conhecemos na Academia de Polícia, depois fomos chamados para o mesmo distrito, como recrutas. Tínhamos 21 anos na época. Nos casamos um ano depois de nos conhecermos, e dois anos mais tarde, quando decidimos que era hora de começar uma família... — Ela hesitou. — Eu descobri que não podia. Aparentemente, não fui fabricada corretamente para gerar filhos. De qualquer forma, foi uma grande decepção. Procuramos um especialista depois do outro, mas, por fim, nos disseram que não tinha jeito. Então pesamos nossas opções. Sabíamos que a adoção era um caminho, e a consideramos com seriedade. Mas, por causa do nosso trabalho, também sabíamos que era alta a demanda por lares de criação que fossem bons e seguros. Depois de muito conversar e rezar, sentimos realmente que podíamos oferecer ao sistema de acolhimento um lugar ótimo para crianças que precisassem de um pouquinho de amor. Estávamos em processo de qualificação quando Rick morreu.

Garrett a encarou com curiosidade.

— E como isso tem a ver com a existência de um propósito na tragédia?

Os olhos de Ellen buscaram o chão. Em seguida, ela os ergueu devagarinho até encontrarem os dele.

— Algumas pessoas podem atribuir isso a uma coincidência aleatória, mas vejo mais do que uma oportunidade inesperada no fato de Sophie se tornar órfã na minha primeira noite de volta ao trabalho depois de me tornar viúva. Acho que era para ser.

Garrett pigarreou.

— Como?

Ellen fez uma careta.

— Bem, fiquei de licença por dois meses cheios de sofrimento, tentando apenas lidar com as coisas. Foi difícil perdê-lo. Eu estava fazendo dois turnos, cobrindo alguém, então Rick já tinha deixado o distrito e ido pra casa enquanto eu ainda estava de patrulha. Perto do fim do meu segundo turno, eu estava ouvindo a conversa no rádio, e houve um chamado para que todas as unidades disponíveis fossem para um endereço em Seattle onde um policial fora do serviço tinha sido baleado. — Ellen parou e encarou Garrett. — Era o *meu* endereço.

Garrett ofegou.

— Ah, meu Deus, sinto muito, Ellen.

Ela sorriu estoicamente.

— Cheguei lá o mais rápido que pude, mas não fez diferença. Ele já estava morto. Acontece que ele tinha prendido um integrante de uma gangue mais cedo naquela noite, um de vários que tinham roubado uma loja. A marca da gangue estava entalhada na nossa porta quando cheguei. Acho que um dos garotos que escaparam da loja estava esperando fora da delegacia quando Rick saiu do trabalho, e o seguiu até em casa. Atirou logo da entrada quando ele abriu a porta, desarmado.

Isso explica o nervosismo de Ellen para abrir a porta, pensou Garrett.

— Puxa. Não sei o que dizer. E não sei como foi capaz de ver um raio de esperança nisso.

Ellen encolheu os ombros.

— Depois do trauma inicial de perdê-lo, e depois que encontrei um lugar novo pra morar, decidi que ainda queria adotar uma criança. Rick só queria meninos, e é o que teríamos feito se ele não tivesse morrido. Mas durante meu tempo afastada do trabalho decidi que uma menina talvez fosse a melhor escolha para uma mãe solteira. Com isso em mente, voltei a trabalhar, e naquela mesma noite conheci uma menininha que precisava de uma mãe mais do que ninguém. Durante os meses seguintes ao acidente de Sophie, fiquei ligando para saber dela, deixando o Estado saber que eu estava disposta e era capaz de cuidar dela caso houvesse necessidade. Então, um dos seus lares de criação se desestabilizou quando o marido morreu de ataque cardíaco, e, pasme, o Serviço Social trouxe meu raio de esperança bem pra minha porta. — Ela fez uma pausa, e Garrett achou que os olhos dela estavam ficando úmidos. — Perdi Rick, mas ganhei Sophie, e depois Evalynn. Sei que pode não parecer um raio de esperança pra elas, mas foi tudo pra mim.

Garrett expirou devagar, assimilando tudo.

— Por que nunca contou a elas o que aconteceu com Rick?

Ela deu outro suspiro.

— Em grande parte, não queria que as meninas temessem que algum dia um criminoso aparecesse na porta com uma arma. Mas também fiquei inconsolável com o que essas meninas tinham passado e achei que não seria justo dizer que seus maiores sofrimentos tinham se transformado nas minhas maiores alegrias. Me sinto culpada só de pensar, quanto mais de dizer a elas.

Garrett assentiu em compreensão, mas não disse nada.

Depois de alguns momentos de silêncio, Ellen entregou a Garrett o relatório policial.

— Lamento, fiquei falando sem parar. Ainda está interessado nisso?

Ouvindo a história de Ellen, ele quase se esquecera do relatório.

— Ah. Sim.

Ele abriu a pasta de documentos. Continha um relatório de dez páginas que incluía relatos de testemunhas, detalhes sobre os carros envolvidos e os danos sofridos, nome e idade das pessoas em cada carro, e uma apreciação da culpa que dizia simplesmente: tempo inclemente, estradas escorregadias, baixa visibilidade.

Passando depressa os dedos de um parágrafo para outro, Garrett examinou as primeiras páginas em menos de um minuto. Depois desacelerou, dando completa atenção às páginas remanescentes, lendo cada frase com muita atenção. Sentiu o rosto ficar vermelho e esperou que Ellen não tivesse notado. Quando terminou a leitura, fechou e devolveu o documento.

Ellen inclinou um pouco a cabeça.

— Parece compreender melhor as coisas agora.

Ele concordou.

— Sim. Obrigado. E obrigado por contar sobre seu marido. Sophie é muito sortuda por ter você. Espero que um dia ela reconheça que coisa maravilhosa foi seus caminhos terem se cruzado. — Levantou-se. — É melhor eu ir andando pra que você possa dormir um pouco.

Ela o acompanhou até a porta.

— Boa noite, Garrett.

Ele se virou e a encarou, e uma estranha tristeza encheu seu semblante.

— Adeus, Ellen.

Capítulo 16

Se acha que as coisas estavam lhe sorrindo,
você estava de ponta-cabeça.

Na noite seguinte, Garrett ligou para Sophie depois do trabalho e explicou que precisava fazer umas horas extras no consultório para ficar completamente disponível para tirar uma folga durante a lua de mel. Sophie compreendeu perfeitamente, uma vez que estava em situação semelhante na Chocolat' de Soph. Com apenas duas semanas faltando, ainda havia uma lista de coisas que precisavam ser organizadas antes que se sentisse confortável para deixar tudo nas mãos de Randy por uma semana inteira.

Devido a uma emergência ou outra, Garrett e Sophie mal se viram durante aquela semana. Sophie sentia saudades, mas lembrou-se de que num futuro próximo poderia vê-lo todos os dias pelo resto da vida, e assim os poucos dias sem ele ficaram mais toleráveis. Além disso, ainda conversavam todas as noites pelo telefone antes de irem dormir, e isso, por enquanto, era o bastante para que ela sobrevivesse.

Depois de deitar cedo na noite de sábado, Sophie ficou confusa quando o telefone tocou a uma e meia da madrugada. Demorou a ficar bem alerta para reconhecer que estava ouvindo o toque de Garrett, que não era um sonho.

— Garrett?

— Precisamos conversar, Soph — disse ele.

Sophie achou que a voz dele soava estranhamente distante, o que disparou um calafrio de alerta em sua espinha.

— Agora?

— Não pode esperar.

— Humm. Tá. Estou ouvindo. Está tudo bem?

Fez-se um breve silêncio ao telefone antes de Garrett dizer:

— Estou no meu carro aqui na frente. Pode descer?

— Garrett... o que está acontecendo?

— Só desça, Soph.

O pânico já estava instalado em Sophie. E o pavor. Fosse lá sobre o que Garrett desejasse conversar, ela sabia lá no fundo que não era bom.

— Já estou descendo — sussurrou.

Saindo da cama, Sophie espiou pela cortina a entrada de carros lá embaixo. De seu ângulo no segundo andar não conseguia ver o rosto de Garrett, mas era capaz de ver as duas mãos apertando o volante. Embora estivesse frio e chuviscando, não pensou em pôr um robe ou sapatos; na pressa para descobrir o que estava acontecendo, desceu em seu pijama de cetim e caminhou até o carro dele descalça.

Enquanto andava, Sophie tentou imaginar todas as possíveis razões para que Garrett a acordasse no meio da noite e a chamasse para conversar no carro. Mas para cada razão externa que concebia a vozinha em sua cabeça continuava dizendo: *Não... é por minha causa.*

Ela estava tremendo quando se acomodou no banco da frente do carro, mas forçou um sorriso otimista.

— Que surpresa agradável. Bom dia, meu lindo.

As mãos de Garrett permaneceram grudadas no volante. O rosto não estava desprovido de emoção, mas tampouco era a expressão de alguém feliz por vê-la. Ao virar a cabeça, a luz da varanda de Sophie iluminou bastante o rosto dele para que ela visse que ele havia chorado.

— Duas horas — disse ele, entorpecido. — É o tempo que passei aqui sentado decidindo o que fazer.

Sophie encolheu o braço rapidamente, como se o tom da voz a tivesse ferroado.

— O que é que está acontecendo, Garrett? Então esclareça... se está pensando em...

As palavras ficaram pairando no ar.

— Garrett — implorou —, seja lá o que for, apenas fale para que possamos dar um jeito.

Ele desviou o rosto e murmurou:

— Sinto muito, Soph...

— Sente muito? Por que sente muito, Garrett? Me conte!

Ele baixou o olhar.

— Acabou.

Sophie queria vomitar. Pôs a mão sobre a boca só para o caso de algo ser expelido.

— O quê? — conseguiu dizer assim que a ânsia de vômito passou. — Do que está falando? De *nós*? Acabou para nós, simplesmente assim? Garrett, seja lá o que for, garanto que podemos resolver.

Enquanto falava, a chuva e o vento aumentaram, açoitando o carro em fortes rajadas.

— Lamento, Sophie — repetiu Garrett, tirando os olhos do volante para enfrentá-la. A voz estava muito mais solidária agora. — Se houvesse um modo de evitar isso, eu faria, mas... algumas coisas simplesmente não têm conserto.

— Poderia explicar melhor? Ao menos me diga o porquê — exigiu ela.

Ele balançou a cabeça uma vez, devagar.

— E isso importa? Acabou, Soph. Você me disse, muito tempo atrás, que as coisas boas não duram. Talvez estivesse certa.

Ela não queria chorar, mas o impacto do que ele estava dizendo — *o lembrete de que tudo que um dia havia amado tinha terminado mal* — a levou às lágrimas.

— Você mentiu pra mim! — uivou. — Disse que me amaria pra sempre! Disse que eu podia confiar em você! *Confiei em você!*

— Não se preocupe com os preparativos do casamento — disse ele, enquanto Sophie continuava soluçando. — Eu garanto que vou notificar a todos. Não precisa fazer nada.

Ela o ouviu, mas se recusou a olhá-lo ou responder de alguma forma.

Havia muitas coisas que Garrett queria dizer para confortá-la, mas sabia que se falasse demais só provocaria mais perguntas. Perguntas que não desejava responder.

— Preciso ir.

— Então é isso? Diz que acabou e vai embora, simples assim?

Ele inclinou a cabeça em resposta.

Sophie abriu a porta e saiu sob a chuvarada. Quando fechou a porta do carro, já estava completamente ensopada. Mas em vez de correr para dentro simplesmente ficou ali, descalça na chuva, e viu Garrett deixar a entrada de carros e encaminhar-se para fora de sua vida.

Assim que a luz traseira do carro sumiu de vista, ela entrou. Deixando poças pelo chão enquanto prosseguia, foi direto para o sofá da sala e, sem se importar em secar-se, desabou, enroscou-se feito uma bola e chorou até o amanhecer.

Capítulo 17

O mundo pode ser seu quintal, mas nada nasce lá.

— ABRA ESTA PORTA, SOPHIE! — berrou EVALYNN NO mínimo pela décima vez.

— Vá embora!

— Coisa nenhuma! Vou ficar batendo, gritando e tocando a campainha até você me deixar entrar! — Evalynn apertou a campainha cinco vezes numa rápida sucessão, depois começou a bater de novo. — Os vizinhos estão olhando! É melhor abrir antes que chamem a polícia!

Trinta segundos depois, Sophie cedeu e abriu a porta da frente. Ficou ali, muito pálida, com recentes rastros salgados pelas bochechas. Os olhos estavam inchados, o cabelo era um ninho de rato, e parecia estar vestindo o mesmo pijama há dias.

— Oi, Sophie — murmurou Evalynn.

— Só quero ficar sozinha. Por que é tão difícil de entender?

— Eu sei. Mas você já se isolou por, o quê... três dias? Já chega. Posso entrar?

Franzindo a testa de maneira dramática, Sophie murmurou:

— Tá bom.

Evalynn entrou, abrindo os braços para dar um abraço em Sophie.

— Não vou mentir. Você está péssima.

— Cale a...

— *Cruzes...* Seu cheiro também não é dos melhores. Tomou banho?

— Não, desde sábado.

— Então já está mais do que na hora.

Foi preciso certa insistência, mas uma hora depois Sophie tinha aparência e cheiro apresentáveis. Não muito depois, Ellen apareceu em seu carro de patrulha.

— Devia ter me ligado, Sophie — falou Ellen enquanto a abraçava. — Eu não devia ter ficado sabendo dessa confusão pela mãe de Garrett, três dias depois.

Sophie se afastou.

— Eu sei. É que eu... não queria enfrentar a realidade.

Ellen a abraçou de novo.

— Eu sei, Docinho. Eu sei.

Na metade de seu turno no centro da cidade, Ellen recebeu um chamado direto da despachante da polícia, a mãe de Garrett, dizendo que era requisitada imediatamente na delegacia. Tão logo chegou, Olivia DeMattio explicou que Garrett tinha acabado de ligar com notícias horríveis.

— Ele terminou com ela há três dias — disse, histérica —, mas nem se importou em contar pra ninguém até hoje! — Olivia estava mortificada, principalmente porque Garrett não quis dar nenhuma razão concreta para o que havia feito, dizendo apenas que Sophie não tinha nada a ver com isso e que a culpa era dele próprio.

Assim que Olivia parou de falar, Ellen começou a ligar para o celular de Sophie, mas só caía na caixa postal. Depois tentou ligar para a Chocolat' de Soph, mas ninguém atendia lá também. Como recurso final, ligou para Evalynn, que estava saindo do trabalho em Tacoma. Ellen a informou do que sabia e mandou que fosse direto para a casa de Sophie, o mais rápido possível.

Com toda a família de criação ali, Sophie relatou os detalhes de como foi oficialmente rejeitada pelo Dr. Garrett Black. Terminou de contar tudo em poucos minutos, o que, explicou, foi o tempo que Garrett levou para terminar o relacionamento e ir embora.

— E ele não disse por quê?

— Não. Disse que tinha seus motivos, mas que era melhor para nós dois que ele não entrasse em detalhes.

— *Pff* — bufou Evalynn. — Talvez melhor pra *ele*.

Sophie suspirou.

— É. É isso que tem me consumido. Quero dizer, claro, isso tudo é horrível. E não, não queria estar passando por isso. Mas sem entender *por quê*? Não é justo. Tenho tentado ligar pra ele desde então, mas ele não atende.

— Devíamos ir à casa dele — disse Ellen, ficando de pé. — Agora. Eu dirijo, Soph. Você não merece ser deixada de lado assim.

A princípio, Sophie rechaçou a ideia, mas, dez minutos depois, estavam na estrada. O carro de patrulha parou diante da casa de Garrett quinze minutos depois disso. Já estava escuro lá fora, o que facilitava notar que todas as luzes estavam apagadas, mas Sophie saiu do carro e se encaminhou para a porta mesmo assim. Ninguém atendeu. Espiou pela janela perto da porta, mas não havia luz suficiente para ver nada, então correu de volta até o carro.

— Pode apontar o refletor para a frente da casa? — pediu a Ellen.

— Claro, Docinho. Viu alguma coisa lá dentro?

— Não. Só quero ter certeza do que não estou vendo.

Sophie correu para a porta e espiou pela janela de novo. Dessa vez podia enxergar tudo perfeitamente. Só que não havia nada para ser visto. Com o mesmo impulso de vomitar que sentiu três noites atrás, Sophie voltou vagarosamente para o carro e entrou.

Ellen leu o choque em seu rosto.

— Soph... qual o problema?

— Está mesmo acabado — disse, embora as palavras mal fossem audíveis. — Tudo... ele... não há... *nada*.

— O quê? — perguntou Evalynn no assento de trás.

Sophie parecia entorpecida. Virou ligeiramente a cabeça e falou com voz rouca:

— A casa está completamente vazia. Ele se mudou.

— Ora, e o consultório? — perguntou Ellen. — Podemos ir lá, se você quiser. Ou agora ou pela manhã. Ele vai ter que aparecer para trabalhar, mais cedo ou mais tarde.

— De que adianta? — retrucou Sophie. — A maioria das pessoas, quando acha que está na hora de ir embora, simplesmente vai embora. Ele foi embora mesmo! Se isso não é uma mensagem de que não quer falar comigo, então não sei o que é. Não, se ele não quer me ver, vou deixá-lo em paz.

— Mas Soph, e se...?

— Não! Ellen, não importa. Eu sabia desde o início que acabaria assim. É a história da minha vida. Vamos embora. Acabou.

Capítulo 18

Seu maior sucesso é sua aptidão para o fracasso.

— Me leve para a loja — disse Sophie, prostrada, no banco do carona da viatura de Ellen. Já estavam rodando sem rumo pela cidade havia vinte minutos, usando o tempo para identificar mentalmente onde as coisas tinham dado errado com Garrett. Mas, agora que seu temor de perdê-lo se tornara realidade, Sophie queria encontrar outra maneira de extravasar que não fosse ficar rodando de carro no escuro e chorando, então teve uma ideia que talvez funcionasse.

— Hã? — perguntou Ellen.

— Chocolat' de Soph. Preciso ir lá pra me preparar pra amanhã.

Evalynn protestou lá de trás.

— Soph, você está bem no meio de uma imensa crise pessoal. O trabalho pode esperar.

Ela sacudiu a cabeça, decidida.

— Não posso deixá-la ficar fechada por mais um dia. Além disso, acho que será terapêutico.

— Fazer chocolates é tudo, menos terapêutico — contrapôs Evalynn com uma risadinha. — Se você estivesse *comendo* chocolates, talvez eu concordasse.

— Apenas me leve até lá. Tenho uma receita nova que quero testar, em homenagem a Garrett.

Ellen acelerou o motor.

— Vai fazer um doce em homenagem a *ele*?

— Não exatamente — respondeu Sophie calmamente, as engrenagens já girando em sua cabeça quanto aos ingredientes a usar em sua nova "guloseima".

Quando chegaram à loja, Evalynn se ofereceu para ficar e ajudar Sophie com os preparativos.

Ellen ficou apenas o suficiente para lembrar Sophie de que tudo acabaria bem.

— Deus está no leme — insistiu —, mesmo quando achamos que o barco está afundando. Apenas continue acreditando que o Capitão sabe muito melhor do que você para onde está indo, e um dia você vai chegar aonde precisa estar.

Era a primeira coisa que alguém dizia naquela noite capaz de fazer Sophie rir.

— Se Deus está guiando este barco, então vou pular no mar — respondeu. — Ou começar um verdadeiro motim. Mas não foi Deus quem partiu meu coração. Foi Garrett.

— Dê tempo ao tempo, Docinho — aconselhou Ellen com carinho. — Dê tempo.

Depois que Ellen se foi, Sophie colocou Evalynn para trabalhar num novo lote de *fudge*, além de um montão de itens para serem mergulhados à mão em chocolate, enquanto ela embarcava na nova criação. Uma hora depois, logo após as onze da noite, Sophie obteve seu primeiro lote de biscoitos da sorte. A única coisa que faltava eram as mensagens.

Para isso, sentou-se à escrivaninha no escritório e pegou um papel, que cortou em tiras estreitas com uma tesoura. Depois, uma a uma, começou a encher as tirinhas com quaisquer palavras que lhe viessem à mente. A primeira, pensou, era uma pérola. *Algumas pessoas têm sorte no amor. Você não é uma delas.* A segunda também a fez sorrir. *Sua vida irá se despedaçar num piscar de olhos. Não pisque!*

Depois disso, as palavras foram fluindo até cada papelzinho possuir um dito de azar único. Ela enfiou os papeizinhos nos biscoitos e os dispôs numa bandeja para mostrar a Evalynn, cuja boca estava cheia de massa de manteiga de amendoim.

— Se importa de experimentar?

Evalynn engoliu.

— Biscoitos da sorte cobertos de chocolate? Essa é a sua ideia nova? Odeio ter que dizer, mas garanto que já fizeram isso antes.

— Não como esse — disse, sorrindo. — Não são biscoitos da sorte. São Biscoitos do Azar. Acho que vai notar a diferença.

Evalynn deu de ombros e escolheu um. Observando a expressão da amiga ao mordê-lo, Sophie soube que a receita era um sucesso. Um instante depois, Evalynn estava cuspindo e expelindo o biscoito da boca.

— É horrível!

— Como eu falei antes... em homenagem a Garrett. Que mensagem você pegou?

Evalynn examinou aquela confusão esfarelada e tirou o papel. *Assim como o biscoito em sua mão, sua vida amorosa certamente vai se despedaçar e deixar um gosto muito ruim na boca.* Depois de ler, Evalynn ergueu os olhos e franziu a testa.

— É... deprimente.

— É.

— Me faz ponderar um pouco sobre Justin.

— Viu? — disse Sophie, sorrindo de novo. — Terapêutico. Biscoitos da sorte normais são muito cheios de otimismo. Mas estes? Uma dose saudável de realidade para aqueles de nós que já viveram o bastante para saber que a felicidade é apenas uma ilusão.

— Não sei se eu iria tão longe — protestou Evalynn.

Sophie deu de ombros.

— Eu iria.

Parte III

O fim

Capítulo 19

Aceite o que não pode ser mudado.
Sua aparência, por exemplo.

Outubro de 2009

A AGÊNCIA DO CORREIO QUE ABRIGAVA A CAIXA POSTAL DE Sophie ficava a apenas cinco quadras da Chocolat' de Soph, perto o bastante para que ela pudesse caminhar até lá sempre que precisasse, mas no alto de um morro íngreme que ela não se dava o trabalho de subir mais do que uma vez por semana. Mais do que isso seria mesmo exagero, pois os únicos itens que chegavam eram as contas da loja, misturadas aqui e ali com catálogos ou propagandas de atacadistas de culinária e confeitaria. Fazia três semanas que Garrett havia colocado o anúncio no *Seattle Times*, e, como era de se esperar, Sophie não recebera qualquer resposta nas duas viagens anteriores ao correio.

Quando terminou sua subida pelo morro na busca semanal da correspondência, Sophie viu um morador de rua agitando o braço na esquina oposta. Ela lhe deu um breve aceno, recuperou o fôlego enquanto esperava o sinal mudar, então atravessou o cruzamento até onde ele estava.

— Olá, Sophie! Como está minha freguesa favorita?

O homem deu uma leve gargalhada. O cabelo grisalho e gorduroso formava cachos grossos que pendiam sobre a testa e as orelhas, enroscando-se logo acima do colarinho da camisa de flanela vermelha. Manchas de sujeira cobriam a pele envelhecida logo abaixo dos olhos, enquanto o resto do rosto era coberto com uma barba espessa que estava amarrada abaixo do queixo por uma tira elástica. Ele segurava um cartaz de papelão em que se lia: "O Vietnã me mudou. Você também pode me mudar. TEM UM TROCADO AÍ?"

— É isso o que me tornei pra você, Jim? Sua freguesa? É como se não passasse de uma transação comercial.

Jim conhecera Sophie quase um ano atrás, pouco depois de Garrett sair de sua vida. Ela estava indo despachar um pequeno pacote de Biscoitos do Azar para um homem que era dono de uma loja de presentes em Portland e estava procurando novos produtos em potencial quando Jim a deteve na rua para pedir comida ou dinheiro. Sem qualquer dinheiro na hora, Sophie disse que podia ficar com um Biscoito do Azar, mas que provavelmente não gostaria. Ele o aceitou mesmo assim, agradecendo repetidas vezes a gentileza dela.

Por acaso, as papilas gustativas de Jim não funcionavam tão bem, tornando-o a única pessoa que Sophie conhecia que havia comido um Biscoito do Azar e adorado. Também adorava as mensagens, jurava que guardava cada uma delas, que um dia se tornariam realidade. Depois do encontro inicial, ele ficou de olho em Sophie e acabou descobrindo que segunda-feira era o dia da correspondência, então ficava plantado ali todas as semanas e esperava que ela aparecesse.

— Ora, não tô aqui por causa da saúde — disse ironicamente, a voz falhando enquanto falava. — E como se chama isso, senão o meu negócio? Estou atraindo fregueses com minha boa aparência e meu charme incomuns, assim como você os atrai pra sua loja com o sabor dos seus biscoitos deliciosos.

Sophie deu uma risadinha.

— A maioria das pessoas acha o gosto deles horrível.

— Exatamente! Assim como eu, que não sou nenhuma top model, mas ainda consigo ganhar uma graninha das pessoas.

Ela meneou a cabeça.

— Você não é deste mundo.

Jim coçou a cabeça e assobiou.

— Rá! Precisamente o que minha esposa disse antes de me deixar. — Ele se calou, movendo a mão do topo da cabeça para a nuca, onde aparentemente algo mais coçava. — Bem, chega de conversa. Trouxe alguma coisinha pra mim hoje?

Sophie enfiou a mão na bolsa, pegou um Biscoito do Azar embrulhado num guardanapo e entregou-lhe.

— É todo seu. Fresquinho, feito esta manhã.

Jim lambeu os lábios rachados ao aceitá-lo, depois o levou à boca e deu uma mordidinha, saboreando. Depois de mais algumas mordiscadas, apanhou o papelzinho de dentro.

— Oba! — gritou, depois de ler em silêncio. — Mais uma coisa boa. Diz que eu e os pneus do meu carro logo ficaremos carecas.

Sophie balançou a cabeça outra vez.

— E por que isso é uma coisa boa?

Ele parou e a encarou.

— Por que sempre tenho que explicar isso? Um dia, essas sortes vão se tornar verdade. Que bênção que isso vai ser. Com pneus carecas ou não, não tenho carro agora, então parece que as coisas vão mudar pra mim qualquer dia desses.

— Sempre otimista. Bem, tenho que correr pra poder voltar à loja. Randy vai ficar se perguntando por que demorei tanto.

— Vai voltar na semana que vem, Srta. Sophie?

— Creio que sim. Se eu não buscar a correspondência, ninguém mais virá.

Jim sorriu, exibindo as gengivas arroxeadas onde antes existiam dentes.

— Estarei esperando.

COMO SEMPRE, HAVIA poucos itens na caixa postal quando Sophie a abriu. Mas, para sua surpresa, três dos envelopes estavam escritos à mão, o que não era normal no caso da tralha padrão. Abriu um dos três e ficou perplexa ao descobrir que era uma resposta ao anúncio de felicidade nos classificados. Logo abriu os outros dois, rasgando, para descobrir que eram também cartas de felicidade.

Enquanto descia devagar a colina em direção à Chocolat' de Soph, Sophie leu e releu as breves mensagens, ainda surpresa por *alguém* ter respondido ao anúncio. De volta à loja, enfiou as cartas na gaveta superior da escrivaninha, depois substituiu Randy na registradora para que ele pudesse fazer uma necessária limpeza nos fundos.

Não muito depois, o telefone perto do caixa tocou.

— Chocolat' de Soph — disse Sophie, após erguer o fone. — Em que posso ajudar?

— Posso falar com a Srta. de Soph, por favor?

— Muito engraçado, Garrett. O que você quer?

— Oi, Sophie. Como vai?

— Eu estava bem até segundos atrás — disse ela, a voz soando contida.

— Ah, qual é, se anima. É tão ruim assim falar comigo? Só quero saber como meu anúncio está indo. Já tem alguma resposta aceita?

— Anda péssimo — disse quase imediatamente. — Exatamente como imaginei que seria.

— Então paguei três semanas seguidas desse troço no *Times* e nem uma única resposta? Isso dói.

— Bem... pode ter conseguido uma resposta ou duas, mas nada realmente significativo.

— Opa. Verdade? — Garrett parecia de repente muito animado. — Então existem mesmo pessoas felizes se escondendo por aí. E aparentemente elas leem os classificados.

— Aparentemente — gracejou ela.

— Então só obteve uma resposta, ou duas?

Sophie limpou a garganta.

— Três, na verdade. Chegaram hoje.

— Três! Isso é ótimo. Na média, é uma por semana.... nada mal. Nesse ritmo, vão ser, tipo, dois anos até conseguir meu encontro com você.

— Eba! — disse ela, num entusiasmo zombeteiro. — Mas tenha em mente que só porque três cartas apareceram não significa que todas as três contem para as cem. Elas têm que ter exemplos legítimos, ponderados e duradouros de felicidade. E, como sou a juíza, provavelmente não têm.

O telefone ficou em silêncio por vários segundos.

— Não vai mesmo mudar de ideia, não é?

— Acho que é justo fazer o que for preciso para evitá-lo o máximo possível.

Sobreveio mais silêncio, mas Garrett por fim disse:

— Então, mesmo que eu consiga cem ou mais respostas válidas, você vai vetar todas.

Sophie riu.

— Nem *todas*. Seria injusto. Mas o suficiente para dissuadi-lo, sim.

— Bem, nesse caso — respondeu ele —, acho que é razoável que eu leia as respostas também, só pra ficar por dentro. Se vou investir um dinheiro nisso, pelo menos preciso saber que você está dando uma chance justa às respostas.

Agora era a vez de Sophie ficar em silêncio.

— Vai mesmo manter o anúncio? — perguntou por fim. — Vai sair caro, semana após semana.

— Ei, você fez as regras, Soph. Só estou aceitando. Mas, de uma forma ou de outra, preciso me sentar com você e explicar por que fiz o que fiz, e se for necessário continuar com isso do anúncio, então que assim seja.

Sophie suspirou. *Será que um encontro machucaria*, perguntou ela, *só para acabar com isso e seguir em frente?* Ela sabia que estava sendo teimosa e que a coisa civilizada a fazer seria simplesmente ceder e deixar Garrett dizer fosse lá o que ele quisesse dizer. Mas será que a dor que ele lhe causara não justificava evitá-lo enquanto fosse possível?

— O dinheiro é seu — disse ela, após um longo tempo.

— Exatamente.

— Hã?

— O dinheiro é meu, e quero ter certeza de que estou fazendo valer meu investimento. Vou passar aí daqui a pouco pra ler as primeiras três cartas. Até logo, Soph! — Ele desligou antes que ela pudesse argumentar.

Fiel à palavra dada, dez minutos depois Garrett apareceu na Chocolat' de Soph, usando roupa cirúrgica azul e com um tremendo sorriso. Sophie estava nos fundos recolhendo suas coisas, esperando sair dali antes que ele chegasse. Fechando a porta ao passar, Garrett acenou alegremente para Randy, depois deu a volta no balcão e seguiu para o escritório de Sophie.

— Saindo tão cedo? — perguntou ele assim que entrou no cômodo.

— Sim — retrucou ela, pegando o guarda-chuva —, mas aparentemente não cedo o bastante.

Garrett apenas continuou sorrindo.

— Ora, não se vá ainda. Quero ver as cartas que pegou hoje.

Sophie apoiou o guarda-chuva e abriu a gaveta superior da escrivaninha.

— Tudo bem. Aqui, fique com elas. — Entregou-lhe os três envelopes no topo da pilha de correspondência.

Sentando-se diante da escrivaninha de Sophie, Garrett começou a ler cada uma das cartas. Depois de ler todas as três, reiniciou e estudou cada uma delas com mais cuidado. Uma delas incluía um desenho feito à mão, outra tinha uma foto 10x15 e a terceira era simplesmente uma carta. Nenhuma das correspondências era longa, mas ele levou vários minutos antes de se dar por satisfeito.

— Bem — principiou, ficando de pé e virando-se para Sophie —, duas dessas três não são tão ruins, não é? Admito, reduz um pouquinho minha média semanal, mas é melhor do que nada.

Sophie deu uma risada debochada.

— Duas? Eu não contaria nenhuma delas nas cem.

Dando uma risadinha, Garrett largou uma das cartas diante dela na escrivaninha.

— Eu soube de cara que você não contaria esta. E, mesmo que eu consiga enxergar que algumas pessoas talvez apreciem a animação da caça, acho que matar outros seres vivos por esporte não se qualifica como felicidade duradoura.

— Não — concordou ela. — E quase engasguei quando olhei a foto dele parado perto daquele alce morto. Viu como a língua dele estava caindo da boca? — Sophie balançou a cabeça como num ataque súbito de calafrios.

— Então estamos de acordo nessa — disse ele com uma gargalhada, depois estendeu os outros dois envelopes. — Mas como pode descartar estes aqui?

Sophie cruzou os braços e ficou de pé, separada dele pela escrivaninha.

— A carta da mulher é genérica demais. Ela escreveu mais do que os outros, mas o que realmente disse é que felicidade é ver os filhos crescendo, o que não é verdade.

Garrett inclinou a cabeça.

— Por que não?

— Ora, primeiro, e as pessoas que não têm filhos, que *não podem* ter filhos? Esse tipo de felicidade as exclui. E as crianças são potencialmente passageiras, por mais triste que pareça. Se as crianças não chegarem à vida adulta, então não as viu crescer. Você as viu morrer. Isso é felicidade? E...

— Tem mais?

— Silêncio — disse ela. — Você queria minha justificativa, e é o que estou lhe dando. Veja meus pais. Pela definição dessa mulher, eles não foram felizes porque não me viram crescer, não chegaram tão longe.

— Você é dura — murmurou ele. — E essa? Da criança?

— Ah, puxa! — disse ela, soando quase ofendida. — Um desenho de um gato feito com lápis de cor? Sério?

— Ora, para uma menininha, um animal de estimação pode ser algo que traz felicidade, não pode?

— É um *gato*, Garrett. Daqueles que arranham a mobília, vomitam pelo, grande parte do qual que foi lambido do próprio corpo. Isso lhe parece felicidade? E o desenho? Se não estivesse rotulado como um gato, eu teria dito que era um hipopótamo.

Garrett deu um sorriso forçado.

— Então é um não definitivo?

Sophie assentiu.

— E, agora, mais alguma coisa que eu possa fazer por você? Quero muito pegar o próximo ônibus para Gig Harbor.

— Não — disse ele, sorrindo ao se virar para ir embora. — Vá pegar seu ônibus. — Ele fez uma pausa momentânea, depois perguntou: — Quando vai verificar a caixa postal de novo?

Ela inclinou a cabeça para o lado.

— Na próxima segunda. Por quê?

Sorrindo de maneira brincalhona, Garrett se virou e sussurrou:

— Perfeito! Até lá, então. — Disparou porta afora antes que ela pudesse começar a se opor.

Capítulo 20

Alguns dizem que a vida é uma peça, e o mundo, seu palco.
Se você diz isso, espero que tenha um bom substituto.

— Onde você estava? — quis saber Evi quando Sophie enfim atendeu o celular. — Estou tentando falar com você há uma hora, mas só cai na caixa postal.

— Desculpe — lamentou Sophie. — Só liguei meu celular há poucos minutos. Garrett estava ligando desde cedo e eu já estava cansada de ouvir o toque dele, então desliguei. O que é?

— Puxa! Então você não falou com ele hoje?

Sophie podia ouvir a preocupação na voz da irmã de criação.

— Não, não nos falamos desde que ele apareceu na loja dias atrás. Por quê?

— Bem, ele provavelmente estava tentando falar com você pelo mesmo motivo que eu. Presumo que você não tenha visto o noticiário da noite, viu? — perguntou Evi.

— Você sabe que evito. Metade do que noticiam é simplesmente deprimente demais.

Sophie ouviu Evi expirar depressa pelo nariz, como se estivesse reprimindo uma risada.

— É bem verdade. Escuta, se não estiver vestida pra aparecer em público, ponha uma roupa. Pego você em dez minutos. Tem uma notícia muito deprimente que você precisa ver.

— É alguma coisa... *ruim*? — perguntou Sophie, relutante.

— Não é ruim, só é... Só um instante. *Justin! Não ouse mudar de canal até ter certeza de que está gravado!* Ainda está aí, Soph?

— Estou.

— Então, não é *ruim*, é só uma coisa que você precisa ver por si mesma. Tá bom? Daqui a pouco estou aí.

Com um suspiro pesado, Sophie resmungou:

— Mal posso esperar.

Nem dez minutos tinham se passado quando Evalynn parou o carro na entrada e buzinou para que Sophie saísse. Pouco depois estavam na casa de Evi. Justin estava trocando uma lâmpada na cozinha quando passaram para ir até a sala de estar, onde a TV de plasma estava pausada num *close* da mascote da seguradora de automóveis Geico, um lagartinho com a boca escancarada.

— Sente-se — aconselhou Evalynn.

— Ei, Sophie — disse Justin poucos segundos depois, entrando e jogando-se numa poltrona vazia. — Ev já te contou?

— Nem uma palavra.

Justin esfregou as mãos.

— Aah, então você está convidada para uma verdadeira surpresa. Nós já vimos isso umas dez vezes e...

— Cala a boca — disse Evalynn, interrompendo-o. — Deixa ela mesma ver.

Sophie olhou de um para o outro. Evi estava mordendo o lábio para evitar um completo franzir de cenho, mas Justin sorria de modo travesso. Não sabia o que deduzir das expressões díspares, mas a sensação lá no fundo do estômago a avisava de que o que quer que estivesse para ver na TV a deixaria enjoada.

Evalynn acomodou-se ao lado de Sophie no sofá e apontou o controle para a tela.

— Vamos lá — murmurou consigo mesma, enquanto o polegar pressionava o botão de play.

O lagartinho da Geico ficou imediatamente animado, emitindo algumas poucas palavras em seu carregado sotaque *cockney* antes que o comercial terminasse. Em seguida, a tela mudou para a transmissão do noticiário das sete horas — televisionado quase duas horas antes —, focando no rosto atraente do âncora do Canal 2.

— Bem-vindos novamente ao noticiário do Canal 2 — disse ele com confiança, mantendo um sorriso educado. — Sou Kip Waverly. — Como se seguindo a deixa, o sorriso firme do âncora de repente se tornou mais contemplativo, beirando a melancolia. — No segmento especial de notícias de interesse local desta noite vamos falar agora com Lori Acres em Tacoma. Lori?

Um calafrio percorreu a espinha de Sophie quando o homem mencionou Tacoma.

A cena cortou para uma mulher elegantemente vestida no fim da faixa dos 20 anos, unhas bem-feitíssimas, parada do lado de fora da agência do correio que Sophie frequentava toda semana. O cabelo aloirado era balançado suavemente pela brisa.

— *Obrigada, Kip* — disse ela, bastante séria. — Nestes tempos de economia desafiadora, com tanto foco nas taxas de desemprego, nos fracassos comerciais e nas execuções de hipoteca, pode ser fácil perder de vista o fato de que, por trás dos números, no coração dos fatos e das cifras, existem pessoas. Pessoas comuns que estão tentando seguir em frente, perseguindo o sonho americano na busca da felicidade. — Lori fez uma pausa dramática para franzir os lábios. — Mas o que acontece — prosseguiu — quando esse sonho já não parece mais ser possível? Quando a felicidade parece uma busca inatingível? Alguns contam com o apoio de família e amigos. Outros recorrem a conselheiros religiosos e mentores espirituais. Mas quantos recorreriam ao público em geral? Provavelmente poucos... Mas ao menos um indivíduo na área da Grande Seattle está ansioso por um fio de esperança vindo de outras pessoas.

Sophie cravou os dedos no sofá quando a correspondente ergueu uma cópia do *Seattle Times*.

— Graças a um de nossos telespectadores, que nos deu a indicação para um anúncio muitíssimo incomum, estou aqui esta noite para noticiar que um grito desesperado por ajuda foi dirigido a todos nós.

Kip Waverly surgiu.

— Desculpe-me, Lori. Você disse anúncio?

— É exatamente isso, Kip. Nas últimas semanas, um anúncio anônimo tem sido publicado na seção de classificados do *Seattle Times*. Permitam-me ler este breve mas comovente apelo. — Lori fez outra pausa ao erguer o jornal para uma posição em que pudesse vê-lo sem bloquear o rosto, depois leu cada palavra do anúncio devagar, acrescentando inflexões dramáticas sempre que possível: — "Procura-se felicidade. Por favor, ajude-me a encontrar o que perdi. Mande sugestões para Caixa Postal três dois nove sete, Tacoma, Washington, nove oito quatro zero dois. Apenas felicidade duradoura, por favor. Nada passageiro."

— Uau! — retrucou Kip da redação do jornal. — Eu nunca pensei em recorrer aos classificados para encontrar felicidade, mas acho que, quando se precisa mesmo de ajuda, é preciso procurar onde quer que seja possível.

— Uau mesmo, Kip. Estou em frente à agência de correio onde está a caixa postal do anunciante anônimo e onde, tomara, ele receberá as respostas, de todos nós, que o ajudarão a superar o que supomos ser um momento difícil. Nossa esperança é descobrir quem é essa pessoa e ver se há mais que possamos fazer para ajudar, mas enquanto isso, se você desejar escrever uma resposta ao anúncio, vai encontrar o endereço no nosso website, que está aqui embaixo na tela. Vamos fazer com que ele saiba que a busca pela felicidade está viva e bem aqui no coração de Puget Sound. Ao vivo de Tacoma, eu sou Lori Acres. É com você, Kip.

— Obrigado, Lori. — Kip assentiu, pensativo, depois se virou para a câmera mais próxima. — E para a pessoa anônima que criou esse anúncio tão incomum, se estiver assistindo, devo acrescentar que nossos pensamentos estão com você, e que esperamos que você encontre o que procura. — Depois de outra pausa, o comportamento de Kip mudou num instante. De repente, ele era todo sorrisos. — Agora, mudando para outra notícia local. O Seattle Supersonics descobriu hoje que...

Evi desligou a televisão.

Sophie estava encarando a tela preta, espantada.

— "Ansioso por um fio de esperança vindo de outras pessoas"? — disse ela enfim, repetindo as palavras de Lori. — "A felicidade está viva e bem aqui no coração de Puget Sound"? Isso realmente se passa por reportagem? Estão inventando uma história onde não existe nenhuma.

— É para isso que são pagos — observou Justin.

Sophie o ignorou.

— Não sei se rio ou choro.

— Nem nós soubemos — admitiu Evalynn. — Justin riu. Eu ainda estou em cima do muro.

Ao se levantar e andar de cá para lá na sala, a boca de Sophie se apertou num nó.

— Quer saber? Não estou triste com isso. Estou furiosa! "Graças a um de nossos telespectadores." Não há dúvida de quem foi.

— Acha que foi Garrett? — perguntou Evi.

— Claro que foi Garrett! Que trapaceiro! Ah, ele me deixa louca. Eu avisei que só podia colocar o anúncio no *Times*, então ele achou um jeito de contornar essa regrinha.

Justin deu uma risada.

— Foi brilhante, de fato.

Evalynn cravou o olhar em Justin, avisando-o para ficar fora daquilo.

— Só estou dizendo — ele murmurou.

Enquanto Evi dava a Justin outro aviso não verbal, Sophie religou o celular e viu que tinha perdido dez ligações e seis mensagens de texto. Não se preocupou em ouvir a caixa postal Em vez disso, discou o número de Garrett.

Ele atendeu ao primeiro toque.

— Recebeu minhas mensagens? — disse ele imediatamente, parecendo ligeiramente em pânico.

— Como pôde fazer isso comigo? — rosnou ela, disparando num falatório. — Mesmo que ninguém saiba que sou eu, ainda é muito constrangedor! Aquela repórter falou sobre o anúncio como se fosse trabalho de um louco deprimido que está se agarrando ao seu último fio. Inacreditável! De todas as coisas terríveis que já me fez, esta leva o troféu!

— Sophie! — disse ele, erguendo a voz para competir com a dela. — Volte e escute minhas mensagens. Estou tão surpreso com isso quanto você. Tentei ligar assim que vi, mas não consegui falar com você.

— Eu estava te ignorando... e por um bom motivo. Você só me causa problemas.

— Fiquei preocupado que achasse que fui eu, então liguei assim que pude.

Ela não o ouvia — ou, se ouvia, não acreditava no que ele estava dizendo.

— E se descobrirem que sou eu? E se a história seguinte tiver meu rosto estampado na televisão? E aí? Pensou nisso antes de espalhar a história no noticiário da noite? Ora, e se eu contar a eles que foi *você* quem realmente pôs o anúncio? Seus pacientes gostariam de saber que Lori Acres disse que o médico deles é a pessoa mais infeliz do planeta?

— Ela não disse isso — discordou Garrett.

— Mas bem que poderia ter dito! É sério, Garrett, e se chegarem a mim?

Ele aguardou antes de responder.

— Talvez seja bom para o seu negócio — rebateu ele.

— Ah, você é inacreditável!

— Estou brincando, Soph. Honestamente, ninguém vai descobrir que isso tem a ver com qualquer um de nós. Já liguei para o jornal, cancelei o anúncio e deixei bem claro que, se a identidade da pessoa que pôs o anúncio vazar, eles vão ter um processo bem penoso nas mãos.

Sophie ainda estava andando pela sala de estar de Evalynn e Justin. Expirou devagar, tentando se acalmar.

— Eu só... Não acredito que fez isso. O acordo acabou, Garrett. Nada de encontro. Não depois disso.

Quando Garrett voltou a falar, a voz estava muito mais calma, como se esperasse que a mudança no tom de voz fosse obter a atenção dela.

— Sophie — murmurou —, vou repetir quantas vezes for necessário para que você entenda. *Não tive nada a ver com isso.* Francamente, teria sido algo muito esperto da minha parte. Enganoso e errado, mas esperto. Mas juro que não fui eu. *Tem gente por aí que lê o jornal, sabe? Muitas pessoas, na verdade.* E qualquer uma delas pode ter se deparado com o anúncio da felicidade e decidido compartilhá-lo com a mídia. Mas não fui eu quem fez isso.

Sophie estava vacilando. Queria que ele fosse o culpado, o cara mau que poderia ser acusado de tudo. Queria outra razão para odiá-lo depois de tudo que lhe fizera. Mas sabia que Garrett estava dizendo a verdade. Mesmo assim, ficou calada até ele terminar de falar.

— Sophie?

— Estou aqui — murmurou por fim.

— Acredita em mim?

— Por que deveria?

— Porque é verdade.

— Bem... não quero acreditar — respondeu com honestidade.

— Mas?

— Ainda estou decidindo.

— Então... nosso acordo. Ainda está de pé?

— Tudo bem — disse, relutante. — Mas só porque mantenho minhas promessas. Diferentemente de certas pessoas que conheço.

— Ai, isso dói um pouco.

— Droga — disse ela, pela primeira vez relaxando um tantinho desde que viu Lori Acres abrir a boca. — Devia doer muito mais.

— Bem, obrigado por ligar. Mesmo quando está gritando comigo, gosto de ouvir sua voz.

Sophie desejou que ele pudesse vê-la revirando os olhos.

— Boa noite, Garrett.

— Boa noite, Soph.

Capítulo 21

Estimule-se a fazer algo que normalmente não faria,
pois o que você normalmente faz parece não
estar funcionando.

*T*em entrado na internet?

A mensagem de texto de Garrett surgiu no celular de Sophie justo quando ela estava se preparando para ir para a cama na noite de domingo. Fazia quatro dias desde que haviam se falado por telefone, logo após o desastre do noticiário do Canal 2. Sophie se enfiou entre os lençóis e olhou para o curto texto, então decidiu que não estava interessada em trocar mensagens no momento — não com Garrett. Deixou o celular no criado-mudo exatamente quando outra mensagem chegou. Frustrada por ser importunada, abriu o celular depressa para ver o que dizia.

Agora é viral!

A mensagem estranha chamou a atenção de Sophie, que digitou uma resposta rápida.

O que é viral?

ELE! O anúncio. Tá por td canto!

Sophie prendeu a respiração enquanto digitava novamente.

Tá brincando??

Entra na net. Te mandei um e-mail com alguns links... uuuggghhh.

Fechando o celular, Sophie pulou da cama e correu para o computador lá embaixo. Sua conta no Gmail estava transbordando de spam, mas filtrá-los não demorou muito. O e-mail de Garrett tinha o assunto "Ah-Oh... não me culpe". O corpo da mensagem não possuía texto, só URLs para vários sites da internet.

O primeiro link era para o YouTube, onde a notícia de Lori Acres já havia sido vista por quase 500 mil pessoas ao redor do mundo. Mas outros meios de comunicação de todo o país haviam aproveitado a história também, e pelo menos outra dúzia de estações de TV tinham veiculado suas próprias versões do caso, que também foram postadas no YouTube, recontado por cada uma delas como se fossem a primeira a divulgar o que um dramático âncora descreveu como "o misterioso, epicamente infeliz e heroicamente triste anunciante de Tacoma, Washington, que conquistou nossos corações e fez todos pararem para refletir sobre o que é felicidade, onde encontrá-la e, sobretudo, como mantê-la".

— Você deve estar brincando — disse Sophie em voz alta. — Isso é um completo absurdo. — Encolheu-se enquanto vídeo após vídeo colocava sua caixa postal na tela, convocando as pessoas a responder.

Outros links na mensagem de Garrett fizeram Sophie explorar salas de bate-papo, Facebook, Twitter e MySpace. Num site, um grupo que se intitulava AMS, sigla de "Alegres Mãos Solidárias", havia arrecadado dinheiro suficiente para veicular o anúncio de Sophie e Garrett por mais quatro semanas nos vinte maiores jornais dos Estados Unidos.

Depois de uma hora e meia examinando páginas da web, com cada novo link remetendo-a para pelo menos outros dez, Sophie finalmente desistiu e desligou o computador. Sua cabeça estava latejando de olhar para a tela por tanto tempo. Vagarosamente, subiu a escada e voltou para a cama, porém mais uma hora se passaria até que pegasse no sono. Deitada ali, o único pensamento que ficava circulando na mente era: *Por que não concedi a Garrett um maldito encontro?*

No DIA SEGUINTE, tão logo Randy chegou à Chocolat' de Soph, Sophie apanhou o guarda-chuva, a bolsa e um Biscoito do Azar avulso, e começou sua jornada semanal morro acima para apanhar a correspondência. Imaginou, enquanto andava, se haveria algum aumento notável no número de respostas ao anúncio.

Jim estava esperando em seu local costumeiro, em frente ao correio, carregando seu cartaz esfarrapado. Parecia pressentir que Sophie estava com a cabeça ocupada com outras coisas, então ateve seus comentários ao mínimo quando ela lhe entregou o biscoito. Contudo, fez questão de agradecer novamente pela gentileza e em seguida compartilhou sua sorte.

— Puta merda! — comemorou, os lábios rachados erguendo-se nos cantos. — Diz que meus quinze minutos de fama serão reduzidos a cinco, no máximo. — Ele piscou para Sophie antes que ela se fosse. — Serão cinco minutos a mais do que eu esperava. Obrigado mais uma vez, Srta. Sophie.

Pelo padrão governamental, o expediente já tinha acabado, então só a área do saguão da agência de correio, que abrigava duas paredes de caixas postais, permanecia aberta ao público. Como sempre, havia poucas pessoas no local, que provavelmente pararam ali a caminho de casa depois do trabalho, como Sophie. Porém, tão logo enfiou a chave na Caixa Postal 3297, a atmosfera na agência mudou.

Murmúrios começaram a irromper por toda parte, especialmente de um grupo reunido na parede oposta. A princípio, Sophie tentou se convencer de que o crescente burburinho não tinha nada a ver com ela. Mas ignorá-lo tornou-se impossível uma vez que ouviu alguém murmurar bem alto:

— Rápido! Pegue aí a câmera enquanto ela ainda está com a caixa aberta.

Paralisada com o comentário, Sophie ficou imediatamente ciente de que todo o tumulto era por causa do "anunciante misterioso", que, ao que parecia, acabava de ser descoberto. Tinha certeza de que uma história boba como a dela agora já seria coisa antiga, mas devia ter percebido, com todos aqueles websites e vídeos, que não. A única parte do corpo que ainda se movia era o coração, que parecia estar em marcha acelerada, disparando contra o peito como se estivesse tentando escapar.

Estava presa, e sabia disso. Depois de não fazer nada senão ficar ali pelo que pareceram eras, enquanto o barulho atrás dela continuava a crescer, Sophie enfim aceitou o fato de que mais cedo ou mais tarde teria que se virar. Inspirando profundamente, endireitou os ombros até ficarem retos, puxou uma única tira de papel amarelo da caixa postal, fechou a porta com a tranca e depois se virou calmamente.

Flashes começaram a pipocar de todas as direções tão logo o rosto dela ficou completamente visível. Num instante, estava cercada por uma multidão de repórteres empurrando microfones e gravadores em direção ao rosto dela, tentando maniacamente um furo com a mulher "heroicamente triste" parada diante deles.

— Pode nos dizer o que a levou a colocar o anúncio nos classificados? — perguntou uma mulher esguia de cabelo alourado, que Sophie reconheceu como Lori Acres.

— Você não parece estar com falta de sorte — comentou outra. — É algum truque publicitário?

Então as coisas realmente começaram a esquentar, e logo se podia notar que todos estavam trabalhando a história sob um ângulo predeterminado, cada um esperando provocar controvérsia. Conforme o caos aumentava, Sophie ficou incapaz de saber quem estava perguntando o quê, pois todos disparavam perguntas numa rápida sucessão.

— Qual é o seu nome completo?

— Por quanto tempo o anúncio será publicado?

— Quantas respostas já recebeu?

— Está fazendo isso pela atenção ou realmente espera encontrar felicidade através dos classificados?

— Que tipo de felicidade não é passageira?

— Está tomando algum antidepressivo?

Sophie estava assustada demais para dizer qualquer coisa, então ficou ali parada ouvindo todos falarem com ela, piscando periodicamente quando os flashes da câmera a pegavam de frente. Pensou em tentar sorrir para as fotos, mas não conseguia mover os músculos do rosto. Depois de um minuto ou dois de bombardeio incessante, uma pequena lágrima escapou do olho de Sophie. O calor da umidade descendo pela bochecha parecia derreter as barreiras que estavam contendo suas emoções, e Sophie percebeu que a barragem estava para estourar. Odiava a ideia de chorar diante daquela gente — sem mencionar os milhares de pessoas que veriam os vídeos e as imagens desse episódio mais tarde —, mas sabia que não havia nada que pudesse fazer a respeito.

Justo quando uma onda gigante de desespero a atingia, quando estava certa de que faltavam poucos instantes para que o chão fosse limpo por suas lágrimas, uma voz alta gritou de algum lugar atrás da multidão:

— Que diabos vocês estão fazendo com ela?

O grupo ficou em silêncio quase imediatamente, a inquisição se virando como um único corpo para localizar a fonte do arroubo.

— É de mim que vocês estão atrás! — berrou a voz. — Deixem a moça em paz, ou vou ter que repreender cada um de vocês bem aqui e agora!

Apareceram olhares espantados de todos os repórteres, mas ninguém estava mais surpreso com o que havia acabado de acontecer do que Sophie. Para sua grande descrença, parado poucos metros dentro da entrada envidraçada da agência do correio estava Jim, a cabeça barbada e ensebada erguida.

Lori Acres ainda era a pessoa mais próxima a Sophie. Logo se voltou para o seu alvo original e perguntou sobre o que o homem indigente estava falando.

Boa pergunta, pensou Sophie.

— Por que não pergunta a ele?

Jim ouviu a conversa e imediatamente foi abrindo caminho pelo grupo até alcançar Sophie. Uma vez lá, tirou uma carteira desgastada do bolso da calça e puxou uma nota amassada de vinte dólares de dentro dela. Garantindo que todos pudessem ver e ouvir o que ele estava fazendo, Jim ergueu a nota diante de Sophie e disse:

— Aqui está, senhorita. Como prometido, vinte pratas pelo seu esforço. E peço desculpas por envolvê-la nesta confusão. — Ao entregar-lhe o dinheiro, ele timidamente se virou de costas para a multidão e sussurrou, para que só ela ouvisse: — Aqui estão os meus cinco minutos. — Jim piscou.

— Humm... obrigada — respondeu ela, tanto para os repórteres quanto para Jim. — Não foi problema nenhum. Bem, fora, você sabe... ser cercada. Mas só fiz isso para ajudar. Não precisa me pagar.

Sophie devolveu o dinheiro, depois se esgueirou dos holofotes e assumiu posição atrás da multidão, tendo o cuidado de não olhar ninguém diretamente nos olhos para que não reconhecessem o blefe e a interpelassem. A coisa mais inteligente a fazer,

Sophie sabia, era sair imediatamente sem olhar para trás; mas, mesmo se arriscando a ser descoberta, queria desesperadamente saber o que Jim ia dizer aos repórteres.

Colocando-se de frente, Jim pigarreou, umedeceu os lábios, depois se dirigiu aos repórteres com surpreendente confiança. A habilidade com que falou, combinada com o fato de que tudo o que estava dizendo era fingimento, fez Sophie pensar que, com a roupa apropriada, a barba feita e uma boa dentadura, Jim daria um bom político — na medida em que os políticos podem ser considerados bons.

— Primeiro — disse ele —, vou responder o que sei que todos estão se perguntando. Esse cara é um mendigo? — Algumas pessoas deram um riso abafado. Jim pareceu não se importar. — A resposta é: sim. Eu moro na rua. É uma vida difícil. Solitária. E com bastante tempo pra pensar.

— Como pode esperar que nós acreditemos que um mendigo colocou esse anúncio? — gritou alguém, depois outros começaram a murmurar dúvidas semelhantes.

Jim calmante ergueu as mãos para silenciá-los.

— Se me deixarem falar, eu conto. Se vão acreditar ou não... bem... isso é problema de vocês. Só vou dizer o que sei. e depois vocês podem ir fazer o que quiserem com isso. No ano passado, quase nessa época, uma menininha e a mãe se aproximaram de mim um dia e me deram cinco paus. Mas antes de irem embora a menina me perguntou se eu estava feliz vivendo como vivia. E isso me pôs a pensar. Eu sou feliz? E o que é a felicidade, afinal? Vejo pessoas todos os dias em seus carros reluzentes, indo para suas casas grandes e aquecidas. São mais felizes do que eu? Não sei. Mas decidi que queria descobrir. Ora, isso demorou um bocado porque, como podem imaginar, não estou exatamente nadando em dinheiro. Mas me apertei e economizei, assim como qualquer um que quer muito uma coisa. E há cerca de um mês eu estava com dinheiro suficiente armazenado para arranjar uma caixa postal e um anúncio no jornal. Queria saber o que o restante de vocês pensa que é felicidade. Parece que tudo na vida que um dia me trouxe felicidade acabou desaparecendo. Meu trabalho. Minha casa. Minhas economias. Eu estava morrendo de vontade de saber se as pessoas, aquelas que parecem ter conseguido, sabiam mais sobre felicidade do que eu. Alguém por aí deve saber, não é? — Ele se calou e olhou em volta. — Então, aí está — acrescentou ele. — Agora sabem a minha história.

Houve um breve silêncio, depois um dos repórteres perguntou:

— Se a caixa postal é sua, então por que mandou a mulher aqui para abri-la?

Jim acariciou a barba, pensativamente.

— Acha que não leio os jornais? Diabos, durmo neles todas as noites. Vi todos os editoriais dos últimos dias, mas fiquei preocupado que a mídia pudesse começar a bisbilhotar, tentando descobrir quem estava por trás do anúncio. Quando vi mais gente que o normal andando por aqui, me aproximei dela na rua. Ela já foi gentil comigo no passado e sei que é uma mulher muito generosa; aceitou vir aqui no meu lugar. Claro, não esperava todo esse frenesi que aconteceu. Se eu tivesse visto as vans dos noticiários estacionadas do outro lado do quarteirão, não a teria envolvido nisso. — Ele olhou diretamente para Sophie. — Mais uma vez, senhorita, lamento o inconveniente.

Sophie acenou, como se não tivesse sido nada. Ainda estava preocupada que alguém fosse perguntar por que ela ainda estava com a chave da caixa, e por que não entregou a ele a única correspondência que apanhara, mas ninguém o fez. Aparentemente estavam entretidos demais com a vitória de descobrir a história para chafurdar em tais detalhes.

Quando Jim perguntou se havia mais perguntas e eles responderam com coisas como "Há quanto tempo, exatamente, está morando na rua?" e "Quantos anos, você diria, tinha a menininha precoce que deu início à sua busca por felicidade e sua jornada de autodescobrimento?", Sophie soube que era seguro partir. Sem chamar qualquer atenção para si mesma, escapuliu calmamente pela porta.

Quando chegou a uma distância segura do correio, Sophie pegou o pedaço amarelo de correspondência que tirara da caixa. Era uma notificação do diretor da agência de que o volume recente de correspondência excedia em muito a capacidade da caixa, e que ela teria que apanhar as cartas no balcão durante o horário de funcionamento. Sem querer correr o risco de ser vista coletando toda aquela correspondência, decidiu que era melhor que fosse encaminhada ao seu endereço. Em qualquer outro momento, teria ficado aborrecida por descobrir que estava prestes a ser inundada com respostas para o anúncio, mas agora estava simplesmente grata por estar na rua, com seu anonimato intacto, e a caminho da Chocolat' de Soph.

QUATRO HORAS DEPOIS, com Evalynn e Justin ao seu lado no sofá, Sophie mal podia se controlar para não chorar, em meio a inúmeras gargalhadas, enquanto assistiam, retrocediam e assistiam novamente à história principal do noticiário das dez da noite. Era uma inspiradora reportagem sobre um mendigo em Tacoma cujo humilde pedido num anúncio de jornal estava, como Lori Acres explicava:

— Compelindo pessoas de toda parte a refletir com mais cuidado sobre as coisas que mais importam na vida, incitando-as à procura da felicidade, onde quer que esteja. É com você, Kip.

Capítulo 22

Quando você fala honesta e abertamente,
os outros realmente ouvem.
Não acreditam em você, mas você ao
menos consegue a atenção deles.

Vários dias foram necessários para que o correio processasse o pedido de Sophie de que a correspondência fosse enviada diretamente para a Chocolat' de Soph. A essa altura quase duas semanas haviam se passado desde que pegara aquelas primeiras três cartas. Com toda a atenção que recebera da mídia, sabia que a onda seguinte de respostas seria consideravelmente maior.

Não podia imaginar o quanto.

O funcionário do correio que estacionou diante da loja na tarde de sábado primeiro entrou para perguntar se havia algum lugar especial onde Sophie queria que ele deixasse a correspondência.

— Pode deixar aqui no balcão — respondeu ela. — Posso ir selecionando enquanto cuido da registradora.

O homem deu uma risadinha seca.

— Acho que não vai funcionar. Tem algum *outro* lugar onde gostaria que eu a deixasse?

— Tem muita coisa?

Ele deu outra risadinha.

— Tem espaço nos fundos, por acaso? Acho que posso manobrar meu carrinho de mão até lá.

— Sim... ah... humm, claro. Nos fundos seria ótimo.

O homem assentiu, depois foi até a van e abriu a traseira. Sophie observou com descrença o homem empilhar quatro cestos plásticos cheios de cartas num carrinho de mão e empurrá-lo pela porta da frente.

— Mi-nha nooos-sa — disse Sophie lentamente, enquanto ele passava por ela até a cozinha. — Vou levar dias, *talvez semanas*, para examinar isso tudo.

O carteiro deu outra risada seca.

— Não terminou ainda. — Depois de pôr a pilha junto da parede próxima à porta do escritório, o carteiro saiu e encheu o carrinho mais duas vezes. Na quarta e última viagem, trouxe uma caixa grande cheia de pacotinhos variados que não teriam cabido direito nos cestos de plástico. — Esta é a última — avisou quando terminou. — Boa sorte com isso, senhora.

Ela assentiu, distraída, mas os olhos permaneceram grudados nas pilhas de cartas diante dela. O carteiro saiu e Sophie continuava encarando aquela visão hipnotizante.

Vários minutos depois ouviu o sino na porta da frente tocar, acompanhado pelos passos familiares de Randy atravessando a loja. Ele parou de andar ao contornar a parede divisória da cozinha.

— Cara! — exclamou. — Isso é... *Cara!* Você está com uma baita correspondência.

Sophie passou os dedos pelo cabelo.

— Nem me diga. Como vou conseguir ler isso tudo?

— Como um abutre come a carne apodrecida da carcaça de um elefante, eu acho. Um pedaço por vez.

Ela ignorou por um instante a correspondência e deu uma olhada em seu peculiar funcionário.

— Obrigada por essa descrição tão visual... e ligeiramente perturbadora.

Randy assentiu.

— Claro, alguns abutres não se importam de dividir com o bando, desde que haja bastante. Vi isso na Discovery, eu acho.

Sophie o encarou de novo.

— Esse é o seu jeito de se oferecer para me ajudar a despedaçar esta pilha apodrecida de cartas?

Randy encolheu os ombros.

— Se precisar de ajuda, faço o que puder.

Aproximando-se da pilha mais próxima, Sophie afundou a mão nas cartas, pegou algumas, depois as deixou escorrer pelos dedos como se fossem enormes grãos de areia.

— Quer saber? Vou aceitar seu conselho. Vamos garantir os doces e limpar tudo para o resto desta noite e para amanhã, depois mergulhamos nesse pesadelo. Talvez eu até dê umas ligações para ver se acho mais alguns corvos que se juntem ao bando.

— Abutres — corrigiu ele.

— Que seja — retrucou ela.

Randy pensou por um segundo, dando outra longa olhada no enorme amontoado de cartas e pacotes.

— Você provavelmente está certa — disse ele, e depois foi cuidar da frente da loja.

Sophie foi para o escritório e ligou para Evalynn e Ellen para ver se estavam dispostas a ajudar a selecionar a correspondência. Não apenas estavam livres, mas ficaram animadas por participar. Ellen, em particular, disse que estava esperando uma oportunidade para ver que tipo de coisas as pessoas tinham enviado, mas que não queria ser muito intrometida.

Enquanto Sophie estava nos fundos salpicando castanha de caju num lote fresco de maçãs carameladas e misturando pralina numa grossa calda de *fudge*, Randy contava o dinheiro na registradora para fazer um rápido balanço das vendas do dia. Perdeu a conta quando o telefone tocou.

— Chocolat' de Soph — respondeu. — Randy falando.

Na mesma hora, Sophie veio correndo da cozinha.

— Se for Garrett — sussurrou frenética —, não quero conversar com ele. Diga que não posso atender o telefone.

Ele estava mandando mensagens para o celular dela havia dois dias para saber se mais correspondência tinha chegado, mas até o momento ela evitara contato direto com ele.

Randy prendeu o telefone na axila para tapar o fone.

— É ele — sussurrou. — O que devo dizer?

— Qualquer coisa! Não importa, invente alguma coisa.

Pigarreando, Randy tirou o telefone de baixo do braço e o pressionou contra a orelha.

— Ah, ei, Garrett. Desculpa, cara, o que disse?

Sophie assistiu com grande interesse, examinando o rosto dele em busca de qualquer pista do que estava sendo dito. Randy balançou a cabeça duas vezes em resposta ao que quer que Garrett estivesse dizendo do outro lado da linha.

Depois de uma longa pausa, Randy falou:

— É, claro. Entendi. O problema é que ela... ela não pode atender o telefone agora porque está, tipo, atolada com as cartas e coisas dos anúncios. Chato, não é?

— Não! — gritou Sophie, sem se importar com o fato de que Garrett provavelmente ouviria. — Qualquer coisa, menos isso!

Randy ergueu as sobrancelhas diante da repreensão de Sophie, mas não pôde responder de imediato porque Garrett aparentemente estava falando de novo. Poucos segundos depois ele disse:

— Sim... certo. Eu vou... é, vou avisar. Até mais. — Então, recolocou o fone na base.

Randy não falou de imediato, mas nem precisava. A expressão dele dizia tudo.

— Ele está vindo para cá, não está? — disse Sophie. Era mais uma afirmação que uma pergunta.

Randy assentiu.

Os ombros dela tombaram. Já era bem ruim ter que passar a noite inteira nadando em cartas indesejadas enviadas por estranhos, mas fazer isso com Garrett pairando por perto, insistindo para que aceitasse cem respostas para que pudesse ganhar o encontro, soava como um castigo cruel e incomum, embora não tivesse certeza de qual era o crime. Deixou escapar um suspiro gigantesco.

— Por acaso você sabe o que os abutres fazem uns aos outros quando o bando está grande demais? — perguntou.

Ele balançou a cabeça.

— Bem, seja lá o que for, tenho certeza de que não é agradável. — Sophie franziu o cenho, depois foi terminar os preparativos para o que estava prometendo ser uma noite muito longa.

— ALÔ? — CHAMOU EVALYNN, depois que ela e Justin entraram na Chocolat' de Soph e encontram a frente da loja vazia.

— Estamos aqui atrás — gritou Sophie.

Evi e o marido contornaram a última quina para encontrar Sophie, Ellen, Randy e Garrett sentados no chão, nadando num mar de papel.

— Minha nossa! — comentou Justin.

— Eu sei — disse Sophie, depressa. — Não o convidei, ele simplesmente apareceu.

Garrett riu, mesmo que o comentário fosse dirigido a ele.

— Acho que ele estava falando da correspondência. Como vai, Justin? Tem um tempo que não nos vemos.

— Tenho me mantido longe de problemas. E você?

Com um sorriso irônico estampado no rosto, Garrett disse:

— Ficarei melhor depois desta noite, eu acho. Estou prestes a ganhar esse joguinho que estamos disputando.

Sophie fingiu não ouvi-lo. Dada a inundação de respostas, sabia que ele provavelmente estava certo, mas não estava disposta a ceder e deixá-lo declarar vitória ainda. Ela era, afinal, a única juíza das respostas, portanto, estava no completo controle dos resultados. *Não*, disse a si mesma, *se eu tiver que sofrer num encontro com ele, ao menos tenho que oferecer uma boa luta.* Mas, mesmo que esse pensamento surgisse em sua cabeça, sabia que não era exatamente o encontro que ela queria evitar. Mais do que estar sozinha com o homem que havia destruído seu coração, seu único grande medo — a coisa que a mantinha acordada à noite — era a preocupação de que ainda pudesse ter sentimentos por ele. Já havia decidido que era mais seguro evitá-lo por completo, em vez de arriscar a ser emocionalmente mastigada e cuspida outra vez.

A voz de Evalynn tirou Sophie dos próprios pensamentos.

— Lamento termos chegado tarde, Soph. Paramos para pegar comida pra todo mundo. Chinesa, tá bom?

— Ah... sim. Obrigada. Deixa ali no balcão e o pessoal pode pegar o que quiser.

— Existe algum método nesta loucura? — perguntou Justin, olhando as pilhas de cartas.

— Humm... não exatamente — respondeu Sophie. — Mas eu estava pensando que, se todo mundo pudesse meio que começar a separar tudo, e depois amontoar em pilhas, talvez ficasse mais fácil. Uma pilha para os nãos definitivos, outra para os talvez e uma para as respostas que parecem promissoras. — Ela fez uma pausa e olhou para Garrett. — Presumindo que haja alguma, claro. Que tal?

— Parece razoável — retrucou Ellen. Estava sentada numa cadeira encostada na parede com um cesto plástico cheio de cartas no colo, vasculhando-as como se estivesse procurando por alguma coisa em particular. — Ah, espere, Docinho. Você tem alguma instrução do que constitui um não, um talvez e uma carta promissora?

Garrett deixou escapar uma curta risada.

— Aah, isso seria bom — resmungou ele.

Sophie o olhou de cara feia antes de responder à mãe de criação.

— Sim, tenho. Essencialmente, qualquer coisa rude ou vil vai para a pilha do não. Junto com qualquer coisa a respeito de homens ou relacionamentos amorosos. Ah, e qualquer coisa que seja obviamente perecível é um não também. Fora isso, usem seu próprio discernimento. Confio em vocês, bem, na maioria de vocês pelo menos, para filtrar o lixo.

— E os talvez? — perguntou Ellen. Ela ergueu uma carta, inspecionou o endereço de postagem, depois a deixou de lado numa pilha crescente de cartas fechadas perto dos pés da cadeira.

— Qualquer coisa que não pareça lixo, mas que necessariamente também não se destaque como algo muito revelador. Mas se, por acaso, encontrar algo que ache que seja realmente uma boa resposta, pode colocar numa terceira pilha. — Ela fez uma pausa, olhando para todos ao redor. — Mais alguma pergunta?

Garrett ergueu a mão e esperou que Sophie se dirigisse a ele.

Ela revirou os olhos.

— Sr. Black?

Ele sorriu timidamente.

— Sim, humm... essa blusa é nova? Eu estava justamente notando o quanto fica ótima em você.

Ela desviou o olhar e forçou uma cara feia, esperando que servisse para desviar a atenção de suas bochechas, que de repente sentiu ruborizar.

— Alguma pergunta relacionada às cartas ou a como separá-las?

Justin e Garrett deram risadinhas.

Pela hora seguinte o grupo vasculhou carta após carta, separando com paciência as pilhas segundo as instruções de Sophie. Não demorou muito para que todos se tornassem especialistas em leitura dinâmica, rastreando palavras-chave que pudessem sugerir o tema geral de cada carta. A única pessoa que não estava lendo muito era Ellen, cuja pilha de cartas fechadas estava ficando alta muito rápido enquanto examinava o endereço de postagem nos envelopes e depois, como se não gostasse do que tinha visto, as atirava no chão. Sophie viu o que Ellen estava fazendo e quase perguntou o que ela estava procurando, mas decidiu que não importava — se fosse mesmo importante, Ellen acabaria contando, de qualquer forma.

Sem surpreender Sophie, a maioria das respostas não tinha nada a ver com encontrar ou experimentar a verdadeira felicidade, mas pendia para o que ela descrevia como "ataques momentâneos de prazer". Bobby, por exemplo, uma mulher da Louisiana, descreveu felicidade como "uma Harley, um capacete e um tanque cheio e nada para fazer senão pilotar". Amy, de Boston, escreveu que felicidade era "uma semana nas praias de areia rosada das Bermudas", enquanto um homem de Idaho, que se identificava como Tio Rico Incarnate, afirmava que "a verdadeira felicidade é o momento mágico em que *Napoleon Dynamite* começa a fazer sentido".

Ninguém ficou surpreso com o número de cartas que mencionavam a palavra *família*, mas Sophie dispensou todas, dando sua própria falta de parentes vivos como prova de que famílias são temporárias demais para corresponder a seus critérios. Ellen pareceu magoada com a alegação radical de Sophie não possuir família, mas não disse nada sobre isso.

— Presumo — disse Randy, enquanto a noite progredia — que massagens com uma hora de duração não contem, não é?
— Ele estava com um rolinho primavera em uma das mãos e uma carta na outra.

— Depende de quem está dando a massagem — disse Justin, com irreverência.

Evalynn estava sentada suficientemente perto do marido para socá-lo no braço.

— É melhor estar pensando em *mim* — avisou —, ou vai ter sérios problemas.

— Não — confirmou Sophie. — Massagens estão definitivamente fora.

Os olhos de Randy se iluminaram.

— Maneiro — falou de modo arrastado. — Então posso ficar com este cupom? Um spa em Seattle enviou uma cortesia de uma sessão de uma hora de pedras quentes.

Sophie sorriu e estendeu a mão para pegar o cupom.

— Não é felicidade, mas não significa que não seja extremamente agradável.

Um pouco depois, Justin encontrou um bilhete de uma mulher do Texas que achava que era pelo menos digna da pilha do talvez.

— Olhe, Ev — disse ele, entregando-lhe o pequeno pedaço de papel preso a uma foto de uma criança, daquelas que se carregam na carteira. — Acho que poderia servir para você. Diz que felicidade é o amor e o orgulho que se sente pelos filhos.

Evalynn ficou vermelha na mesma hora. Quando ficou de pé, Sophie notou que uma veia na lateral do pescoço dela estava pulsando de maneira anormal. Inclinando-se diretamente sobre o rosto do marido, Evi sussurrou alguma coisa entre os dentes cerrados que ninguém conseguiu ouvir senão ele, depois se virou e saiu. Alguns segundos depois, ouviram a porta da frente da loja bater após sua passagem.

Todos ficaram sentados num silêncio de surpresa.

— O que foi isso? — perguntou Garrett por fim.

— É complicado — disse Justin, obviamente aborrecido consigo mesmo. — Não devia ter mencionado na frente de todos vocês. Ela não está zangada com o que eu disse, só está aborrecida porque todos vocês ouviram. Ela não quer que ninguém saiba.

— Saiba o quê? — perguntou Sophie.

Justin forçou um sorriso.

— Não sei se devo dizer. Ela me disse para manter entre nós dois, mas vivo dizendo que ela precisa dividir as preocupações com a família.

Sophie olhou para Justin e Garrett, depois seus olhos pousaram em Ellen, que estava segurando três cartas na mão e parecia querer chorar.

— Eu já sei — murmurou Ellen. — Já sei faz um tempo.

— Imaginei — retrucou Justin —, mas eu não queria sair perguntando, caso você não soubesse. Ela que contou?

Ellen balançou a cabeça.

— Não diretamente. Mas disse coisas aqui e ali suficientes para que eu deduzisse.

— Saber *o quê*? — perguntou Sophie novamente. — O que está acontecendo? — Embora já tivesse um ótimo palpite do que estava aborrecendo Evalynn, ainda queria que Justin ou Ellen confirmassem sua suspeita.

Justin olhou para Ellen e assentiu, como se lhe desse permissão para esclarecer aos outros.

Engolindo o nó na garganta, Ellen disse:

— Evi só... não sabe se quer ser mãe. E, visto que já está no quarto mês de gravidez, isso a coloca numa baita enrascada.

Justin concordou.

— Tem sido duro. Pensei que ela veria as coisas de maneira diferente quando estivesse grávida, mas, se é possível, ficou ainda pior.

— Ela tem medo das dores do parto, ou algo assim? — perguntou Randy.

— Não, não é nada do tipo — disse Ellen.

— Então é o quê? — perguntou Randy.

A princípio, ninguém falou. Então Ellen se aprumou na cadeira e tentou sorrir.

— Desde que ela foi deixada sob os meus cuidados, sempre teve essa ideia de que a mãe simplesmente a abandonou, que não era amada. Eu já falei várias e várias vezes, até ficar cansada, que a mãe dela fez isso por amor. Mas esse conceito nunca fincou raízes. Por fim, decidi que, se eu não conseguia convencê-la de que a mãe natural a amava, podia ao menos mostrar que *eu* a amava. Esperava que fosse suficiente. E, até certo ponto, foi. Mas, agora que ela está grávida, está preocupada achando que é mais parecida com a mãe natural do que comigo. Tem medo de não amar a criança.

Justin confirmou com a cabeça.

Ellen remexeu as três cartas nas mãos, depois continuou falando.

— Vi que Evi estava perturbada pela maneira como se esquivava do fato de estar grávida. Então, nos últimos meses, tentei encontrar uma maneira de *provar*, de uma vez por todas, que estava enganada sobre a mãe não amá-la. Como a mãe dela morreu há anos, não consegui ir direto à fonte, mas acho que encontrei uma testemunha, de certa forma, que aceitou fazer um relato pessoal sobre a mãe de Evi. É isso que estou procurando esta noite nesta grande confusão, mas ainda não me deparei com ela.

Agora Sophie, Justin e Garrett pareciam tão confusos quanto Randy estava minutos antes.

— O quê? — perguntou Justin.

Ellen entregou a ele as três cartas que estava segurando.

— São todas de uma prisão feminina cerca de trinta minutos a noroeste daqui. Fiz algumas investigações sobre o passado da mãe de Evi e descobri a melhor amiga de escola, uma mulher chamada Carly. Eu a encontrei no mês passado e expliquei quem era, e ela disse que me ajudaria da maneira que pudesse. Então, quando começou toda essa história de anúncio, imaginei que Evi estaria lendo as respostas também, o que tornou fácil a história dessa mulher chegar até ela sem que ninguém soubesse que tinha minha mão nisso. — Ela se calou e olhou para Sophie. — Sei que vocês odeiam que eu me intrometa. De qualquer forma, várias outras presidiárias decidiram enviar cartas também, só para passar o tempo. Encontrei algumas delas, mas não achei a da Carly ainda.

Justin olhou para as cartas.

— E você acha que o que Carly tem a dizer vai ajudar Evalynn? Ellen encolheu os ombros.

— Não tenho como afirmar, mas gosto de pensar que sim.

— Então vamos todos procurar por ela — sugeriu Garrett. Olhou diretamente para Sophie e acrescentou: — Juntos.

Todos concordaram. Precisaram de vinte minutos de esforços concentrados, mas Sophie enfim ficou de pé com animação e declarou:

— Encontrei!

Por mais que quisesse abri-la, Sophie sabia que não era sua. Entregou a carta a Justin.

— Obrigado — disse ele. — É melhor ir ver onde ela está. Com sorte, já teve tempo para esfriar a cabeça. Acho que vamos direto pra casa quando eu a achar. Vocês vão ficar bem sem a gente?

Sophie concordou.

— Na verdade — disse ela, olhando para a confusão ao redor —, provavelmente já tivemos muita diversão pra uma noite. Vamos só dar uma limpadinha e depois encerrar os trabalhos. — Ela agradeceu a ajuda, e Justin saiu à procura de Evi.

— Como está? — perguntou Justin, sentando-se ao lado da esposa grávida num banco dois quarteirões acima. — Estava ficando preocupado com você. — Dava para ver que ela havia chorado.

— Já estive melhor — respondeu, recusando-se a encará-lo.

Ele passou um braço em volta dela, meio que esperando ser repelido.

— Sinto muito — explicou. — Foi uma coisa estúpida o que fiz lá na Soph.

Ela não discordou.

— Trouxe uma coisa pra você — prosseguiu. — Estava na correspondência da Sophie, mas é pra você.

— Nem está aberta — retrucou ela, tomando a carta dele. — Por que acha que é pra mim?

— Só um palpite — disse ele. — Digamos que sou paranormal.

— Anormal, talvez.

Justin riu.

— Então, vai ler?

Evalynn ergueu os olhos em busca dos de Justin.

— Acha mesmo que esta carta é pra mim?

Ele sorriu.

— Só tem um jeito de saber.

— Se é pra mim, por que foi enviada pra Sophie?

— Explico depois — prometeu ele. — Só leia, Ev.

Evalynn não disse mais nada. Virando a carta, passou com cuidado uma unha longa pela borda da aba adesiva, logo atrás do selo, até rasgar o papel. Depois passou a mesma unha ao longo de todo o comprimento do envelope, puxou o amontoado de folhas dobradas com cuidado e começou a ler.

Capítulo 23

Assumir a responsabilidade por um erro é nobre.
Menos nobre, é claro, do que não estragar tudo desde o início.

26 de outubro de 2009.

A quem possa interessar:

Recentemente vi seu anúncio no Seattle Times, em busca de felicidade. Tenho que dizer que ele me fez rir. Agradeço por isso — nem sempre tenho bons motivos para rir. Tenho menos motivos ainda para ser feliz. Mas isso não quer dizer que eu não saiba uma coisinha ou outra sobre felicidade. Se você me visse, provavelmente acharia que sou a mulher mais infeliz que existe. Minha vida não é grandiosa. Nem mesmo satisfatória, no sentido comum da palavra. É o que é, e aceitei isso. Mas, ao longo da estrada até a cela de 12x12 que atualmente chamo de casa, tive vislumbres do que é felicidade, e gostaria de compartilhá-los.

Acho que para apreciar inteiramente aonde isso vai dar você precisa compreender meu passado. É um passado interessante, para dizer o mínimo. Não quero me amparar em desculpas, mas minha infância passou longe do ideal. Não — isso é ser muito generosa. Foi uma bosta, pura e simplesmente. Meus pais eram pobríssimos, então, não tivemos quase nada ao longo da vida. Se fosse só isso, teria sido bom.

Eu não precisava de coisas materiais (embora tivesse sido legal ter três refeições por dia), porque elas não duram. Vamos encarar, até o melhor jeans de marca só pode ser usado algumas vezes antes de começar a desbotar ou rasgar no traseiro. O que eu queria era algo que durasse — algo permanente.

Eu queria amor.

Acha que meus pais não me amavam? Quem sabe? Importavam-se comigo, eu acho, de algum modo. Mas eu não era a verdadeira prioridade deles. Essa distinção pertencia apenas a "Mary Jane e o herói", quem eles diziam ir visitar sempre que queriam relaxar (o que, basicamente, era a qualquer hora em que já não estivessem drogados). Meus pais desperdiçavam praticamente cada centavo que tinham com drogas; heroína principalmente (o herói), mas se interessavam por qualquer coisa, desde que ficassem chapados.

Eu tinha pouco mais de 10 anos quando mamãe e papai me convidaram para fumar maconha (Mary Jane) com eles pela primeira vez. Antes disso, eu me contentava com a euforia que vinha de respirar o ar ao redor deles. A partir daí, me davam uma "mesada" de substâncias ilegais, mas só se minhas tarefas domésticas e meu dever de casa estivessem feitos. Era tudo muito distorcido. As duas pessoas que deveriam estar me protegendo do mal usavam drogas como suborno para que eu fizesse as coisas. Mas funcionava — eu fazia questão de deixar a casa imaculada, e minhas notas sempre eram boas, então eu era "recompensada" por isso.

Nunca tive amigos próximos quando menina, porque os outros pais eram espertos o bastante para manter seus filhos longe da nossa família. Nada de festas com outras crianças, nada de dormir na casa da amiga — nada que realmente lembrasse uma infância normal. Minha primeira amiga de verdade só surgiu quando eu estava no primeiro ano do ensino médio. Era uma boa aluna, muito esperta e bonita. Não era exatamente o tipo que deveria andar com gente como eu, mas não questionei o motivo — só estava feliz por ter alguém com quem conversar no almoço.

Com o tempo, vim a descobrir que ela enfrentava sofrimentos muito maiores que os meus. Coitadinha. Não vou sobrecarregá-la com os detalhes, mas o padrasto devia ter sido esfolado vivo pelo que fez com ela.

Entre nosso primeiro e segundo anos, enquanto meus pais estavam no trabalho, convidei minha amiga para a minha casa, e fiz com ela uma coisa da qual sempre me arrependi. Ignorando o fato óbvio de que ela já tinha muitos problemas com que se preocupar, estupidamente acrescentei mais um quando enfiei um baseado em sua boca e a ensinei o modo apropriado de se tragar. Achei que a ajudaria a embotar a dor das outras coisas em sua vida. Infelizmente, funcionou. Ela se agarrou às drogas como um verme ao cocô, e logo tudo o mais na vida dela estava uma bosta também.

Não demorou muito e ela estava me pagando para roubar drogas dos meus pais. Depois, quando as sobras da minha família já não bastavam, ela começou a roubar coisas de lojas numa tentativa de ganhar dinheiro para comprar sua própria heroína com os traficantes na rua.

Sempre me culpei pelo que fiz com minha amiga. Sabia que as drogas não a ajudariam de verdade, mas as dei mesmo assim. Mas eu nunca teria imaginado naquela época que estava dando o pontapé inicial para um hábito que um dia a mataria.

A esta altura, você provavelmente está se perguntando o que isso tem a ver com felicidade. Como eu disse, tive vislumbres — graças à minha amiga, que me mostrou que a felicidade, às vezes, é a coisa mais triste do mundo.

Alguns anos depois do colégio, minha amiga ficou grávida. Era louca pela filha. O único problema era que não conseguia largar as drogas que lhe apresentei. Ela tentou, acredite. Procurou todos os tipos de ajuda, e ficava limpa por uns tempos, mas sempre tinha recaídas. Por fim, foi parar na cadeia com acusações relacionadas às drogas, e a filha foi parar num lar de guarda provisória. Isso arrasou minha amiga. Ela queria muito ficar com a filha. Quatro meses depois, ela saiu da cadeia e soube que precisaria ficar limpa por mais dois meses para conseguir a filha de volta. Fisicamente, isso quase a destruiu, mas ela ficou limpa para poder ver a menina. Eu estava com minha amiga quando ela foi com a assistente social pegar a filha da mulher que estava cuidando dela. Íamos encontrá-las num parque. Mas, quando chegamos, minha amiga viu a filha brincando na área de recreação com outra menininha, muito feliz e saudável.

— Ela é a melhor menina do mundo, não é? — perguntou-me. Concordei completamente.

Além da filha, minha amiga não tinha conhecido muita alegria na vida. Enquanto observava sua menininha no balanço, começou a chorar.

— Ela merece algo melhor do que eu — disse. — Ela precisa de alguém que a mantenha longe de problemas e lhe dê um futuro. — Então, minha amiga me encarou e perguntou: — Quanto você acha que amo minha Anjinha? — Era como ela a chamava; às vezes, "Anjo Eu".

— Muito mais do que meus pais me amaram — respondi.

— Isso é um fato — murmurou ela.

Depois pediu de imediato à assistente social que perguntasse à mulher que possuía a guarda provisória o que achava de tornar a situação permanente.

As maiores lágrimas que já vi serem choradas foram aquelas da minha amiga quando fomos embora do parque sem sua menininha. Mas eram lágrimas de felicidade. Estava contente por poder dar à filha um presente. O presente da estabilidade e da segurança. Uma vida longe de seus próprios demônios.

Isso foi há quase 20 anos. Peço a Deus que aquela garotinha, "Anjo" Evalynn, saiba quanto a mãe a amava.

Pensei muito em felicidade desde que li seu anúncio no jornal, e não consigo pensar em felicidade maior que esta: ter a coragem, como a da minha amiga Marion, de fazer a coisa mais difícil por amor, mesmo ficando de coração partido.

Carly Gibbs

Capítulo 24

A vida vai surpreendê-lo com uma reviravolta desagradável.

No DIA SEGUINTE À SESSÃO COLETIVA DE DIVISÃO DE CARTAS, Garrett deu uma passada na Chocolat' de Soph sem ser convidado, no almoço, para continuar a ajudar na tarefa. Sophie tentou demonstrar quanto estava incomodada com a presença dele, mas, apesar de tanto franzir a testa, olhar feio, revirar os olhos e dar olhadas de esguelha, ele não foi dissuadido. Na verdade, conseguiu ficar sorrindo durante o tempo todo que ficou lá, rechaçando educadamente o desprezo ocasional dela. Como se não bastasse, ele teve a ousadia de aparecer depois do trabalho e fazer a mesma coisa.

Randy ficou ocupado à noite por longos períodos ajudando os clientes, o que deixou Sophie sozinha com Garrett por mais tempo do que ela gostaria. Mas, quanto mais tempo passavam sozinhos, mais ela recordava quanto gostava da companhia dele. Mais de uma vez se viu admirando as covinhas dele ou saboreando o som de sua voz. Logo se repreendia pela falta de autodomínio.

A conversa voltou-se, principalmente, para assuntos impessoais relacionados à correspondência que estavam separando, mas algumas vezes Garrett começava uma frase com "Lembra quando...?", o que imediatamente punha a mente de

Sophie a relembrar de tempos mais felizes — tempos em que nunca se sentiria constrangida por dar olhadas quando Garrett se inclinava para pegar alguma coisa no chão. Depois do terceiro *Lembra quando*, Sophie disse a si mesma que era melhor tomar o controle da conversa, sob o risco de perder o controle das emoções.

— Você viu alguma cobertura do noticiário sobre mim no correio? — perguntou enquanto abria um envelope cor-de-rosa vindo de St. Louis.

— Eu gravei — respondeu ele com uma risada. — Nem acredito que caíram na história daquele cara.

— Sim, temos que agradecer aos céus por Jim. Ele nos salvou de muita atenção indesejada.

Garrett se apoiou num balcão.

— Ele é mesmo mendigo?

Sophie assentiu, depois explicou como conheceu o homem um ano atrás e como estabelecera um encontro semanal por conta do Biscoito do Azar.

— Você sabe como ele estava a par de toda essa agitação com o anúncio? — perguntou Garrett.

Ela largou a carta na pilha do não.

— Sei. Ele passou aqui ontem e explicou isso. Parece que foi a única coisa verdadeira que contou aos repórteres naquele dia. Ele realmente leu o anúncio nos jornais que usava para dormir. Sabia qual era a agência do correio mencionada no anúncio, então, quando viu o grupo de repórteres me cercando, ligou uma coisa à outra e apareceu para ajudar.

— Graças a Deus. Ele merece uma recompensa, se quer saber. Ele foi mesmo a sua salvação.

— Eu sei. Ontem eu disse a ele que pode levar quantos chocolates quiser toda vez que vier à loja. Mas devia tê-lo visto quando chegou aqui. Só deu para reconhecê-lo pelo sorriso desdentado.

Estava de banho tomado, com roupas novas e tudo o mais. Desde sua pequena entrevista com a imprensa, pessoas de toda parte estão mandando donativos para um fundo que o Canal 2 criou pra ele. Já conseguiu um apartamento e um emprego de meio expediente, e disse que uma concessionária de carros lhe ofereceu de graça um carro usado em troca de sua ajuda num evento promocional.

— Está brincando.

Ela meneou a cabeça.

— Inacreditável. — Garrett sorriu com afeição para Sophie.

Ela retribuiu o sorriso, mas, quando percebeu o que estava fazendo, logo o desfez, temendo que Garrett pudesse achar que ela estava gostando de estar com ele — o que não era verdade. Era?

Por volta das oito horas, Garrett e Sophie abriram cada um sua última carta, examinaram depressa o que estava escrito, depois as largaram na pilha do não.

— A minha era de um cara na Pensilvânia que disse que a felicidade é um rolo de papel higiênico quando se está perdido na floresta — gracejou Garrett. — E o seu?

— Acordar todas as manhãs ao lado do mesmo homem por 36 anos... e seguir contando os anos.

Garrett lhe dirigiu um olhar engraçado.

— E acha que isso não se qualifica como felicidade?

— O quê? — disse ela, dando de ombros.

— Sério, não vai contar essa? Eu daria tudo para ter... alguém... em quem pudesse confiar que estaria ali todos os dias, e ter esse tipo de amor e confiança por tanto tempo.

— É mesmo? — disparou ela, tentando conter as emoções.

— Bem, lamento lembrar que você poderia ter tido isso, mas preferiu largar tudo.

Ele baixou o olhar.

— Eu sei.

Sophie esperou para ver se ele diria mais alguma coisa.

— Mas acho que está interpretando mal o que ela escreveu. Se você reduzir as palavras, tudo o que ela disse foi que felicidade é "acordar". E não sou realmente uma pessoa matinal, então... não, definitivamente, não é felicidade.

Garrett ergueu o olhar e riu.

— Você é mesmo osso duro de roer, Sophie Jones.

Ela cruzou os braços e lhe deu uma olhada, irritada com a maneira como seu nome fluía casualmente da língua dele, como se as coisas entre eles nunca estivessem tão boas.

— Osso duro de roer, talvez. Mas, de nós dois, não sou eu quem é o cachorro.

Ele riu de novo, depois olhou para as pilhas de cartas ao redor.

— E agora?

Sophie o acompanhou no exame dos montes de envelopes no chão da cozinha. A maior, de longe, era a pilha do não, acompanhada por uma modesta quantidade de talvez. As cartas que pareciam promissoras estavam em menor número, mas Sophie supunha que mesmo aquela pilha totalizasse mais de duzentas unidades. E ainda havia mais uma caixa cheia de correspondências que ainda não haviam sido abertas.

Um pouco mais afastada estava uma quarta pilha, não oficial, de itens aleatórios, que fora deixada de lado durante o processo de separação. Eram coisas que Sophie nunca contaria como exemplos de felicidade, mas todos queriam mantê-las à mostra para que pudessem facilmente ver os objetos estranhos que as pessoas enviaram. No topo da pilha estava uma sandália Birkenstock usada, quase sem cortiça perto do calcanhar, o que havia desencadeado uma longa discussão na noite anterior quando Garrett, o podólogo, argumentou que ela devia ser deixada junto com as promissoras porque "a estrada para a felicidade é melhor se atravessada com pés felizes". Entre outros itens naquela área, havia uma colher de pau, canhotos de entradas para o circo, um CD do Neil Diamond, um catálogo *gourmet* de grãos de café torrados, uma foto de Bill e Hillary Clinton e um punhado de sachês lacrados do molho apimentado da rede Taco Bell.

— Agora — respondeu ela —, vou levar isso pra casa e ver quantas passam pelo meu veredicto. — Ela arrumou e passou um elástico na menor pilha de cartas. — As cartas da pilha do não podem ser jogadas no lixo agora mesmo. Podemos deixar as do talvez no meu escritório até eu ter a oportunidade de examinar a primeira pilha. E acho que vou levar esses também. — Ela suspirou ao pegar um punhado de cartas fechadas do cesto.

Garrett concordou com a cabeça.

— Bastante justo. — Olhou para o relógio de pulso. — O último expresso para Gig Harbor já passou — disse ele. — Posso lhe dar uma carona? Deve ser cansativo carregar toda essa correspondência durante uma volta de uma hora pela cidade.

Sophie realmente não queria ficar sozinha com Garrett no carro. A última vez que sentou num carro com ele foi na entrada de sua casa na noite em que ele cancelou o casamento e foi embora. Mas ele estava certo — levar toda aquela correspondência numa viagem de ônibus de uma hora seria um sofrimento. E, se chegasse depressa em casa, talvez ainda pudesse ver como Evi estava.

— Certo — disse, sem entusiasmo. — Mas só pela conveniência.

Ele sorriu generosamente.

— Ótimo.

Sophie virou de costas e começou a recolher suas coisas.

— Ah, pare de exibir essas covinhas — murmurou baixinho para si mesma.

No CAMINHO PARA casa, Sophie discou o número do celular de Evi. Não falava com a irmã de criação desde que ela havia saído, intempestivamente, da loja na noite anterior. Teria ligado mais cedo, mas queria dar a Evi algum tempo para digerir fosse lá o que a presidiária tivesse escrito na carta.

— Ei, Soph — respondeu Evi. — Eu estava me perguntando quando teria notícias suas.

— Você parece estar bem. Tudo certo?

Houve uma breve pausa.

— Na verdade... sim. Mais do que certo.

— Então... a carta? O que dizia?

— Por que não dá uma passada aqui e eu deixo você lê-la? Está com tempo?

Sophie se virou para Garrett e sussurrou:

— Pode me deixar na casa da Evi?

Ele concordou.

— Sim — disse Sophie ao telefone. — Chego aí num instante.

Quinze minutos depois, Sophie estava acomodada no sofá da sala de estar dos Mack lendo a carta da melhor amiga da mãe biológica de Evi. Quando terminou, enxugou uma lágrima que correra até o queixo e disse:

— Droga. Acho que vou ter que incluir esta nas cem do Garrett. — Olhou de Justin para Evalynn. — Então... Ev. Acha que isso vai... quero dizer... você vai ficar bem? Com todo esse lance de mãe?

Evalynn mordeu o lábio e olhou para Justin. Depois apertou a perna dele com uma das mãos e esfregou a barriga com a outra. Olhando mais uma vez para Sophie, respondeu:

— A carta me respondeu muitas coisas, perguntas que me atormentaram por muito tempo. — Olhou para Justin mais uma vez e sorriu. — Acho que as coisas vão ficar bem.

— Você vai ser uma ótima mãe — garantiu Sophie. — Não tenho dúvida.

— Já cansei de dizer isso — interveio Justin —, mas foi preciso uma carta de uma condenada para que ela ouvisse a razão. Vá entender. — Ele piscou com ar brincalhão para Evalynn, depois se dirigiu a Sophie outra vez: — Bem, antes de mandarmos essa senhora grávida pra cama, quer mais alguma ajuda com as cartas?

Os cantos da boca de Sophie franziram.

— Odeio dar trabalho. Provavelmente, vou rejeitar todas elas mesmo, então não faz sentido que percam seu tempo.

— Ah, que é isso — insistiu Justin. — Que mal há? Escute nossas opiniões antes de tomar sua decisão final. Assim, no mínimo, você pelo menos pode dizer a Garrett que houve cúmplices no processo e que deu a cada resposta uma chance justa.

Sophie considerou a oferta. Por um lado, não queria que a decisão se limitasse às opiniões dos amigos, especialmente porque nenhum deles teria que suportar um encontro com o ex-noivo caso encontrasse com respostas boas. Mas, por outro lado, estava gostando da companhia deles, e a ideia de passar o resto da noite sozinha selecionando as abundantes cartas de estranhos não era nada atraente.

— Tudo bem — disse. — Mas só até Ev começar a parecer cansada.

Assim, Sophie começou a examinar carta por carta. Apesar do tamanho, leu as mensagens em voz alta em sua totalidade, deu a Evi e Justin uma chance de ponderar, depois tomou sua decisão final. Além da carta de Carly Gibbs, a primeira carta a atender o critério altamente subjetivo de Sophie foi a de um homem de Wichita, Kansas, que forneceu um bom raciocínio, sustentado por exemplos de sua própria vida, para apoiar a alegação de que a felicidade é "consequência de se exercer o direito de escolher entre o bem e o mal, e escolher o bem".

Depois de mais trinta minutos, poucas cartas haviam recebido o relutante selo de aprovação de Sophie, que se tornava rapidamente confiante de que poderia sentir-se livre de culpa com a pilha sem nem mesmo chegar perto do número de respostas aceitáveis necessárias para atender aos termos do acordo.

Às nove e cinquenta e cinco, Sophie havia terminado com aquelas que pareciam promissoras e estava trabalhando nas cartas fechadas. Pegou o envelope seguinte na pilha, notando que fora enviado de Bellevue, Washington, cerca de trinta minutos a nordeste de Tacoma. De todos os envelopes que lera, este era de longe o mais leve; ao erguê-lo, imaginou se havia alguma coisa dentro dele ou se, talvez, alguém tivesse enviado um envelope vazio. Rasgando a beirada superior, observou que havia, de fato, algo ali dentro, embora bem pequeno. Enrugou a testa ao inclinar o envelope com cuidado, fazendo o conteúdo deslizar à sua frente até o chão.

Olhando o papel que havia caído, a expressão de Sophie imediatamente mudou de preocupada para assustada. Para alguém que trabalhava com eles diariamente, não havia como se enganar quanto ao pequeno formato retangular característico da mensagem de um biscoito da sorte. Soube de imediato que não era da Chocolat' de Soph porque sempre as escrevia à mão com uma suave caneta de caligrafia, e esta estava digitada. Também estava claro que a sorte tinha visto dias melhores. O papel estava amassado e rasgado, e as letras, manchadas e um tanto borradas.

Com uma estranha sensação de mau pressentimento, Sophie pegou e leu a minúscula mensagem, ofegando ao reconhecê-la. Ela a virou e ficou paralisada. A única coisa que se moveu enquanto olhava o verso da mensagem foi uma pequena lágrima que se desprendeu de seu olho e escorreu pelo rosto.

Por fim, Sophie secou a bochecha e fechou a mão ao redor do papel, depois encarou as fisionomias perplexas de Justin e Evalynn.

— Soph? Qual o problema?

Os olhos de Sophie ficaram semicerrados na direção de Justin.

— Preciso conversar com Evi sozinha — disse ela, num sussurro rouco.

— Claro — respondeu Justin, ficando de pé imediatamente. Pôs a mão no ombro da esposa. — Vou estar lá dentro se precisar de alguma coisa.

— Quero que seja totalmente honesta comigo, Evi — disse Sophie, uma vez que Justin estava fora de vista. — E isso pode parecer um pouco estranho, mas... você sabe como meus pais morreram?

Evalynn lhe deu uma olhada confusa.

— Claro. Num acidente de carro.

— Eu sei, mas você faz ideia do que o causou?

Outra olhada questionadora.

— O tempo, não foi?

— Alguma vez já conversou em particular com Ellen sobre isso?

— Talvez. Provavelmente.

— Bem, ela alguma vez mencionou que algo... ou alguém foi parcialmente culpado pelo que aconteceu?

— Não. Sophie, aonde você quer chegar?

Sophie baixou o olhar para seu punho cerrado. Em sua mente, recordava ter apertado o papel daquele jeito antes.

— Quero lhe contar uma coisa, mas tem que jurar nunca contar pra mais ninguém.

— Prometo.

— Nem mesmo para o seu marido?

Evalynn olhou por cima do ombro e sussurrou:

— Acredite, tem bastante coisa que Justin não sabe.

Sophie respirou fundo. Queria dividir seu segredo com Evalynn havia anos, mas nunca criara coragem. Sabendo que precisaria da ajuda da irmã de criação para descobrir por que sua antiga sorte havia aparecido misteriosamente na correspondência — e quem a enviara —, decidiu que era hora de compartilhar seu fardo. Nos vinte minutos seguintes, Sophie contou, em terríveis detalhes, a sequência de eventos da noite de seu nono aniversário que levou à morte de sua mãe, de seu pai e de sua avó.

Evalynn ficou hipnotizada, às vezes parecendo que explodiria em lágrimas.

Sophie deu atenção extra ao seu papel no pesadelo de aniversário, explicando quanto foi boba por acreditar que aquela sorte se tornaria verdade.

Quando terminou, Evalynn se aproximou e envolveu Sophie num grande abraço.

– Não pode se culpar pelo que aconteceu. Existe um motivo para que sejam chamados de acidentes. Não foi sua culpa, Sophie. — Ela se afastou. — Se guardou isso por tanto tempo, por que está me contando agora?

Sophie enrugou os lábios.

— Porque — respondeu devagar, mais uma vez fitando a mão —, mesmo que tenha sido um acidente, eu *realmente* tenho a maior parte da culpa. — Ela deixou que os dedos se abrissem. — E alguém aí fora sabe disso.

Evalynn pegou a sorte da mão de Sophie e leu a mensagem.

— *A felicidade é um dom que brilha dentro de você. O seu verdadeiro desejo se realizará em breve.* — Ela ergueu os olhos. — Isso foi há vinte anos... Como consegue se lembrar disso? Talvez sua mensagem fosse apenas parecida. Além disso, imprimem essas coisas às dezenas. Pode ser só coincidência.

Sophie revirou os olhos.

— A única coincidência é ter voltado pra mim através desse estúpido anúncio de felicidade do Garrett. Mas a parte assustadora é que é mesmo a minha sorte daquela noite. Não é só a mesma mensagem. *É o mesmo pedaço de papel!*

Evalynn lançou um olhar de dúvida para Sophie.

— Como pode ter certeza?

— Vire-o — disse Sophie, a voz ressoando de pavor.

Evalynn ofegou tão forte quando viu o que estava escrito no verso que quase se engasgou. Numa escrita desbotada feita a lápis, estavam as palavras: *Sophia Maria Jones, 21 de setembro de 1989.*

— Não! Isso é algum tipo de piada! Só pode ser.

— Se é, não vejo graça.

— A única pessoa para quem contou foi Ellen?

— É tudo que me lembro. Bem, talvez eu tenha contado ao psicólogo sobre isso quando era criança, mas ninguém mais.

— Então você acha que Ellen tem alguma coisa a ver com o envio disso? — perguntou Evalynn.

Sophie encolheu os ombros.

— Não sei. Quer dizer, gostaria de pensar que ela não faria uma coisa dessas, mas ela investigou o seu passado para conseguir que Carly enviasse aquela carta para você, então, quem sabe? — Sophie hesitou, tentando organizar seus pensamentos. — Mesmo assim... alguma coisa não se encaixa.

— O quê?

— Eu o joguei fora! Eu o amassei e joguei fora, e Ellen estava bem ali comigo e o viu ir embora flutuando.

— Exato — retrucou Evi. — Ela estava lá, e foi a única pessoa que sabia que estava com você. Além do mais, veio para a sua caixa postal, e só alguns de nós sabíamos que as respostas eram destinadas a você. Então ela deve ter algo a ver com isso. — Evalynn verificou o relógio de pulso, depois agarrou a mão de Sophie e ficou de pé. — Venha, Sophie.

— Aonde estamos indo?

— Pela sua sanidade, acho que precisamos fazer uma visitinha a Ellen.

— Mas já passa de dez da noite — protestou Sophie. — Já vai ser mais de onze quando chegarmos lá, e ela vai pra cama cedo.

Evalynn deu em Sophie aquela olhada do tipo *Não discuta comigo*. Perguntou a Sophie se alguma das duas conseguiria dormir até que conseguissem mais informações.

Sophie suspirou.

— Provavelmente não.

— Ora, se não podemos dormir esta noite, então nossa querida mãe de criação não deve dormir também.

Capítulo 25

A felicidade evita você com razão.

— TUDO BEM? — PERGUNTOU EVALYNN, QUANDO ELA E Sophie saíram do carro de Evi diante do apartamento de Ellen no subúrbio do lado leste de Seattle.

Faltavam dez minutos para as onze da noite, e o vento frio da noite começava a açoitar. Sophie puxou o zíper da jaqueta até o queixo e assentiu, mas manteve os olhos fixos no prédio de quatro andares. Parecia tão arruinado e precário quanto sempre. Os tijolos que cobriam o exterior dos dois primeiros andares estavam sujos e desgastados, com pequenas plantas surgindo das rachaduras e fissuras nas juntas de cimento. Os dois andares superiores eram de concreto sólido, pintados de uma cor insossa que se aproximava do cinza do cimento. Grandes camadas de tinta estavam descascando, principalmente perto do topo da ala oeste, onde uma calha quebrada permitira que o excesso de água escorresse pela lateral do prédio por grande parte do outono e do inverno anteriores.

Sophie sempre se perguntava por que sua mãe de criação escolhera viver ali se podia arcar com algo um pouco melhor, especialmente depois que Sophie e Evalynn se mudaram. Quando ela perguntou sobre isso alguns anos antes, Ellen explicou que todas as suas melhores recordações estavam ali.

— Minhas menininhas podem ter abandonado o ninho — acrescentou ela —, mas o ninho ainda me serve.

— Seja bem-vinda ao lar — murmurou Evalynn, atravessando a porta externa do prédio.

O interior do complexo não estava tão acabado quanto o exterior, apenas porque os inquilinos se preocupavam bastante com a conservação. Embora ninguém, nem mesmo o senhorio, quisesse pagar a dinheirama dos tijolos novos ou da pintura externa, os moradores do prédio não se importavam de gastar um dólar aqui e ali para manter os corredores cuidados e limpos.

Tanto Sophie quanto Evalynn possuíam chaves do apartamento de número 309, mas, como passava do horário de dormir costumeiro de Ellen, elas preferiram tocar a campainha.

Houve um pequeno intervalo antes que um fraco "Quem é?" viesse de um dos cômodos dos fundos.

— Bata uma vez se amigo, duas se inimigo.

Esta era a resposta padrão de Ellen sempre que alguém tocava a campainha ou batia inesperadamente. Sophie e Evalynn sabiam que era apenas seu jeito de ganhar tempo para garantir que o revólver estivesse por perto.

Sophie bateu três vezes.

— Evalynn? É você? Ou é Sophie?

Evalynn e Sophie trocaram breves olhares enquanto ouviam o som dos passos vindo apressados da cozinha, atravessando o cômodo principal, até a entrada. A tranca estalou ao girar, e então a porta foi aberta.

— Minhas duas meninas! — Ellen quase saltou de suas botas de policial, que ainda usava após um longo turno no distrito policial no centro da cidade. Agarrou Sophie num grande abraço e a puxou para dentro do apartamento, depois fez o mesmo com Evalynn. — O que é que vocês duas estão fazendo aqui tão tarde? Não importa. Quando foi a última vez que estivemos todas nós neste apartamento ao mesmo tempo? Parece que faz um ano ou mais. Que surpresa!

Deu outro abraço em Sophie, mas ao fazê-lo Ellen não deixou de notar que nenhuma das visitantes estava tão animada quanto ela.

As três mulheres atravessaram juntas a sala de estar até a cozinha e sentaram-se ao redor da pequena mesa de jantar circular. Ellen olhou nervosa de Sophie para Evalynn, como se pressentisse que a notícia que pretendiam lhe dar tão tarde da noite não fosse boa.

Sophie deslizou a mão pela superfície de madeira da mesa. Ainda podia detectar as letras e as palavras gravadas onde ela e Evalynn haviam pressionado com força a caneta ao fazer o dever de casa quando eram adolescentes. Acompanhando o contorno de seu próprio nome na superfície de madeira com o dedo indicador, ergueu o olhar para Ellen e forçou um sorriso, mas não falou nada.

— Eu me diverti separando todas aquelas cartas na noite passada — disse Ellen, tão logo o silêncio se tornou desconfortável. — Já encontrou alguma boa?

— Algumas — respondeu Sophie.

Como mais silêncio sobreveio, os olhos de Sophie examinaram o cômodo no qual passara tanto tempo durante a juventude. Parecia menor do que quando ela era pequena. Mesmo que a sala de estar fosse o maior espaço do apartamento, a cozinha sempre foi o lugar de reunião. Lá comiam, lá conversavam, lá estudavam, lá viam TV, e às vezes lá conseguiam fazer todas essas coisas ao mesmo tempo. Sophie imaginou quantas horas de sua infância passara sentada naquela mesma cadeira que agora ocupava.

Invariavelmente, pensar em sua juventude a levava de volta ao dia em que chegou à casa da policial Ellen Monroe. Sophie se recordou do quanto chovia; até mais do que na noite em que conheceu Ellen na beira da estrada em Seattle. A água caía em fortes rajadas naquela dia, atingindo a lateral do prédio de apartamentos num ângulo de 45°. A assistente social tinha um guarda-chuva para si mesma, mas não ofereceu dividi-lo, então, quando Sophie arrastou sua mala do banco traseiro do carro da mulher até a porta da frente do prédio, já estava ensopada da cabeça aos pés, os cachos louros emplastrados na testa, feito macarrão instantâneo molhado.

Sophie se lembrava da relutância com que carregou a mala escada acima até o terceiro andar. A assistente social estava um pouco apressada, mas Sophie não se apressou. Já era sua quarta viagem para um novo lar no curto período de cinco meses, e ela não estava com pressa de conhecer sua próxima "família".

A primeira casa em que fora instalada foi para uma estadia intencionalmente breve; apenas cerca de uma semana, para que a assistente social tivesse tempo de encontrar uma boa combinação de longo prazo, talvez até uma situação de adoção. Como não conseguiram encontrar tal resultado, Sophie foi levada para a casa de uma mãe solteira chamada Marion Mason, que estava aceitando crianças como maneira de sugar do Estado um dinheirinho extra. O Serviço Social, por fim, descobriu que a mulher estava usando o dinheiro para sustentar um vício em drogas, então, sete semanas depois de sua chegada, Sophie e outra criança acolhida, além da filha biológica da mulher — uma menininha precoce chamada Evalynn —, foram levadas numa van branca e entregues em locais novos ao norte de Washington.

A parada de Sophie foi a última do dia, bem ao norte, em Everett. Ficou com um casal muito bom, cujos filhos não moravam mais lá, os Bard, que aceitavam crianças de tempos em tempos apenas pela bondade de seus corações, simplesmente porque sabiam que fazer aquilo era necessário. Para infelicidade de Sophie, o coração do marido era bom apenas no sentido metafórico; o Sr. Bard sofreu um grave ataque cardíaco perto do aniversário de dois meses da chegada de Sophie. A menina assistiu horrorizada, de um banquinho na cozinha, quando os paramédicos usaram um desfibrilador no meio da sala de estar numa tentativa de reanimar o coração dele antes de levá-lo embora. A Sra. Bard estava chorando histericamente. Ninguém jamais foi até ela dizer como tinha terminado a corrida do Sr. Bard ao hospital, mas, baseada no fato de que ninguém jamais disse nada, Sophie presumiu o pior.

Mais tarde naquela noite, no meio de um temporal, a assistente social de Sophie apareceu e a mandou empacotar suas coisas. Seguiram para o sul durante algum tempo pela via interestadual, pegaram uma saída para Seattle e, por fim, pararam diante do prédio de Ellen. Depois de uma breve caminhada sob o ruído contínuo da chuva, seguida por uma lenta subida até o terceiro andar, uma trêmula e gotejante Sophie bateu pela primeira vez na porta do apartamento 309.

— Bata uma vez se amigo, duas se inimigo — falou uma voz amigável lá dentro.

Sophie ergueu o olhar para a assistente social, intrigada, e deu de ombros. A mulher mandou que batesse uma vez. Um segundo depois a porta estava aberta, e ali, para a agradabilíssima surpresa de Sophie, um rosto familiar a encarava. Ellen, a policial que se aproximara dela depois do acidente, a mesma mulher que lhe demonstrara carinho no funeral dos pais, estava parada na entrada, sorrindo. Estava com os braços bem abertos e envolveu Sophie num grande abraço. Com os braços grandes e negros de Ellen ao seu redor, o coração de Sophie ficou aquecido como não ficava havia meses.

— Tenho um segredo — disse Ellen, sorrindo, enquanto se agachava para ficar da altura de Sophie. — Não conte a ninguém, mas são três batidas para quem é da família. Ok? Se tiver que bater, esse agora é o seu número.

Sophie concordou, enquanto Ellen a abraçava outra vez e a puxava para dentro do apartamento.

Evalynn chegou cerca de um mês depois, logo após sua mãe ser mandada para a prisão com múltiplas acusações relacionadas a drogas e fraude. O Estado consultou Ellen quanto a aceitar uma segunda criança porque ela e Sophie tinham quase a mesma idade. Devia ser uma situação de curto prazo, seis meses no máximo, mas a mãe de Evalynn vivia se metendo em problemas, e aquilo se tornou uma situação permanente. Desde então, a mulher negra, a menina branca e a menina meio latina eram, em princípio, uma família.

— Sophie?

A pergunta vinda do outro lado da mesa trouxe Sophie para o presente.

— Hã?

Ellen sorriu com nervosismo.

— Você parece perturbada, Docinho. Queria falar comigo sobre alguma coisa?

Sophie assentiu, mas não disse mais nada.

Ellen se remexeu com desconforto na cadeira.

— Você descobriu, não foi?

Evalynn e Sophie responderam em uníssono:

— Descobrir o quê?

— Que liguei para o Canal 2 falando do anúncio?

— Você! — exclamou Sophie. — Por que é que você faria isso?

— Porque — respondeu ela, cautelosa — eu queria que tivesse esse encontro com Garrett, Docinho. Seja lá o que acontecer, acho que precisa ouvir o que ele tem a dizer. Ele não apareceria assim depois de um ano, a menos que fosse importante. Você me conhece; sou intrometida. Quero saber o que ele tem a dizer tanto quanto qualquer um, então recorri ao jornal esperando ajudar no processo. Mas, céus, não poderia imaginar o tipo de repercussão que aquilo teve. — Ela hesitou. — É por isso que veio?

Sophie sacudiu a cabeça de maneira enfática.

Ellen ficou intrigada.

— Então, o quê? Pode me contar qualquer coisa, Sophie. Sabe disso, não sabe? — Redirecionou seu foco para Evalynn. — É grave? Envolve vocês duas?

— Não eu — respondeu Evalynn. — Sou apenas a motorista encarregada. — Virou-se para Sophie. — Tem que mostrar pra ela, Sophie.

Assentindo novamente, Sophie abriu o zíper da bolsa e tirou o envelope de Bellevue.

— Ellen — começou, deslizando o envelope sobre a mesa. — Reconhece este endereço?

Ellen piscou para enxergar a letra miúda.

— Centro de Tacoma. Sua caixa postal, certo?

— Não, o endereço do remetente. Quem mora em Bellevue, Ellen? — Sophie foi mais seca do que queria com a mulher que fizera tanto por ela ao longo dos anos, mas não conseguiu evitar.

Um ar de confusão tomou a fisionomia de Ellen.

— Bellevue? Não conheço ninguém em Bellevue. Por quê? O que é isso, Sophie?

— Abra.

Ellen enfiou dois dedos no envelope rasgado e deixou o papelzinho cair. Ele aterrissou virado, de modo que as palavras escritas à mão ficaram voltadas para cima.

— O quê...? — disse ela, ao ler nome e data. Não havia dúvida de que sabia que dia era aquele. Uma lâmpada pareceu se acender em sua mente, como se tivesse acabado de compreender o que ela estava segurando. Virou depressa o papel e ofegou: —

Sophie — disse, parecendo um pouco enjoada. — Eu juro a você que não sei nada a respeito disso.

Algo dentro de Sophie se soltou. Ela bateu o punho cerrado sobre a mesa.

— Então quem? Você foi a única, Ellen! A única que sabia sobre essa sorte, além dos meus pais, mas garanto que não foram eles que a enviaram pra mim!

— Eu não... quero dizer... estou tão surpresa com isso...

Ellen foi pega desprevenida pelo ataque de raiva de Sophie e estava procurando a coisa certa a dizer.

— Pra quem você contou? Uma pessoa só, ou foram mais? Contou às pessoas sobre o anúncio também?

Ellen estava profundamente magoada com a acusação. Seus olhos ficaram úmidos, assim como na noite em que encontrou Sophie sentada na beira da estrada.

— Sophie, *jamais* mencionei essa mensagem pra quem quer que fosse. Nem consigo imaginar como isso foi parar na sua correspondência, muito menos na sua caixa postal, mas, eu juro, não tive nada a ver com isso.

Um momento de silêncio deu a Evalynn uma oportunidade de falar. Queria mudar o rumo da conversa antes que Sophie dissesse algo do qual se arrependesse depois.

— Obrigada, Ellen. É bom ouvir isso diretamente de você.

Nem Ellen nem Sophie falaram.

— Sei que estou sobrando aqui — prosseguiu Evalynn —, uma vez que não sabia de nada até esta noite, mas acho que deveríamos...

— Você contou pra ela? — interrompeu Ellen.

Sophie assentiu.

— Precisava contar pra alguém. E precisava descobrir se ela já tinha ouvido isso de você.

— Que bom. Fiquei dizendo isso a você por anos: quanto mais divide seu fardo, mais leve ele se torna. Mas *jamais* contei a ninguém, Sophie. Eu juro.

Evalynn falou outra vez.

— Acredito em você, Ellen. Soph?

Os olhos de Sophie movimentaram-se entre Evalynn e Ellen. Então ela murmurou:

— Eu também.

— Tudo bem — continuou Evalynn, dando um suspiro de alívio. — Agora que isso está solucionado, acho que a chave é descobrir quem enviou, e como essa pessoa conseguiu isso. Pessoalmente, eu estava esperando que Ellen tivesse de fato algo a ver com isso. Ao menos explicaria as coisas. Mas e agora? É um pouco assustador.

Ellen pegou o envelope outra vez.

— Concordo, Ev. E acho que eu posso ajudar. Me deem alguns minutos para dar uns telefonemas. — Ela se levantou e saiu da cozinha.

— Você está bem? — perguntou Evalynn, assim que Ellen estava fora do cômodo.

— Estou bem — retrucou Sophie, dando uma risadinha cínica. — Não grito com Ellen assim desde que ela fez aquela verificação de antecedentes de Tom Potter antes do baile de boas-vindas no nosso segundo ano.

Evalynn riu.

— Pobre Tom. Depois daquela, acho que só chamou outra garota pra sair bem depois da formatura. — Ela fez uma pausa. — Acho que se saiu muito bem esta noite, dadas as circunstâncias.

— Obrigada. Não estou nem perto de descobrir quem enviou, mas ao menos estou aliviada por saber que Ellen não teve nada a ver com isso. Ela é o que tenho mais próximo de uma mãe, e eu ficaria arrasada em pensar que não poderia mais confiar nela.

— Alguma ideia de quem poderia ter enviado a mensagem ou de onde a tiraram?

— Nadinha. Mas você conhece Ellen. Se ela diz que consegue a informação, então consegue mesmo.

Como prometido, alguns minutos depois Ellen entrou na cozinha com orgulho.

— Consegui! — anunciou.

— Essa foi rápida — disse Sophie.

— Foi facílimo. Só tive que ligar pra um velho...

Sophie não queria ouvir cada detalhe da busca pela informação. Tinha crescido ouvindo as longas explicações de Ellen a respeito da complexidade de se rastrear criminosos, e não estava com humor para isso agora.

— Quem enviou, Ellen? — pressionou diplomaticamente. — Vamos direto ao assunto.

— Tudo bem — respondeu ela, só um pouquinho desconcertada. — O endereço do remetente de seu envelope é a casa de um tal Jacob Barnes. Parece familiar?

Evalynn e Sophie balançaram as cabeças.

Ellen abriu um sorriso.

— Bem, pois pra mim parece. Assim que meu amigo no centro da cidade disse o nome, eu soube quem era. Mas só pra garantir conferi a cópia de um velho relatório policial que eu guardo na escrivaninha. Alguém se aventura a adivinhar que relatório é esse? — Ela esperou por respostas, mas tudo o que conseguiu de suas visitantes foram olhares inexpressivos. — *O acidente*, Sophie. Ele estava listado como uma das pessoas que sofreram ferimentos.

— Jacob Barnes? — perguntou Sophie. — Você se lembra dele naquela noite?

— Docinho — disse Ellen ao ocupar a cadeira perto de Sophie e passar o braço por seu ombro. Para Sophie, Ellen, de repente, parecia mais como mãe e menos como policial. — A única coisa de que me lembro daquela noite é que conheci você. O restante dos detalhes é só um borrão, assim como os milhares de outros acidentes que tive o infortúnio de testemunhar nos meus 23 anos na força policial.

— Jacob Barnes — repetiu Sophie, familiarizando-se com o nome. — Então, se esse Jacob Barnes estava lá, deve ter encontrado minha sorte depois que a joguei fora. Mas como ele sabia que era a *minha* sorte? Poderia ser a de qualquer um.

— É difícil dizer — comentou Ellen, retirando o braço do ombro de Sophie e repousando-o sobre o próprio colo. — Mas ao menos sabemos que ele estava lá, o que explica como a conseguiu.

— Não sou detetive — brincou Evalynn —, mas acho que sei como podemos descobrir como ele sabia que era sua, e por que escreveu seu nome no verso. Sabemos onde o cara mora, certo? Acho que precisamos dar um pequeno passeio até Bellevue. Sophie, você topa?

Sophie concordou.

— Ellen?

Ellen piscou.

— Eu e a minha 9mm ficaríamos felizes em oferecer escolta policial.

Capítulo 26

Se as pessoas boas têm boa sorte e as
pessoas más têm má sorte,
por que será que a sua sorte é nula?

Evalynn e Sophie pegaram Ellen logo após o almoço no sábado seguinte, que foi o primeiro dia livre na programação das três. Significava que Sophie precisou de Randy cobrindo algumas horas extras na Chocolat' de Soph, mas ele estava mais do que disposto a ajudar. Justin havia comprado um aparelho de GPS para Evalynn em seu último aniversário, então encontrar a casa de Jacob Barnes foi moleza. A voz feminina do equipamento as instruiu a sair da via interestadual depois de 25 minutos, e daí foi quase uma reta pela 150th Avenue até um condomínio repleto de casas bonitas no topo de um morro perto de Saddleback Park.

— Uau! — comentou Ellen. — Jacob Barnes tem vivido muito bem.

— Destino à... esquerda... em 160 metros — disse a voz feminina eletrônica depois que Evalynn fez a curva na 54th Place.

Evalynn desacelerou o carro e parou perto do meio-fio.

— Tem certeza de que se sente bem fazendo isso, Sophie?

— É, Docinho — acrescentou Ellen do banco de trás. — Você parece meio corada.

Apertando o envelope que fora enviado da casa do outro lado da rua, Sophie tentou sorrir com bravura.

— Não estava nervosa até pararmos. Mas agora...?

— Garanto que não há com o que se preocupar — disse Ellen, tranquilizando-a.

Mais uma vez, Sophie tentou sorrir. Virou-se para Ellen, depois para Evalynn.

— Eu sei. Não é encontrar Jacob Barnes que me dá um nó no estômago. É mais a ideia de encarar meu passado. É meio... esquisito, sabem? Depois de vinte anos, descobrir de repente que algum estranho sempre soube que tive parte no acidente.

— Você não sabe o que ele está pensando.

— Eu sei... Posso sentir. Por que mais enviaria aquele papel de volta pra mim? Ele deve ter me visto no noticiário, me reconhecido de alguma maneira e deduzido que fui eu quem colocou o anúncio.

Ellen esticou a mão e esfregou o ombro de Sophie.

— Digo a você desde que tinha 9 anos que não pode se culpar. Talvez encontrar o Sr. Barnes a ajude a entender isso finalmente.

— Talvez — disse Sophie, parecendo duvidar. *Ou talvez ele vá me culpar também, e reforçar meu maior temor.*

Com Ellen indo à frente, o trio saiu do carro e atravessou a rua. Sophie tentou ignorar a mulher na casa ao lado que as vigiava feito uma águia da janela da frente enquanto subiam a íngreme entrada de carros. Também notou que não havia carros ali, e silenciosamente rezou para que isso significasse que não havia ninguém em casa.

Ellen marchou direto até a porta sem um segundo de hesitação e tocou a campainha. Sophie e Evalynn se mantiveram alguns passos atrás.

Vários instantes depois, um rapazinho robusto com um grande rosto redondo abriu a porta. Possuía olhos amendoados e um sorriso que se estendia de orelha a orelha.

— Olá — disse ele, com um sotaque engraçado. — Visitas. Adoro visitas. Mas não recebo muitas. — Calou-se antes de acrescentar outro "Olá".

Não era necessário dizer a nenhuma das três mulheres que o rapazinho que as fitava possuía Síndrome de Down. Seu comportamento alegre as deixou imediatamente à vontade.

— Oi — disse Ellen. — Estamos procurando por Jacob Barnes. Ele está?

O rapaz coçou o espesso cabelo louro.

— É muito importante? — perguntou, sorrindo. — Ele é meu pai. Talvez eu possa ajudar no lugar dele. Sou Alex. — Alex olhou para o moletom de Evalynn e leu as gigantescas palavras em roxo. — Washington State Dawgs.

Evalynn riu, se divertindo.

— Isso mesmo. Você é fã do time?

— Não. Mas gosto da palavra. D-A-W-G-S — disse ele, alongando o som de cada letra.

Sophie observava o rapaz atentamente. Algo nele lhe parecia estranhamente familiar.

— Alex, já nos vimos antes? — perguntou.

Ele deu de ombros.

— Não sei. Alguma vez fez compras no Albertsons? Trabalho lá. Muita gente faz compras no Albertsons. Compram mantimentos. — Apontou para o mascote no peito de Evi. — E comida de cachorro. — Ele parou mais uma vez para pensar. — E revistas com Britney Spears ou Oprah na capa.

Sophie deu uma risadinha.

— Talvez seja isso.

Ellen riu também, abrindo o distintivo de policial que estava preso ao quadril. Mesmo quando não estava de uniforme, sempre carregava o distintivo, para o caso de alguma necessidade. Várias vezes a salvou de receber uma multa por excesso de velocidade depois de ser parada na blitz.

— Alex, eu sou a policial Monroe e trabalho no Departamento de Polícia de Seattle.

Ele parecia fascinado com o distintivo, estendendo a mão para passar os dedos pela superfície reluzente.

— Legal. Uma policial.

— Minha amiga aqui — prosseguiu Ellen, apontando para Sophie — recebeu uma carta esta semana pelo correio que tem algo que foi enviado por seu pai.

Alex encarou Sophie com ar indagador.

— É *você* que está procurando felicidade? Legal.

— Então você sabe sobre o que foi enviado? — perguntou Sophie, erguendo o envelope nas mãos.

Ele fitou brevemente o envelope.

— Ahã.

Sophie suspirou.

— Gostaria de conversar com seu pai a respeito. Ele está em casa?

— Não.

— Vai voltar logo?

O radiante sorriso de Alex quase desapareceu.

— Não.

Evalynn, que ficara em silêncio a maior parte do tempo, finalmente falou:

— Sabe onde ele está? Se não for longe, talvez possamos fazer uma visita rápida.

Alex coçou a cabeça de novo.

— Sei onde ele está. Não sei o endereço, mas eu poderia levá-las lá.

Evalynn e Ellen olharam para Sophie para ver o que ela queria fazer. Tendo tirado metade do dia de folga para procurar Jacob Barnes, queria fazer bom uso do seu tempo, mas não se sentia confortável envolvendo o rapaz. Antes que pudesse se decidir, outra pessoa apareceu na casa.

— Posso ajudar? — perguntou a mulher, subindo os degraus da entrada. — Sou Meredith Sloan, da casa ao lado.

A águia da janela, pensou Sophie.

Ellen sorriu.

— Não, acho que está tudo bem. Só viemos visitar o Sr. Barnes.

A atitude de Meredith mudou.

— Bem, não sou apenas a vizinha de Alex. Também sou paga para cuidar dele e ajudar em suas... necessidades especiais. Então, se precisarem de algo específico, provavelmente sou a pessoa certa para ajudar.

Antes que Sophie, Ellen ou Evalynn pudessem dizer qualquer coisa mais, Alex se intrometeu:

— Está tudo bem, Meredith. Ela é policial.

Meredith se empertigou.

— Ah, nossa. Seja lá o que aconteceu, tenho certeza de que Alex não tem nada a ver com isso. Ele é um bom garoto.

— Não é nada disso — garantiu Ellen. — Não é um assunto oficial da polícia. É mais uma visita de cortesia.

Sophie deu um passo à frente.

— Eu me envolvi num acidente quando era menininha, e Jacob Barnes estava nele também.

— Ah — disse Meredith. — Provavelmente, o acidente que lhe custou os dedos.

Surgiu na mente de Sophie uma imagem de um homem deitado no chão olhando para a mão enquanto um socorrista tentava estancar o sangramento dos dedos decepados.

— Sim — murmurou Sophie em resposta —, é esse. Viemos hoje em busca de algumas informações sobre o acidente, e Alex disse...

— Elas querem visitar meu pai — interveio Alex. — Posso levá-las?

Meredith parecia mais intrigada do que nunca.

— Querem visitar Jacob?

As três mulheres assentiram.

— Se não for incômodo — disse Sophie. — Alex disse que sabe como chegar lá.

— Sim, ele sabe muito bem. Vai lá sempre que pode. — Ela olhou para Alex, depois examinou os rostos das visitantes. — Mas não vejo o que descobrirão a respeito de um acidente de carro de décadas atrás no cemitério.

— Cemitério? — espantou-se Sophie, trocando um olhar preocupado com Ellen. — Por que é que ele iria ao...? — Ela parou e encarou Meredith, confusa. — Jacob Barnes está... *morto*?

Agora Meredith também parecia confusa.

— Não sabiam? — perguntou. — Ele faleceu alguns meses atrás. Perdeu uma dura luta contra a leucemia.

— Claro que não... nós... quero dizer, recebi uma carta pelo correio e presumi... — Ela se virou para Alex outra vez, e uma nova onda de reconhecimento surgiu. — Qual cemitério? — perguntou.

Alex olhou para Meredith em busca do nome.

— Evergreen — disse ela. — Fica lá na...

— Aurora Avenue! — disse Sophie, agitada. — É onde vi você! Um mês atrás, no meu aniversário. Óculos escuros, certo?

— Sempre uso óculos escuros lá — admitiu Alex.

— Para o caso de chorar — murmurou Meredith. — Assim as outras pessoas não veem.

Sophie se lembrou do breve e estranho encontro com Alex momentos antes de Evalynn aparecer naquela noite, e de repente ficou preocupada.

— Alex, estava me seguindo no cemitério?

Ele enfiou as mãos nos bolsos.

— Eu estava lá primeiro. Acho que a primeira pessoa não pode seguir. Pode?

Boa resposta, pensou ela. Prendendo uma mecha de cabelo atrás da orelha, Sophie se aproximou de Alex, que ainda estava parado na entrada da casa. Sua expressão era séria, mas o tom foi suave e gentil.

— Alex, quando eu o vi, você não estava visitando seu pai. Estava olhando para o túmulo dos *meus pais*. O que estava fazendo lá?

Todos ficaram em silêncio, esperando Alex responder.

— Lendo — disse ele, no mesmo tom calmo de Sophie. — "Marido e Pai. Esposa e Mãe. Sempre devotaram amor à filha e um ao outro." É muito bonito. Eu decorei. Papai sempre me mostrava quando íamos lá. Ele disse que encontrou a filha deles uma vez. — Ele olhou para todas, uma por uma, os olhos parando em Sophie no fim. A voz ficou ainda mais baixa, mas o rosto ainda brilhava com uma inocente alegria. — Acho que você deve ser ela. Sophia Maria Jones.

Capítulo 27

*Uma triste conclusão é simplesmente aonde
se chega quando se cansou de pensar.*

TODOS NA PORTA DOS BARNES FICARAM NUM ESTRANHO
silêncio.

Todos, exceto Alex.

— Ainda vamos visitar o meu pai? — perguntou. — Ou vocês
querem entrar na minha casa? Lá dentro é mais quente que aqui
fora, e gosto mais de ficar aquecido.

— É uma boa ideia, Alex — disse Meredith, dando um pequeno passo na direção da porta. — Por que não entramos e senta-
mos um pouquinho? Vocês gostariam de beber alguma coisa?

Evalynn e Ellen olharam novamente para Sophie em busca
de instruções.

— Seria bom — disse Sophie, educadamente. — Obrigada.

A casa era ainda mais espaçosa por dentro do que parecia
por fora, com teto alto e abobadado e um projeto amplo que
fazia todos os cômodos parecerem grandes. Na sala de estar, a
maioria das paredes estava alinhada por armários planejados de
cerejeira, quase todos cheios de livros. Para Sophie, era como estar numa pequena biblioteca. O único espaço vazio era o último
armário, na parede oposta, que só estava ocupado pela metade.

— Uau! — disse Sophie, impressionada. — Alguém gosta
de ler.

— Eu! — exclamou Alex com orgulho. — Li cada livro desses. Alguns mais de uma vez. Alguns *mais* de mais de uma vez.

— Está quase sem espaço nas prateleiras — comentou Evalynn. — O que vai fazer depois?

Alex olhou de maneira engraçada para Evalynn, como se tentasse decidir se a pergunta era uma piada.

— Arranjar mais prateleiras — disse enfim, sem nenhum toque de ironia.

Sophie e Ellen riram em uníssono. Sophie estava começando a sentir uma grande sensação de alívio. Temia se encontrar com Jacob Barnes simplesmente porque não sabia como ele reagiria. Será que havia guardado algum sentimento hostil contra ela nas duas últimas décadas? Será que sua vida estava em frangalhos por causa da impaciência infantil dela? Mas em vez de o homem velho e ranzinza que imaginara encontrar, lá estava Alex, cuja disposição alegre e cordialidade inocente eram tão ameaçadoras quanto um gato ronronando.

Meredith foi fazer café enquanto o restante do grupo se acomodava na sala de estar. Sophie e Evalynn dividiram um sofá de couro, Ellen sentou-se no de dois lugares e Alex afundou satisfeito numa poltrona reclinável de veludo espesso.

Uma vez instalada, Sophie foi a primeira a falar.

— Alex, sinto muito em saber que seu pai faleceu. Só de conhecer você, sei que teria gostado dele.

Alex remexeu os dedos, mas continuou sorrindo.

— Vai fazer muitas perguntas sobre ele?

— Gostaria de fazer algumas, se você concordar.

As sobrancelhas se ergueram enquanto ele coçava com nervosismo a orelha. Depois, sem dizer nada, levantou da poltrona e remexeu num aparador arredondado na entrada. Na gaveta de cima havia uns óculos escuros. Ele os colocou e depois voltou para a poltrona.

— Pronto.

Sophie sorriu calorosamente.

— Certo, você disse que seu pai o levou ao cemitério para visitar o túmulo dos meus pais. Com que frequência?

— Todos os anos. No dia depois do meu aniversário.

— Ah. Quando é seu aniversário?

— Em 20 de setembro.

Sophie fez contato visual com Ellen no outro sofá.

— Esse... é o dia antes do meu aniversário. Então você sempre ia ao cemitério em 21 de setembro?

Alex afastou as costas um pouco da poltrona e assentiu.

— No meu aniversário, sempre fazíamos uma grande festa. Papai disse que o dia em que eu nasci foi o mais importante da vida dele, de verdade. E o dia seguinte foi o mais importante, em segundo lugar. Outros dias também foram importantes, mas não me lembro de todos. Só do Natal. E da Páscoa. — Ele parou para sorrir. — E o Dia dos Namorados. Só me lembro desses.

Evalynn sorriu.

— Ele alguma vez falou do acidente? — perguntou Sophie.

Meredith retornou da cozinha com cinco canecas e vários tipos de chá de ervas.

— Lamento, não temos café guardado aqui, não faz bem ao Alex. Pode ser chá? Senão, posso dar uma corridinha em casa e ligar a cafeteira.

— Chá está ótimo — disse Ellen. — Obrigada.

Meredith dispôs tudo sobre a mesa de centro e as convidou a se servirem.

— Qual foi a pergunta? — perguntou Alex a Sophie, depois que Meredith se sentou.

— O acidente em que seu pai e eu estivemos. Ele falava sobre isso? Talvez quando iam ao cemitério?

Ele meneou a cabeça.

— Não. Papai só dizia que era um dia que nunca esqueceria. Basicamente, só íamos lá pra levar as pedras.

Sophie se aprumou ao se lembrar das belas pedras que encontrava todos os anos no canto da lápide dos seus pais. Viu pelo canto do olho que o comentário também chamara a atenção de Evalynn.

— As pedras no túmulo? Eram você e seu pai?

— Ahã.

— Era o que você estava fazendo lá duas semanas atrás? Deixando outra pedra?

— Sim. Papai me disse antes de... *partir*... que seria bom continuar levando as pedras todos os anos. Agora elas são para Tom e Cecilia, Jacob e Katherine, mas não nos mesmos dias. — Alex mexeu nos óculos para ter certeza de que estavam cobrindo seus olhos de modo adequado. — Faz uns anos que descobrimos que, se fôssemos bem no fim do dia, encontraríamos um chocolate lá esperando por mim. Papai dizia que era meu prêmio por levar as pedras.

Ellen parou de mexer na sua caneca de chá.

— Quem é Katherine?

Alex não respondeu.

— Talvez eu possa responder — ofereceu-se Meredith. — Na verdade, uma vez que sua família era assim tão importante para Jacob, talvez mereça uma pequena história. Não posso falar muito do acidente em que estiveram envolvidos, mas sei bastante sobre tudo o mais relativo aos Barnes.

Evalynn e Sophie se serviram de um tipo de chá preto enquanto Meredith falava. Alex ficou sentado escutando por trás da segurança das lentes escuras.

— Jacob e Katherine Barnes eram advogados — prosseguiu ela. — Sócios numa grande firma no centro da cidade. Quando Katherine ficou grávida, os dois começaram a procurar uma babá de tempo integral que pudesse ajudar assim que o bebê chegasse. — Meredith sorriu e tomou um gole do chá. — Me escolheram uma semana antes de ele nascer. Infelizmente — ela olhou para Alex, como se pedisse permissão para continuar —, foi um parto difícil. Aconteceram... *complicações*. Katherine não resistiu.

A sala estava em silêncio, exceto pelo som vindo de Alex, que estava remexendo na orelha outra vez.

Meredith encolheu os ombros.

— Então meu papel aumentou um bocado nos primeiros anos, até Alex ter idade suficiente para ir pra escola durante o dia. Mas, quando era pequeno, fiz quase tudo para manter a família funcionando.

— E você continuou por todos esses anos? — perguntou Ellen.

Ela assentiu.

— A carga de trabalho variava, dependendo das necessidades de Alex e da agenda de Jacob. Mas Alex sempre foi uma alegria de se ter por perto, e eu não conseguiria pensar num trabalho melhor. Com o tempo, me casei e comecei minha própria família. Tenho dois adolescentes... e, se os conheço, provavelmente estão brigando por causa do Wii lá em casa... Mas sempre consegui equilibrar minha própria vida com as necessidades dos Barnes. Assim que Jacob foi diagnosticado com leucemia, comprou a casa ao lado para que minha família e eu pudéssemos ficar mais perto, basicamente para evitar que Alex fosse transferido para uma casa de apoio quando ele partisse. Tecnicamente, ainda sou uma funcionária... Sou paga mensalmente através de um fundo, mas mal me sinto assim. Alex faz parte da família, e isso nunca vai mudar. Minha família inteira o adora. — Ela fez uma pausa e olhou diretamente para Alex, sorrindo orgulhosa. — Todos o adoram.

Alex esfregou quatro dedos por baixo da borda dos óculos para limpar as lágrimas.

Sophie olhou o saquinho de chá ainda pendurado na caneca. Pensou no velho papelzinho da sorte que queria discutir com Jacob. Depois tirou os olhos da bebida quente e encarou Alex, considerando tudo o que devia ter enfrentado na vida, a começar do primeiro dia com a perda da mãe, acompanhado por anos de luta com uma deficiência e a recente perda do pai para uma doença terminal. Uma nova sensação de culpa a percorreu pela dor adicional que causara àquela família.

Sem pensar, Sophie baixou a caneca e respirou fundo. Olhou para Alex e Meredith.

— Não foi exatamente por causa disso que vim aqui hoje, mas, agora que estou aqui, quero que saibam a verdade. *Eu... de certa forma, sou culpada pelo acidente de vinte anos atrás que tirou os dedos de Jacob.* — Depois de acrescentar mais alguns detalhes sobre como distraiu o pai enquanto dirigiam na chuva, logo puxou o envelope com a velha mensagem do biscoito da sorte e o estendeu para que o vissem. — Esta foi a mensagem do biscoito da sorte que tirei no meu nono aniversário. Eu a joguei fora naquela noite do acidente, logo depois de dizer à policial, Ellen, que a culpa era minha. Mas Jacob de alguma forma a encontrou. — Sophie fez uma pausa para respirar enquanto Meredith examinava a mensagem. — Só posso presumir que ele ouviu o que contei a Ellen e guardou o papel esse tempo todo para não esquecer quem era a responsável por mutilar sua mão. De qualquer forma... eu... eu sei que devia ter me desculpado com Jacob enquanto ele ainda estava... por aqui. Mas até este momento, tendo conhecido vocês dois, nunca tive coragem. Então, eu... lamento muito.

Todos deixaram as palavras repousarem antes de emitir qualquer som. Meredith foi a primeira a falar.

— Srta. Jones, muito obrigada. Mas, sinceramente, garanto que Jacob não a culpava pelo que aconteceu à mão dele. — Ela deu uma risadinha. — Jacob era um homem bom e honesto, mas... bem, vamos apenas dizer que era advogado. Se achasse que alguém era responsável pelo acidente, posso garantir que teria movido alguns processos.

— Então, por que guardar o papel esse tempo todo? E por que escrever meu nome no verso? — Ela se virou para Alex. — Aliás, quem é que me mandou isso na semana passada?

Alex ergueu a mão e deixou os óculos escorregarem até a ponta do nariz para que todos pudessem ver seus olhos outra vez.

— Eu mandei. Eu vi o negócio no YouTube... Meredith me mandou... sobre o anúncio no jornal e eu quis ajudar. Papai sempre me dizia que a felicidade é um presente, então achei que esse papel podia ajudar alguém, você, eu acho, a encontrá-la. Desculpa.

— Ah, não se desculpe — disse Sophie, retratando-se. — Só quero entender. — Sorriu com cordialidade para Alex. — Na verdade, estou contente que o tenha enviado. De todas as coisas que as pessoas me mandaram, esta é a minha favorita, pois me trouxe aqui para conhecê-lo.

Alex ajustou os óculos para esconder os olhos, mas nada poderia esconder seu imenso sorriso.

— Quanto ao motivo para que ele tenha guardado a sorte durante todo esse tempo — disse Meredith a Sophie —, acho que você não deve se preocupar. Talvez ele tenha gostado da mensagem. Talvez lhe desse esperança ou o animasse. Mas posso garantir que ele não guardava nenhum rancor contra você, Sophia.

— Posso perguntar uma coisa? — perguntou Evalynn depois de um curto silêncio. — Ainda estou curiosa com as pedras no túmulo. É alguma coisa religiosa?

Meredith deu uma risada.

— Acho que nunca classificaria Jacob Barnes como uma pessoa religiosa. Mas ele tinha fé. Acreditava que veria Katherine novamente, que ela não tinha simplesmente partido. Quando eu perguntava sobre as pedras, ele sempre vinha com uma resposta diferente. "Só por enfeite", "Porque flores murcham", "Gosto de pedras", esse tipo de coisa. Mas uma vez ele me disse uma coisa que acho que estava um pouquinho mais perto da verdade: "Pedras e recordações duram para sempre." Acho que as pedras eram apenas a maneira que tinha de imortalizar a lembrança da mulher que ele amava.

Evalynn assentiu, mas Sophie parecia intrigada.

— Então, por que ele as colocava no túmulo dos meus pais?

Meredith apenas deu de ombros.

— Por respeito? Não sei. Alex, alguma ideia?

Ele meneou a cabeça.

— Não. Só sei que as levávamos, colocávamos nos túmulos e ele me falava sobre Sophia Maria Jones. Isso é tudo. — Alex focou em Sophie. — E às vezes ele dizia que gostaria de conhecê-la, e... — A voz sumiu, e ele parecia estar pensando com força.

— Alex? — perguntou Meredith. — Está tudo bem?

Segundos depois Alex se aprumou e tirou os óculos. Havia uma óbvia animação em seus olhos.

— Volto já!

Dito isso, pulou da poltrona e correu pelo corredor, retornando minutos depois parecendo ligeiramente desapontado.

— Não consigo encontrar — anunciou ele.

— O que estava procurando? — perguntou Meredith.

Alex voltou a sentar.

— Eu me lembrei. Quando estava doente, papai me disse que estava escrevendo uma carta para Sophia Maria Jones. Disse que a colocaria no meu lugar favorito, e disse que depois que ele estivesse... você sabe, depois que ele estivesse...

— Morto — falou Meredith, delicadamente.

Alex franziu a testa.

— Ahã... depois disso, ele disse que, se eu a encontrasse, devia postá-la, e que talvez um dia Sophia aparecesse na nossa porta.

Sophie esperou alguns segundos para ver se ele diria mais alguma coisa, depois comentou:

— Ora, parece então que eu cheguei adiantada.

Remexendo-se no assento, Meredith perguntou onde Alex tinha procurado a carta.

— No meu quarto — respondeu ele. — Meu lugar preferido é o quarto. Gosto de dormir, então olhei debaixo da cama, debaixo do colchão, debaixo do lençol; até debaixo do travesseiro, mas não achei. — Ele se virou para Sophie. — Sinto muito, Sophia, não sei onde está. Mas vou continuar procurando.

— Obrigada, Alex. É muita bondade sua. Posso deixar meu número de telefone, caso a carta apareça?

Os olhos dele se iluminaram.

— Sim! Gosto de falar no telefone. Posso ligar para você?

— Claro — disse ela com uma rápida risada. — Quando quiser conversar, basta me ligar.

Sophie escreveu o número de seu celular e lhe entregou.

Alex se virou para Meredith e riu como uma hiena.

— Agora seus filhos não podem me perturbar dizendo que não converso com garotas!

Todos caíram na gargalhada.

Todos, exceto Alex. Ele apenas sorriu e enrubesceu um pouquinho.

O grupo conversou por mais alguns minutos antes que Ellen decidisse que era hora de ir. Sophie olhava ocasionalmente para Alex durante a conversa, maravilhada com seu otimismo genuíno, principalmente dadas as circunstâncias. *Faz sentido,* pensou ela, *que ele desejasse responder a um anúncio em busca de felicidade. Ele vive sozinho, perdeu os pais e ainda consegue manter um sorriso no rosto.*

Capítulo 28

Seu temperamento deve ser atenuado, não pode ser destemperado senão alguém se machucará.

EVALYNN GIROU A CHAVE NA IGNIÇÃO E DEIXOU O CARRO EM ponto morto.

— Então? Para onde agora? — Estava olhando para Sophie, que, no banco do carona, envolvia uma mecha de cabelo num dedo.

Mas Sophie não estava olhando para Evalynn. Continuava, pela janela, a olhar a casa de Jacob — e Alex — Barnes. Alex estava acenando da porta da frente. Sophie sorriu e acenou de volta.

Como Sophie não respondeu à pergunta de Evalynn, Ellen falou do banco de trás.

— Sabe o que acho, Docinho? Acho que isso lhe fez muitíssimo bem.

— Ah, é? — perguntou Sophie, contorcendo-se no banco para que pudesse ver melhor a mãe de criação. — E que parte você acha que foi a melhor? Saber que teve mão minha no acidente que arrancou os dedos de Jacob um dia depois da morte de sua esposa, ou descobrir que ele agora também está morto?

— Ter mão sua — zombou Evi. — Que terrível!

Ellen revirou os olhos.

— Falo da parte em que ouviu que ele não a culpava.

— *Pff.* Meredith estava especulando.

— Sophie — disse Ellen, assumindo seu tom de voz maternal. — Quando vai entender que não foi culpa sua? Só foi uma circunstância infeliz.

As sobrancelhas de Sophie se ergueram.

— Ah, qual é, vamos ser justas. Aprendi a lidar muito bem com isso ao longo dos anos, se não contarmos meu mau humor nos aniversários. Nem estaríamos tendo esta conversa se aquela sorte não tivesse aparecido na correspondência.

Ellen deu um sorriso solidário.

— Está certa, você se saiu bem. E é mesmo inacreditável que aquela sorte tenha voltado pra você. Até se poderia dizer que é a...

— Lá vamos nós — resmungou Sophie.

Evi riu.

Ellen ignorou as duas.

— *Divina Providência.* Tem que ser.

— Ah, é — retrucou Sophie com sarcasmo, virando-se novamente para olhar pela janela. — Deus *obrigou* Alex a entrar no YouTube e depois o forçou a responder ao anúncio. Garanto que remexer no meu passado está no topo de Sua onipotente lista de coisas a fazer. — Sophie deu uma risadinha alta com o próprio comentário. Sempre achou graça nisso, e frequentemente fazia piada da permanente certeza de Ellen de que as pequenas coincidências da vida eram evidências de Deus envolvendo-se nos assuntos da humanidade.

Evi deu outra risadinha.

— Riam se quiserem — comentou Ellen —, mas estou falando, isso é a Providência.

Sophie e Evalynn compartilharam olhares cúmplices, mas deixaram a questão morrer. Uma vez que Alex ainda estava na varanda dando tchau, Evalynn decidiu que era hora de realmente ir a algum lugar. Pôs o carro em movimento e entrou na rua.

A via não tinha saída, então, trinta segundos depois, passaram pela casa novamente, e Alex ainda estava sorrindo e acenando. As três mulheres acenaram de volta.

Após se distanciar da vizinhança dos Barnes, Evalynn ajustou o retrovisor para que pudesse ver melhor o rosto de Ellen.

— Agora alguém poderia me dizer aonde estamos indo?

Cravando os olhos nos de Evalynn pelo retrovisor, Ellen desprezou a pergunta com um olhar que dizia: *Como se eu soubesse.*

— Sophie? — perguntou Evalynn.

Fez-se mais silêncio, mas só por um instante.

— Quero ver sua cópia do relatório policial do acidente — pediu Sophie a Ellen, sem mesmo se virar. — Você disse que ainda o tem, não é?

— Tenho — respondeu ela. — Mas, se alguém mais perguntar, eu não tenho, tá? Não é bem parte do protocolo copiar essas coisas e levá-las pra casa. Quer ler tudinho?

Sophie assentiu.

— Importa-se de eu perguntar por quê?

Agora Sophie se virou. Sua expressão era calma e resoluta, como se as coisas de repente houvessem se tornado claras.

— Porque você estava certa. Ir lá hoje foi bom pra mim. Devia ter feito isso há muito tempo.

Naquele exato momento, o celular de Sophie tocou. Ela olhou para o número, mas não o reconheceu. Inicialmente, considerou não atender, mas, ao quinto toque, ficou curiosa e o abriu.

— Alô?

A voz do outro lado da linha era tão alta que até Evalynn e Ellen podiam ouvir boa parte do que estava sendo dito. Sophie teve que afastar o celular alguns centímetros do ouvido para que não doesse.

— Alô? É Sophia Jones?

— Alex?

— Sim! Sou eu. Estou ligando. Oi!

— Alex, pode falar um pouco mais baixo? Está dando estática.

— Desculpe, Sophie. Não falo muito no telefone. Assim está melhor? Sei que está no carro. Ainda consegue me escutar?

Sophie pôs o celular no ouvido e sorriu. Gostava do tom melódico da voz dele.

— Sim, Alex. Assim está bem melhor. E posso ouvir você muito bem. A que devo o prazer?

— Hã?

Sophie suprimiu uma risada.

— O que posso fazer por você? Está tudo bem?

— Ah. Está. Mas depois que você saiu me lembrei de umas coisas.

Sophie ergueu uma sobrancelha e fixou o olhar em Evalynn, achando que talvez estivesse para descobrir mais detalhes sobre o acidente ou Jacob Barnes.

— Verdade? Quer me contar?

— Sim! Me lembrei que há muitas razões pra ser feliz, e queria contar pra que você não precise mais de um anúncio no jornal.

Sophie não conseguiu deixar de sorrir.

— Entendi. É muita gentileza, Alex. Posso colocá-lo no viva voz para que Evalynn e Ellen possam ouvir também?

Houve uma pausa, depois Alex disse:

— Tudo bem.

Enquanto Sophie apertava várias teclas no celular, Evalynn sussurrou:

— Onde estamos indo?

— Para a casa da Ellen — sussurrou Sophie em resposta, depois falou com Alex que estavam preparadas.

— Sophie?

— Sim?

— Nunca fiquei no viva voz antes.

— Entendi — disse com tranquilidade. — Está nervoso? Posso desligar, se quiser.

Alex precisou de alguns segundos para considerar a sugestão.

— Não — disse por fim. — Vou fingir que estou falando no microfone do Albertsons. Eu faço isso às vezes. E às vezes eles me chamam pelo alto-falante e todos ouvem. *Alex, dirija-se ao balcão de atendimento!* Tudo bem com o viva voz.

— Certo. Pode falar — disse Sophie, bastante animada.

Pelos dois minutos seguintes Alex desatou numa sucessão de coisas que para ele eram felicidade. As três mulheres no carro ficaram escutando, gratas pelas observação dele. Mais tarde tentariam recordar tudo o que ele havia dito, mas a lista era grande demais para decorar tudo. Felicidade, dissera ele, era ver o sol surgir entre as nuvens, ou vê-lo nascer pela manhã.

— Se o sol não aparecesse amanhã, acho que eu ficaria muito triste. E — acrescentou — ficaria muito escuro.

Também explicou que felicidade é jantar com a família — mesmo com os garotos adolescentes que gostam de perturbar — e conversar sobre o que aconteceu durante o dia. Era se esforçar no trabalho, mesmo que nem sempre se goste dele, porque é bom saber que fez o seu melhor. Falar estava na lista, além de ler um bom livro, ou ler um bom livro em voz alta para que se possa falar e ler ao mesmo tempo. E também havia acordar pela manhã.

— Acordar pela manhã? — perguntou Sophie, querendo ter certeza de que ouviu bem.

— Claro. Quando foi a última vez em que não acordou pela manhã?

Ela deu uma risada.

— Nunca.

— Viu? Se não acordasse, não estaria feliz por causa disso.

Todos no carro riram. Alex não sabia se era engraçado, então continuou:

— E felicidade é ajudar as pessoas quando precisam de ajuda, e sorrir para outras pessoas, mesmo quando não sorriem de volta. — Ele parou por um segundo. — Ou mesmo quando riem de você. E felicidade é ver fotos da família... e recordar. — Fez outra pausa, desta vez maior que a anterior, e Sophie pensou ouvir o telefone sendo deixado de lado e apanhado outra vez. — Isso pode ser triste também. Mas é mais alegre do que triste.

— Acabou de colocar os óculos escuros, Alex? — perguntou ela.

— Sim. Como você sabe?

— Só um palpite.

Quando ele terminou, todos no carro agradeceram por ele ligar e dividir seus pensamentos. Sophie reiterou que ele era bem-vindo a ligar sempre que quisesse.

— Vou ligar se eu me lembrar de mais coisas felizes — disse ele.

— Mal posso esperar.

— Ou se eu encontrar a carta.

— Obrigada, Alex.

— Ou... talvez se eu só quiser conversar.

— Isso seria ótimo.

— Tchau, Sophia Jones!

Sophie sorriu ao celular.

— Tchau, Alex.

Evalynn tirou a mão direita do volante e cutucou Sophie na costela.

— Alguém arrumou um namorado — brincou.

— Sim — respondeu Sophie com orgulho. — Acho que você está certa.

— Então vai nos dizer por que quer ver o relatório policial? — perguntou Ellen, lá de trás.

Afrouxando o cinto de segurança para que pudesse se mover com mais facilidade, Sophie girou e sorriu para a mãe de criação.

— O melhor de ter conhecido Alex e Meredith não teve nada a ver com o que me contaram. Foi o que eu contei a eles. Simplesmente reconhecer meu papel no acidente e me desculpar por isso foi... libertador. — O ar de resolução voltou ao rosto. — Quero deixar isso pra trás de uma vez por todas. Tem sido minha nuvenzinha negra há tempo demais, e estou cansada da chuva. Então, se houver mais alguém no relatório que mereça uma visita, quero saber.

Ellen concordou.

— Está em casa, na minha escrivaninha.

QUINZE MINUTOS DEPOIS pararam diante do decadente prédio de Ellen, depois subiram juntas até o apartamento no terceiro andar. Sophie e Evalynn sentaram-se à mesa da cozinha enquanto Ellen apanhava o relatório policial na escrivaninha no quarto.

Sophie passou uns bons vinte minutos examinando em silêncio as velhas páginas do relatório, familiarizando-se com os nomes das pessoas nos outros carros, lendo os relatos do que aconteceu e estudando as palavras das testemunhas que observaram o desastre se desdobrar. Era como entrar num túnel do tempo, só que as coisas pareciam diferentes — sua própria versão para o ocorrido naquela noite sempre teve a perspectiva de uma assustada menina de 9 anos. Agora, através dos olhos de um adulto, estava lendo os relatos de outros adultos, sem que nenhum deles reconhecesse que uma criancinha mimada num Volvo tinha algo a ver com o acidente mortal.

Quando terminou de ler, Sophie fechou o relatório e o deslizou sobre a mesa na direção de Ellen.

— Por favor, não me diga que quer entrar em contato com todos que estavam no acidente — disse Ellen.

Sophie sacudiu a cabeça.

— Não...

— Parece que tem um "mas" vindo aí — disse Evi.

Sophie deu um pequeno sorriso.

— Mas... uma família realmente merece uma visita.

Ellen franziu o cenho.

— A família do outro homem que morreu?

Com um aceno de cabeça, Sophie disse:

— Tim McDonald. Ele era motorista da UPS e morreu por causa das lesões poucos dias depois do acidente. Eu só... Ler o relatório foi bom pra mim. Acho que eles também gostariam de uma cópia, se não for problema. E quando eu a levar, vou ter uma chance de explicar alguns detalhes que não estão no relatório. Pra mim, é importante que saibam.

Ellen suspirou, depois afastou a cadeira da mesa.

— Não posso deixar uma cópia com eles, Docinho, mas, se for por debaixo dos panos, deixo que você leve este para que leiam. — Ela balançou a cabeça, como se a coisa inteira fosse má ideia. — Vou fazer umas ligações, ver se posso encontrar a família. — Pegou o relatório e saiu.

Dez minutos depois Ellen retornava com um Post-it amarelo. Deixou o relatório sobre a mesa e colou a folhinha nele.

— O parente vivo mais próximo é a mãe de Tim, uma mulher chamada Lucy McDonald. Ela mora do outro lado do estado, perto de Idaho, num pequeno subúrbio de Spokane chamado Millwood. Aí está o endereço.

— Millwood — repetiu Sophie. — Quantas horas daqui até lá?

— Cerca de oito horas, ida e volta — respondeu Ellen.

Sophie fez uma careta.

— Parece que vou ter mesmo que melhorar na direção.

— Você não pode ir até lá sozinha, Sophie. Deixe Evi ir junto. Ou eu posso ir também, se quiser, mas é muito tempo pra você ficar ao volante. Além disso, você nem tem carro.

Sophie tamborilou os dedos na mesa enquanto considerava o que queria fazer. Quando completou 16 anos, Ellen a obrigara a tirar carteira de motorista, mas Sophie detestou, principalmente porque tinha medo de causar uma colisão como aquela que viveu na infância. Então, embora soubesse como dirigir e possuísse carteira de motorista, sempre preferiu andar de ônibus ou pegar carona com amigos.

— Tem razão. Está mais do que na hora de arranjar um carro.

— E você vai me deixar ir junto? — perguntou Evalynn, embora o tom usado fizesse aquilo soar como se estivesse indo quer Sophie desejasse ou não.

— Você que sabe. Mas, se vier, vai ter que me ajudar a separar toda aquela correspondência idiota. Garanto que vou ter muito mais até lá. Uma pode ler as cartas enquanto a outra dirige.

Evi fez uma careta.

— Ótimo... parece que vai ser uma viagem emocionante. Eu leio as cartas, então você as descarta e as joga pela janela.

Sophie riu.

— Exatamente! Ei, o que for necessário para evitar um encontro com você sabe quem.

Capítulo 29

*Sua duradoura melancolia está
entrelaçada à sua visão de vida.*

Na semana seguinte, Garrett ligou quase diariamente para ver como andavam as coisas com a correspondência. Embora Sophie tivesse preferido tirar uma breve folga das pilhas de cartas que estavam aumentando novamente nos fundos da cozinha, prometeu-lhe que lhes daria a devida atenção na viagem de domingo.

— Ah? — perguntou ele. — Aonde você vai?

— Não é da sua conta.

— Ora, com quem você vai? — pressionou ele.

— Com uma pessoa amiga — disse ela, e assim deixou ficar.

— Mas não é um homem, certo?

Sophie estava rindo por dentro, mas não revelou nada.

— Isso importa?

— Bem... Não... — gaguejou ele. — Eu só... Você se importa se eu perguntar qual o propósito da viagem?

Sophie estava gostando muito do fato de aquela situação irritar Garrett.

— Bem, digamos que vou conhecer os pais de alguém.

Garrett ficou completamente calado.

— Entendi — disse por fim. — Pois bem, divirta-se... eu acho. — E desligou.

Quando sexta-feira chegou, Sophie deixou a Chocolat' de Soph tão logo Randy apareceu. Com menos hesitação do que teria esperado, embarcou num ônibus, desceu três pontos depois, numa loja de penhores em Tacoma, e pôs em prática uma ideia com a qual brincava havia um ano: livrar-se do anel de noivado que Garrett lhe dera. Quando o ato foi feito, saiu com um maço de notas, que gastou prontamente num Ford Explorer de sete anos numa concessionária de carros usados a dois quarteirões dali. Não era o automóvel mais bonito, mas tinha rodado poucos quilômetros para a idade, o preço era justo e, acima de tudo, parecia seguro de se dirigir.

Sophie tirou o Explorer do estacionamento bem devagarinho, e durante toda a viagem até sua casa nem chegou perto de alcançar o limite de velocidade estabelecido. *Segurança primeiro*, disse a si mesma, quando carros mais velozes buzinavam para ela.

Depois do trabalho no sábado, passou várias horas dirigindo pelas autoestradas locais, só para ter certeza de que ficaria completamente confortável ao volante. Quanto mais dirigia, melhor se sentia, mas a velocidade permanecia mais baixa do que a média.

— Você dirige como uma velhinha — comentou Evalynn na manhã seguinte, depois que Sophie a pegou para a longa viagem até Millwood.

— Ora, isso é machismo — observou Sophie.

— E discriminação etária também. Não me importo; é verdade. Se não acelerar um pouco, não vamos chegar antes da semana que vem.

Com os nós brancos dos dedos apertando o volante, Sophie pressionou o acelerador, mas ainda assim não acompanhava o tráfego.

Depois de uma hora na estrada, Evalynn exigiu que Sophie pegasse a próxima saída para que pudessem trocar de lugar. Sophie aceitou alegremente e ficou aliviada por assumir a abertura das respostas ao anúncio na segurança do banco do passageiro.

Na metade da viagem o celular de Sophie começou a tocar. Ela o pegou e viu a imagem de Garrett olhando de volta para ela.

— Devo atender? — perguntou a Evalynn.

— Você que sabe.

— Não deveria.

— Tudo bem.

— Mas ele vai ficar ligando até eu atender.

Evalynn riu.

— Ah, atende isso logo. Está óbvio que você quer atender.

Sophie a repreendeu, balbuciando as palavras *"Não quero!"* ao mesmo tempo em que atendia.

— Alô?

GARRETT ESTAVA sentado em casa, na sala de estar.

— Ei, Soph! — disse. — É Garrett.

— Eu sei quem é. O que quer? — Ela soava completamente desinteressada.

— Só estou dando um alô pra ver como está indo a viagem. Você está viajando hoje, não é? Com quem mesmo você falou que ia?

— Não falei — retrucou ela de imediato.

— Ah, foi mesmo — disse ele, achando graça da má vontade dela em compartilhar informação. — Como está indo com as cartas? Estamos chegando mais perto do nosso encontro?

— Estou examinando as cartas agora — disse ela —, mas, tenho que dizer, ainda não está nada bom.

— Bem, tem muita gente doida por aí — brincou ele — que não saberia o que é felicidade mesmo que estivesse falando com ela ao telefone.

— Hã? O que isso quer dizer?

— Só estou fazendo graça, Soph. Mas, sério, qual a marca agora? Setenta? Oitenta?

— Doze — chilreou ela, parecendo um tanto convencida. — Mas estou com cerca de duzentas cartas no colo neste momento, então, até o fim do dia, talvez nós tenhamos treze.

Garrett riu de novo. Estava para fazer outra piada, mas Sophie falou primeiro.

— Só um minuto, Garrett, já volto. Tem alguém ligando.

Ele ouviu a linha ficar muda. Trinta segundos depois ela voltou.

— Ainda aí?

— Sim. Operadores de telemarketing?

— Ah, você nem gostaria de saber.

— Na verdade, gostaria sim.

— Bem, sinto desapontá-lo, mas tenho que atender essa ligação, Garrett. Não posso deixá-lo esperando muito tempo.

Garrett cerrou o punho que não estava segurando o telefone na orelha.

— *Ele?* Ele quem?

— O nome dele é Alex.

Houve um longo silêncio.

— E como conheceu Alex?

— Ah, nossos caminhos se cruzaram recentemente, e acabamos nos dando bem. Ele é o cara mais fofo do mundo.

Garrett podia sentir seu corpo esquentando.

— Sério? Você tem... saído com ele? Simplesmente assim?

— Assim como?

— Não sei. Mas eu podia jurar que você não queria saber de homens.

— Lamento, Garrett. Não posso deixá-lo esperando mais. Tchau. — Sophie desligou.

Lucy McDonald vivia no fim de uma estrada poeirenta num lote de meio hectare perto da divisa da cidadezinha. A casa possuía todo o charme de uma velha fazenda, mas, se algum dia houvera ali uma fazenda em funcionamento, havia muito ela desaparecera. Retalhos de grama e mato por aparar cercavam a casa com a frente de gablete, e a beira da propriedade era margeada por grossos bordos que já estavam perdendo suas folhas para o inverno.

Depois de quatro horas de viagem, Evalynn cruzou a entrada de carros dos McDonald. Ao pararem, Sophie logo examinou a fileira de janelas na frente da casa, procurando qualquer indicação de que havia alguém. O estômago deu uma cambalhota quando viu que duas luzes estavam acesas.

— Quer entrar comigo? — pediu Sophie.

— Sério? Tem certeza de que me quer por lá?

Sophie expirou para se acalmar.

— Na verdade, acho que vou precisar de apoio.

As duas mulheres saíram do carro e se encaminharam para o largo alpendre que envolvia três lados inteiros da estrutura da casa em forma de quadrado. Sophie tocou a campainha, e momentos depois a porta foi aberta lentamente. Parada diante delas estava uma senhorinha sorridente e ligeiramente curvada.

— Posso ajudar? — perguntou.

— Espero que sim — disse Sophie. — Você é Lucy McDonald?

A mulher piscou.

— Até onde me lembre. — As palavras saíram devagar, mas foram claras e articuladas. — Nos conhecemos?

— Não, senhora.

— Tem certeza? Juro que já vi seu rosto em algum lugar. — Ela agitou um dedo magro. — Tenho facilidade pra me lembrar de rostos. Não consigo recordar de um nome mesmo que minha vida dependa disso, mas não esqueço um rosto... — A voz de

Lucy foi morrendo enquanto observava o cabelo de Sophie, depois os olhos, seguidos pela boca e pelo queixo, e finalmente os olhos outra vez.

Sophie tentou ignorar o exame.

— Lamento incomodá-la, Sra. McDonald. Meu nome é Sophie. Estava querendo conversar com a senhora sobre seu filho, Tim. Tem alguns minutos?

— Tim? Minha nossa. Meu querido Tim. Sabe que é falecido, não sabe?

Sophie fez uma careta.

— Sim. É disso que quero falar.

— Pois bem — cacarejou ela —, não fiquem paradas aí fora no frio. Entrem. Entrem.

Lucy as guiou pela casa até uma sala de visitas que ligava a sala de jantar formal à sala de estar principal. O fogo baixo que ardia na lareira a tornava acolhedora. Lucy se apoiou nos braços de uma cadeira alta com as duas mãos para se baixar para sentar. Evalynn e Sophie sentaram perto uma da outra a poucos passos num sofá bordô em estilo vitoriano cuja cor combinava de forma quase perfeita com a do papel de parede vermelho-escuro do cômodo.

— Conheceu Tim pessoalmente? — perguntou ela, mas imediatamente respondeu a própria pergunta. — Não, você seria jovem demais.

— Está certa, não o conhecia. Mas o vi uma vez. No dia do acidente.

A expressão da Sra. McDonald tinha sido toda sorrisos até o momento, mas o sorriso logo murchou num pesado suspiro.

— Entendi — disse ela, mais para si mesma que para Sophie. — No dia do acidente ou no acidente?

Sophie clareou a garganta.

— No acidente. Antes que ele fosse levado para o hospital.

Lucy assentiu, depois se virou para Evalynn.

— Você também? Viu meu Timmy no acidente?

Evalynn discordou apenas com um menear da cabeça.

Fixando os olhos mais uma vez em Sophie, Lucy disse:

— Era um bom garoto. Tinha seus conflitos, como todo mundo, creio. Mas era um bom garoto. — Continuou olhando na direção de Sophie, mas seu foco mental mudou enquanto recordava o passado. — Nunca me esquecerei do dia em que descobri. Uma mãe nunca quer ouvir que seu garoto está morto, e juro que quis morrer quando recebi a ligação. — O rosto dela franziu, e agitou vagarosamente a cabeça de um lado para outro. — Ele já estava no hospital havia três dias, e ninguém se incomodou em me avisar. Por que não me avisaram? Não soube nada sobre o acidente até já ser tarde demais. Eu gostaria de ter feito uma visita antes que ele falecesse, mas jamais tive a chance. — Lucy piscou, ajudando a focar novamente em Sophie. — Como foi que o viu? Viu o acidente acontecer?

Sophie fez uma careta.

— Bem de perto, creio eu. Eu estava num dos outros carros. Depois do que aconteceu, vi os socorristas tentando ajudar seu filho. — Ela se calou. — Sei que faz muito tempo desde o acontecido, mas sinto muito por sua perda, Sra. McDonald.

Lucy podia ser velha, mas era tão astuta quanto uma raposa.

— Ora, imagino que não tenha me procurado e vindo de tão longe só para me contar que viu meu filho à beira da morte. — Ela inclinou a cabeça e se debruçou. — Não sou mulher de rodeios. O que realmente tem em mente, Srta. Sophie?

Sophie tentou sorrir, mas não conseguiu. Entregou à senhora o relatório policial de Ellen.

— Me deparei com isso recentemente. É o relatório do acidente, e achei que a senhora gostaria de um relato oficial sobre o que aconteceu naquela noite.

Com uma olhada de soslaio, Lucy disse:

— Que bondade, querida. Mas não precisava se dar o trabalho. — Pegou o relatório de Sophie e o folheou. Depois de examinar as partes principais sobre o filho, ergueu o olhar e disse: — Só menciona o que me disseram na época, mais ou menos. Veio mesmo até aqui só para que eu pudesse ver isso?

— Vim.

— E é só isso?

— Bem... não exatamente. Lucy, não sei muito bem como dizer. Acho que poderia começar apontando que o termo *acidente de carro* pode significar coisas diferentes. Falhas mecânicas às vezes causam acidentes, ou o tempo ruim, como diz o relatório. O que eu quero dizer é que as circunstâncias de um acidente e outro nunca são idênticas.

Lucy se recostou e falou novamente.

— Agora você não está só fazendo rodeios. Está evitando o assunto também. Qual é o ponto, querida?

Sophie deu uma rápida olhada em Evalynn, cujos olhos arregalados e lábios contraídos a encorajaram a seguir em frente.

— Está bem, essa é a questão. Embora todos tenham atribuído o acidente à chuva, isso não conta exatamente a história inteira. Quero que saiba toda a verdade a respeito do que aconteceu. Naquela noite, antes que os carros começassem a derrapar na direção uns dos outros na chuva, uma pessoa cometeu um erro grave.

Lucy piscou forte.

— Ah, nossa — disse ela, com um profundo suspiro. — Sempre me perguntei se Tim não seria o responsável. É essa notícia que veio me dar?

— O quê? Ah, não, não é nada disso. Foi... outra pessoa. Alguém que sempre se sentiu muito mal pelo que fez.

A Sra. McDonald fechou uma das pálpebras enrugadas para poder estreitar seu foco.

— Não me diga que você acha que foi responsável — disse ela, fazendo pouco caso, adivinhando a implicação velada do que Sophie dissera.

— Mas — gaguejou Sophie — fui eu.

— Ah, mesmo? Você estava dirigindo?

— Não, mas...

— Nada de mas. Você era uma menininha. Quantos anos tinha na época? Seis? Sete?

— Nove.

— Ora, aí está. Meninas de 9 anos que não estão dirigindo não provocam acidentes. — Ela ergueu o dedo indicador mais uma vez e apontou: — Isso é fato, veja bem, então, não tente discutir.

— Mas...

— Sshh! Sem discussão! — Ela baixou o dedo e sorriu. — Sophie, sinto falta do meu filho. Eu o amava como... bem, como qualquer mãe ama seus filhos. Mas você não precisa carregar o peso do que aconteceu nas costas, não importa o que tenha pensado que aconteceu naquela noite. E não julgue que você ou qualquer outra pessoa foi responsável. Foi um acidente na chuva, fim de discussão.

— Mas eu...

— Sshh — fez ela outra vez, sorrindo.

Evalynn deu uma risadinha.

Sophie tentou fazer cara feia, mas não funcionou.

— Mas, agora — continuou Lucy —, não consigo parar de pensar que já a vi em algum lugar. Tem certeza de que nunca nos encontramos antes? — Ela fez outro exame do rosto de Sophie.

Sophie estava prestes a dizer que nunca esteve em Millwood ou Spokane antes quando os olhos enrugados de Lucy se iluminaram.

— Bom Deus! Qual era mesmo o seu nome?

— Sophie.

— Sim, mas Sophie o quê? Jonas?

— Jones. Sophie Jones.

— Sophie, ou Sophia?

Sophie encarou a senhora com nervosismo.

— É Sophia — respondeu ela lentamente. — Como sabia disso?

— Bom Deus! — repetiu Lucy, animada. — Eu vi você *mesmo*! Minha nossa, eu estava certa! — Ela estendeu uma das mãos. — Ajude-me a levantar, querida. Preciso lhe mostrar uma coisa.

Sophie e Evalynn se levantaram ao mesmo tempo, e Sophie pegou o braço de Lucy. O mais rápido que as pernas permitiam, Lucy as levou para a cozinha pelo mesmo caminho que tinham entrado. Parou perto da grande ilha da bancada e apontou para a geladeira.

— Ali — disse, usando a mão inteira para direcionar a atenção delas para inúmeras quinquilharias fixadas com ímãs na porta da geladeira.

Sophie não falou. Seus olhos estavam fixos num envelope verde-sálvia bem no meio da bagunça. Seguiu em frente devagar.

— Mas como? — murmurou Evalynn, quando viu o que Sophie estava fitando.

Quando chegou bem perto, Sophie tirou o ímã que mantinha o envelope preso à superfície preta da geladeira. Passou a mão sobre o selo no verso do envelope, lembrando-se da sensação das pombas gravadas em relevo ao toque. Já sabia o que o envelope continha, mas afastou a aba superior e puxou o conteúdo mesmo assim.

Ali dentro estava uma foto dela e de Garrett, tirada mais de um ano antes, junto com um convite para o casamento.

— Quem te mandou isso? — perguntou Sophie, a voz baixa, vasculhando o cérebro para lembrar se o nome da mulher estava na lista de convidados.

— Acredito que tenha sido você. Ou talvez tenha sido Garrett — respondeu Lucy, dando uma piscadinha.

— Mas... por quê? Como conheceu Garrett?

— Sophie, querida, não apenas conheço Garrett. Sou avó dele. Tim McDonald era o pai dele. É a cara dele também.

Sophie cobriu a boca com a mão.

— Não nos falamos muito, ele e eu, mas mando um cartão de aniversário todos os anos, e de vez em quando recebo notícias dele pelo correio. Avisos de formatura, notificação de mudança de endereço, esse tipo de coisa. Fiquei felicíssima quando recebi o convite; não tinha notícias dele havia vários anos, e estava ansiosa por comparecer ao casamento. Então, uma semana antes, ou um pouco mais, ele me ligou e disse que estava cancelado. Não soube mais dele desde então.

A mente de Sophie estava girando enquanto Lucy falava. Garrett pouco havia contado sobre o pai. Quando ela perguntava, ele falava que não havia muito a dizer, pois o pai nunca teve papel muito importante em sua vida. O fato de ter crescido com o nome de solteira da mãe em vez do sobrenome do pai nunca foi assunto de discussão. Os pensamentos dela logo retrocederam para todas as vezes em que Garrett perguntou a Sophie sobre o acidente. Recordou-se com clareza da consternação no rosto dele ao descobrir que seus pais morreram em 21 de setembro de 1989; era o mesmo ar de preocupação que surgiu nos olhos dele quando ela mostrou onde o acidente acontecera.

Seu rosto ficou branco.

— Ah, minha nossa — murmurou Sophie, enquanto encaixava as peças em sua cabeça. — Ele sabia. Durante todo esse tempo, ele sabia.

— Soph, você não tem como saber disso — disse Evalynn.

Sophie olhou para Lucy, depois encarou Evalynn meio tonta.

— Tenho. Tenho sim. — A careta que se formou no rosto dela era apenas um sintoma da náusea que de repente sentiu no estômago. Fixando os olhos nos de Lucy, disse: — Não pode contar a ele, Sra. McDonald. Por favor, prometa que não vai contar a Garrett que estive aqui. Se eu decidir que ele precisa saber, prefiro que saiba por mim.

Capítulo 30

Sua determinação em avançar devagar vai
lhe trazer um desastre acelerado.

Na viagem de volta de Millwood, Sophie conseguiu se convencer de que Ellen devia saber mais a respeito de Lucy McDonald — e, por consequência, Garrett e sua história familiar — do que revelara. Como não poderia? Estava na cena na noite em que Tim McDonald morreu. Guardou uma cópia do relatório policial por décadas. Até trabalhava com a mãe dele na delegacia. E não era Ellen a mãe mais enxerida do mundo, com detetives de prontidão para atender a seus pedidos investigativos? Tais pensamentos, junto com uma terrível sensação de traição, começaram a se inflamar no momento em que saíram da poeirenta entrada de carros da casa de Lucy.

Sophie mal conseguia conter as emoções quando enfim chegou ao terceiro andar do prédio de Ellen e tocou a campainha.

— Bata uma vez se amigo, duas se inimigo!

Sophie olhou de soslaio para Evalynn antes de bater três vezes com força. Hesitou, mas continuou batendo até a porta enfim ser aberta.

A corrente de segurança ainda estava presa ao interior da porta quando Ellen enfiou o nariz na abertura para ver quem era.

— Sophie? Ev? O que vocês estão fazendo aqui? — Ela soltou a corrente e abriu de vez a porta. — Pensei que passariam o dia perto de Spokane.

— Estamos de volta — disse Sophie abruptamente.

— A mulher não estava em casa?

— Ah, estava em casa, sim — explodiu Sophie. — E tinha uma pequena surpresa esperando por nós.

Ellen podia ler a emoção na voz de Sophie.

— Vamos nos sentar e conversar, Docinho. — Ela apontou os assentos vazios na sala de estar. — Agora, o que a deixou tão aborrecida?

Um silêncio desconfortável acompanhou a pergunta de Ellen. Evalynn parecia querer falar, mas se conteve; era um assunto que Sophie tinha que resolver com a mãe de criação.

Quando ficou pronta, a reação de Sophie se revelou uma explosão.

— Sei que gosta de se intrometer nas nossas vidas, mas isso foi longe demais! Depois de tudo o que passei com Garrett, como pôde não me contar? Isso me deixa indignada.

Ellen deu meio passo para trás.

— Sophie, não faço ideia do que está falando.

— Ah, me poupe. Não finja que não sabe quem é Lucy McDonald.

— Quem é ela? — ofegou Ellen.

— Você soube antes ou depois de Garrett ter cancelado o casamento?

— Hã?

O rosto já rosado de Sophie tornou-se vermelho brilhante quando outra possibilidade lhe ocorreu.

— Você provavelmente sabia desde o começo, antes de eu ir naquele primeiro encontro com ele!

— Pare! — berrou Ellen. — Pare agora mesmo! Não tenho ideia do que você está falando, e me recuso a ser tratada assim até você explicar o que acha que eu fiz.

Sophie cerrou os punhos.

— Apenas me responda isso, e juro que se mentir nunca mais vai me ver de novo. Quando foi que descobriu que Garrett era filho de Tim McDonald?

A mão de Ellen se ergueu para cobrir a boca.

— O motorista da UPS? Aquele era o pai de Garrett?

Sophie e Evalynn trocaram olhares perplexos.

— Quer dizer que não sabia? — perguntou Sophie, desconfiada.

— Pela minha vida, juro que não fazia ideia. É verdade que ouvi mencionarem há muito tempo que ele tinha um filho, mas isso foi tudo o que soube sobre o homem. Os detetives no local e o sargento cuidaram da maior parte dos detalhes, e foram eles que notificaram a Sra. McDonald. Eu juro, Sophie, tendo Deus como testemunha, que não fazia ideia de que havia uma ligação entre ele e Garrett.

Sophie sentou-se no sofá e desmoronou sobre as almofadas, segurando o estômago com as mãos para conter a sensação nauseante que estava se formando ali outra vez.

— Bem, Garrett sabia — disse ela com um gemido.

Ellen sentou-se ao lado dela.

— Como ele sabia?

— Acho que ele começou a juntar as coisas quando o levei ao cemitério e ele viu a data da morte de meus pais. Depois, cerca de uma semana antes de me abandonar, mostrei a ele onde o acidente aconteceu e até apontei o lugar onde vi os socorristas atendendo o motorista da UPS. Ele não tinha como *não* saber. Tim morreu quando Garrett tinha 12 anos, então tenho certeza de que ele ao menos sabia o que seu pai fazia pra viver, como e onde morreu. — Ela fez uma pausa. — Descobrir que nossos pais morreram no mesmo acidente deve ter sido um choque pra ele.

Ellen colocou a mão sobre a boca novamente. Disse algo, mas saiu abafado demais para ser compreensível.

— O quê? — perguntou Sophie.

Baixando a mão, Ellen repetiu o que acabara de dizer.

— Ele leu o relatório.

Sophie se aprumou.

— O quê? Quando?

— Cerca de uma semana antes... Sinto muito, Soph. Devia ter contado antes. Ele veio aqui uma noite e disse que queria ler o relatório para entender melhor pelo que você havia passado. Achei que estava sendo um amorzinho. E como foi bem antes de ele cancelar tudo, não pensei que estivesse relacionado. E eu... eu não quis falar com você sobre o relatório, a menos que você procurasse detalhes do acidente por vontade própria. Eu não queria remexer no passado sem motivo.

As palavras de Ellen pairaram no ar.

Sophie se atirou nas almofadas de novo.

— Ele sabe — lamentou. — Tem que ser por isso que cancelou o casamento. Diz bem ali no relatório que os primeiros carros a colidirem foram o Volvo e o caminhão da UPS. Então ele sabe que minha família matou o pai dele. — Ela gemeu alto. — Chuva ou não, *acidente ou não*, ele sabe quem atingiu quem. — Sophie se calou, querendo se curvar e vomitar. — Não o culpo por ir embora. Eu provavelmente teria feito o mesmo.

Ellen tocou Sophie com carinho na perna.

— Não, não teria. Você teria conversado com ele a respeito. E teria resolvido isso.

Sophie deu uma gargalhada sofrida.

— Duvido. Só de pensar na posição em que ele estava. Você desejaria se casar com alguém sabendo que a família dele matou seu pai? Como é que se começaria uma conversa dessas?

Ellen parecia estar remoendo o comentário de Sophie na mente. Quando falou, foi com sua voz maternal e um sorriso caloroso.

— Lembra-se do que eu disse depois que ele partiu?

— Lembro.

— O que foi?

— Ah, aquele lance de "Deus está no leme, e tudo tem um propósito".

— Exatamente! Talvez estejamos vendo o desdobramento bem diante de nossos olhos. Quais são as chances de crescer e se apaixonar por alguém que compartilha a mesma tragédia de infância?

— Não muitas, eu acho.

— Não muitas? As chances são tão infinitamente pequenas que nem vale a pena especular. — Ellen fez uma pausa. — É a Providência, Docinho.

Sophie riu do comentário. Sabia que Ellen diria aquilo; era o que sempre dizia. Mas Sophie não se permitiria acreditar.

— Tem que conversar com ele — acrescentou Ellen.

Sophie sabia que devia fazer exatamente o que Ellen estava sugerindo e conversar com Garrett sobre tudo. Parte dela até queria, mesmo que para ficar livre para poder seguir com sua vida desesperançada e trágica e esquecê-lo de uma vez. Mas esse não era apenas um estranho sem face a ser confrontado, como Jacob Barnes ou Lucy McDonald. Esse era o menino que perdera o pai vinte anos atrás, que cresceu para se tornar o homem que roubaria seu coração. Esse era *Garrett*.

— Eu sei — disse, com lágrimas começando a correr por sua bochecha outra vez. — Mas acho que não consigo.

Capítulo 31

Aquele a quem você ama está mais próximo do que imagina.
Se fosse esperto, você começaria a correr.

POR MAIS DE UMA HORA NAQUELA NOITE SOPHIE CAMINHOU nervosa pela sua sala de estar, olhando o celular na mesinha de centro. Periodicamente o pegava, olhava, depois o recolocava no lugar. Ocorreu-lhe que estava experimentando a mesma agitação que manteve Garrett longe por tantos meses. *Às vezes viver na mentira é mais fácil que confrontar a verdade*, pensou.

Sophie torceu o cabelo com uma das mãos enquanto mordia as unhas da outra. Quando todas as unhas estavam mais curtas do que ela gostava, decidiu que era agora ou nunca. Pegando o celular num movimento rápido e certeiro, apertou ligar e o pôs na orelha, depois se concentrou em controlar a respiração enquanto ouvia a linha chamar.

E tocar. E tocar. Ninguém atendia. Por fim, a voz da caixa de mensagem de Garrett entrou.

Sophie fechou o telefone com frustração. *Ele sempre atende! Depois de todo esse tempo criando coragem, ele nem mesmo atende?*

Discou de novo. Desta vez, ele atendeu ao quarto toque.

— Sophie?

— Garrett! Eu estava te ligando.

Ele não respondeu de imediato.

— Eu... não estava esperando sua ligação. Posso ligar de volta, Soph? Estou aqui ocupado com uma coisa.

— Ah! Humm... que tipo de coisa? Porque isso é um tanto importante.

Mais silêncio.

— Estou com alguém na outra linha — disse ele.

Agora Sophie precisou de um momento antes de responder.

— Ah! Relacionado a trabalho?

— Não, Soph. Escuta, posso ligar de volta daqui a pouco? Eu já estava falando com ela há algum tempo. Acho que mais cinco ou dez minutos e nós terminamos.

— Ela? — disse Sophie, desconcertada. — É uma conversa social?

Garrett calou-se pela terceira vez.

— Eu ligo de volta, Sophie. Não saia daí.

A linha ficou muda.

Sophie olhou para os dígitos em seu celular que mostravam quanto a ligação havia durado.

Um minuto e três segundos? Depois de toda a minha espera, só consegui esse mísero minuto e três segundos?

Não era a duração da chamada que a aborrecia. Sabia que não tinha direitos sobre ele, mas pensar em Garrett com outra mulher não lhe descia bem. Como ele podia fazer isso quando ainda tinham assuntos pendentes? Será que ele não sabia que primeiro tem que se acertar os pontos com a antiga chama antes de acender um novo fogo? Como ele podia entrar em sua loja um mês antes e jurar que era tudo culpa dele, que nunca deixou de amá-la, e agora, de repente, aparecer apaixonado por outra? Odiava se sentir como se acabasse de perder algo que lhe era muito importante, mesmo que, tecnicamente, Sophie já o houvesse perdido mais de um ano antes. Ela fechou o celular com força e o atirou no sofá, depois foi se sentar ao lado dele.

Quase exatamente dez minutos depois o celular tocou. Ela o atendeu na hora.

— Precisamos conversar — disse Sophie, direto ao ponto, sem se importar em dizer alô. Não queria parecer inamistosa, mas, sabendo que ele havia acabado de falar, *ou flertar*, com outra mulher, não conseguiu evitar.

— Imaginei — disse ele com uma risadinha. — Por que mais você teria ligado, senão para conversar?

— Engraçadinho. Mas o que quero dizer é que... *nós precisamos conversar*. É isso, quero ter a conversa que você tem me infernizado pra ter. Decidi que não devo fazer você esperar mais, e quero ouvir seja lá o que tem a dizer.

Garrett falou baixo ao fone.

— Está falando da discussão que envolve nosso encontro?

— É.

Ele deu outra risadinha, mais alta.

— Uau, estou sentindo uma pontinha de ciúmes aqui? Tão logo ouviu que eu estava conversando com outra mulher, você de repente está pronta pra me dar uma chance?

— Não tem nada a ver com isso — afirmou ela com firmeza.

— Eu só... nós precisamos conversar. Esqueça nosso acordo. Está encerrado. Foi estúpido mesmo. Vamos a algum lugar onde possamos sentar e conversar. Nem precisa ser um encontro. Você até pode vir aqui que eu não me importo. Nós só... precisamos conversar. Frente a frente.

— Humm — disse ele, pensativo. — Não sei como a mulher com quem eu estava conversando vai se sentir a respeito. Posso levá-la?

Será que ele estava tentando irritá-la de propósito?

— Claro que não!

— Então não sei, Soph. Não sei se é uma boa ideia.

Sophie mal podia acreditar no que estava ouvindo.

— Mas apenas um mês atrás você estava morrendo para ter essa conversa comigo.

— Eu sei — retrucou ele, com frieza. — E estou disposto a ter. Só que não agora. — Garrett deixou as palavras se assentarem. — Sabe, já colocamos esse acordo do anúncio pra funcionar e tudo o mais. Por que não continuamos assim e nos encontramos tão logo você selecione cem respostas aceitáveis?

— Está falando sério?

— Claro. Por que não estaria? — Ele fez uma pausa. — Você tem milhares de cartas para selecionar, Soph. E eu só quero que admita que a felicidade realmente existe aí fora. Então você me mostra cem cartas felizes, e depois nós conversamos.

Sophie sentiu o rosto esquentar; não era em nada como ela esperava que a conversa fluísse. Será que aquela mulher com quem ele estava falando ao telefone de repente o deixou menos interessado no encontro? Irritava-se só de pensar que se incomodava, mas era verdade. E ainda ser coagida a admitir felicidade, quando tudo o que queria era lhe dar um encerramento definitivo ao dizer que compreendia o porquê de ele ter partido? Isso era demais. Repreendeu-se por ter dado ouvido ao conselho de Ellen e ligado para ele.

— Tudo bem. Esqueça. Não precisamos conversar. Eu estava tentando te fazer um favor, mas deixa isso pra lá. — Ela afastou o celular da boca e rosnou: — Acho que superestimei esse encerramento.

— Você está legal, Sophie? Parece um tanto fora de si.

— Estou ótima — mentiu. — Adeus, Garrett.

Sophie fechou o telefone com força e o atirou no sofá pela segunda vez. Depois se deitou junto dele e permitiu suas emoções extravasarem numa enxurrada de lágrimas. Pela primeira vez desde que Garrett havia cancelado o casamento, seu choro nada tinha a ver com raiva, ressentimento ou remorso pelo que ele lhe fizera. Pelo contrário, eram lágrimas pela inesperada sensação de perda que surgiu ao saber que Garrett possuía outra mulher em sua vida, e não havia nada que ela pudesse fazer a respeito.

EM SUA CASA em Tacoma, Garrett também fechou o celular, frustrado, pois a conversa com Sophie não tinha fluído da maneira como esperava. Atirou o celular feito uma bola rápida de beisebol no consolo da lareira de pedra, quebrando-o em vários pedaços.

Não se importou.

Capítulo 32

Não importa como tenha sido seu passado,
seu futuro é desanimador.

SOPHIE SE VIROU DE UM LADO PARA O OUTRO A NOITE INTEIRA. Imagens de Garrett papeando ao telefone com hordas de mulheres sem rosto atormentaram seus sonhos, fazendo com que acordasse várias vezes, suando frio. Na terceira vez que acordou, chegou à conclusão que não adiantava voltar a dormir, então, se arrastou para fora da cama e se aprontou para trabalhar.

Quando chegou à Chocolat' de Soph, uma hora depois, e iniciou os preparativos diários, suas mensagens de azar pareceram sair com mais facilidade que o normal, e não ficou nada surpresa que a maioria tivesse algo a ver com as misérias do coração. Sua última mensagem, concluiu, era especificamente para Garrett.

— *Claro que há outros peixes atraentes no mar* — leu em voz alta para ter certeza de que a mensagem captava o que estava sentindo. — *Pena que você está nadando num lago raso cheio de piranhas.* — Um sorriso torto se esgueirou por seu rosto ao enfiar o papelzinho num biscoito vazio. *Espero que ela o coma vivo.*

Depois que a loja abriu, mas antes que qualquer cliente chegasse, Sophie recebeu uma ligação inesperada em seu telefone de trabalho.

— Chocolat' de Soph — disse Sophie.

— Sophie? — perguntou a distinta voz melódica. — É você ou outra pessoa?

— Alex? Por que não ligou pro meu celular?

— Porque você está no trabalho, e achei que talvez não pudesse atender no trabalho, porque meu chefe não deixa ninguém falar no celular quando estamos trabalhando no Albertsons, e talvez seu chefe não deixe você atender também.

Ouvir a voz dele deixou-a relaxada e trouxe um sorriso tranquilo ao rosto.

— *Eu sou* o chefe, Alex. Mas agradeço sua consideração. Como você está? Não devia estar no trabalho agora também?

— Está na hora do intervalo. Posso ligar pra qualquer um no intervalo. Então procurei sua loja de doces na lista telefônica.

— Entendi. E o que posso fazer por você?

Ela o ouviu bater no fone, tentando lembrar por que havia ligado.

— Humm... ah, é. Encontrei uma coisa.

— Ah? O que é?

— A carta.

Sophie ficou calada, colocando seus pensamentos em ordem.

— Do seu pai?

— Ahã. Pra você.

Sophie ficou calada outra vez.

— Sophie?

Ela pigarreou.

— Tem certeza de que é destinada a mim?

— Tenho. Tem seu nome nela. Sophia Jones. E seu endereço. E tem um papelzinho do lado de fora, dizendo que, quando eu a encontrar, devo postá-la. É um papelzinho amarelo, daquele tipo que gruda. E a carta já está com selo.

— Onde a encontrou, Alex?

— *O sol é para todos.*

— O livro?

— Ahã. Eu devia ter pensando nisso quando você estava aqui. Meu quarto é meu cômodo favorito, mas esse livro é o meu lugar favorito. Eu gosto muito do final feliz. E gosto muito *muito* do nome Boo. Eu o leio pelo menos uma vez todos os anos. Papai sabia disso. Acho que é por isso que a deixou lá.

— Uau! Você leu a carta?

— Não. Está fechada. Quer que eu a mande? — Ele fez uma pausa. — Ou talvez... quer vir buscar?

Sophie pensou um pouco. Queria ver Alex, mas não sabia se podia ir lá antes que a correspondência fosse entregue. Além disso, havia outras coisas em sua mente que também mereciam certa atenção.

— Sophie?

— Desculpa, Alex — respondeu. — Acho que não posso ir esta semana. Importa-se de colocar no correio?

— Tudo bem — disse ele.

Sophie pôde ouvir o desapontamento na voz dele.

— Mas prometo aparecer em breve — acrescentou rapidamente. — Tão logo as coisas se acalmem um pouquinho.

Vários segundos se passaram antes que Alex dissesse mais alguma coisa.

— Sophie, já encontrou sua felicidade?

— Infelizmente, não — respondeu com um suspiro.

— Recebeu mais cartas do anúncio no jornal?

— Muitas. Mas nenhuma que eu ache que seja realmente feliz.

— Foi o que pensei, porque, mesmo sem ver seu rosto, posso dizer que sua voz não está sorrindo tanto quanto nos outros dias.

— Você é bastante perceptivo, Alex. Mas, mesmo que não soe assim, juro que meu coração está sorrindo agora, por falar com você.

Houve outra pausa significativa antes que Alex dissesse:

— Sophie?

— Sim?

— Meu intervalo acabou, Sophie.

Ele se despediu e desligou.

Capítulo 33

*Existe uma linha tênue entre sucesso e
fracasso, e você cruzou essa linha.*

Sᴏᴘʜɪᴇ ᴏʟʜᴏᴜ ᴘᴀʀᴀ ᴏ ʀᴇʟóɢɪᴏ ɴᴀ ᴘᴀʀᴇᴅᴇ ᴀᴏ ᴇɴᴛʀᴇɢᴀʀ ᴀᴏ
freguês uma maçã num palito, revestida com uma mistura
cremosa de um centímetro de espessura de chocolate branco,
chocolate ao leite, caramelo, castanha de caju picada e pedaços
de Oreo.

— Lindo — murmurou ele, salivando ao sentir o peso do
doce nas mãos.

Ela verificou o relógio de pulso para ter certeza de que o da
parede estava correto. As duas fontes confirmavam que já eram
quatro e cinquenta e cinco, o que significava que o carteiro estava oficialmente atrasado. Normalmente, ela nem se importaria
com a chegada da correspondência, pois isso só significaria mais
contas a pagar, mas fazia três dias desde sua conversa com Alex,
e a cada dia Sophie ficava mais e mais curiosa — e *nervosa* —
para ver o que Jacob Barnes escrevera na carta.

Jacob era a única pessoa da noite do acidente que poderia
ter qualquer suspeita de seu envolvimento, e o breve encontro
deles à beira da estrada o afetara o suficiente para que lembrasse
quem ela era, literalmente, até o dia da morte. Embora a cuida-
dora de Alex tivesse jurado que Jacob não guardava qualquer

ressentimento, Sophie não podia deixar de se preocupar que talvez Meredith estivesse errada. Por que ele se incomodaria em escrever uma carta, perguntou-se, senão para culpá-la ou acusá-la? A ideia a deixava à beira de um ataque de nervos.

— Não recomendo comer tudo de uma vez — avisou Sophie ao cliente, que se virou para ir embora com a maçã —, a não ser que tenha alguém com quem dividir.

— Tá brincando? — retrucou ele, sorrindo. — É uma *maçã*. Praticamente comida saudável. Não, esta delícia é toda minha.

— Ele a levou à boca e deu a primeira mordida, depois deixou a loja parecendo muito satisfeito.

Dez minutos depois o carteiro finalmente chegou e deixou uma caixa de correspondência perto da porta da frente do lado de dentro da loja. Sophie teria adorado dar uma espiada naquela hora para procurar a carta, mas estava ocupada demais dando amostras para uma família com cinco crianças, que queria provar tudo na loja antes de tomar uma decisão. Quando todos os sete finalmente se decidiram, havia mais três clientes esperando na fila. Sophie deu um grande suspiro. A carta de Jacob teria que esperar, isso se ela estivesse mesmo ali.

Randy chegou logo depois e pegou a caixa de correspondência, enquanto Sophie registrava a compra de uma mulher de uns 80 anos que não parava de falar quanto seus bisnetos adorariam as trufas de hortelã nas meias na manhã de Natal.

— Mas isso é quase daqui a dois meses — disse Sophie. — Provavelmente, vai querer voltar pra pegar trufas mais frescas quando o dia estiver mais perto.

A mulher ergueu o nariz e balançou a mão com indiferença.

— Bobagem, querida. As melhores ofertas são agora, antes da correria das festas de fim de ano. Vou colocá-las no congelador e as crianças nem vão perceber a diferença.

Sophie concluiu que não valia a pena dizer que as trufas não estavam em promoção.

— Bem, então... Feliz Natal.

A mulher sorriu feliz e deu um tchauzinho.

— Randy? — chamou Sophie lá da frente, quando todos os clientes tinham ido embora. — Onde colocou a correspondência? — Ela estava olhando o trânsito tumultuado pela vidraça da frente enquanto falava, e notou um familiar Mercedes parar numa das vagas diante da loja.

— Ah, droga — murmurou ela.

O mais rápido que pôde, Sophie correu para os fundos da loja e jogou o avental no balcão sujo.

— Estou indo embora mais cedo, Randy. Onde está a correspondência?

Randy tirou os olhos de uma tina de *fudge*.

— Na sua escrivaninha, como eu disse. — Ele inclinou a cabeça de lado. — Você tá legal?

— Estou bem — mentiu. — Mas se *certa pessoa* por acaso entrar na loja, tipo, nos próximos trinta segundos, tente distraí-lo ao máximo. Preciso que ele fique aqui tempo suficiente para que eu saia pelos fundos. — Garrett andava empesteando seus pensamentos desde que descobrira que ele estava vendo, ou pelo menos conversando com outra mulher. Como ele ousava? E depois de tanta amolação, quando ela liga para lhe dar uma chance de conversar, Garrett recusa! Não, ela não estava bem. Estava frustrada, irritada, talvez com um pouco de ciúmes, e não tinha palavras para descrever como a descoberta sobre o pai dele a fazia se sentir. Com todas essas emoções embaralhando-lhe a cabeça e o coração, a última coisa que queria, agora, era falar com ele.

Randy assentiu como se não fosse grande coisa, depois foi para a parte da frente cuidar do caixa. Sophie correu para o escritório, enfiou o casaco, e estava remexendo a caixa de correspondência quando ouviu a porta da frente ser aberta.

— Ei, Randy — ouviu Garrett dizer.

— E aí, cara?

— Sophie está por aí?

Sophie ficou imóvel, escutando. Houve uma longa pausa antes de Randy dizer:

— Humm... talvez. Quero dizer. Estava. Mas agora... não sei direito. Bem... é. Ela está, mas tipo, está no banheiro... ou coisa assim.

— Ah! — disse Garrett, diplomático. — Acho que vou esperar.

Sophie sorriu, feliz por ele ter acreditado na mentira hesitante de Randy. Cautelosa, continuou verificando a correspondência. A carta de Jacob Barnes estava perto do fundo da caixa. Deixou as outras cartas na escrivaninha, pegou a bolsa e o guarda-chuva, depois saiu na ponta dos pés pela porta dos fundos, para a viela.

Embora ainda andasse de ônibus na maioria dos dias, Sophie descobriu que ter um carro e ir com ele para o trabalho tinha alguns benefícios, como poder dormir mais pela manhã. Aquela manhã foi um dos dias em que precisou de um tempinho extra para acordar, então foi no seu Explorer de Gig Harbor a Tacoma e estacionou numa garagem que cobrava diária a dois quarteirões da Chocolat' de Soph.

Sophie abriu o guarda-chuva para se proteger da chuva e começou a andar depressa, em direção à garagem. Até chegar, encontrar seu carro no quarto andar e pagar a taxa para sair, presumiu que Garrett já teria deixado a loja. Ou isso, pensou, ou estaria ficando muito preocupado com a natureza de seu assunto no banheiro. Pegou a estrada, virando logo à direita, dobrando em seguida à esquerda, após o semáforo. Poucos minutos depois, guiava pela autoestrada, seguindo para casa na sua velocidade máxima de dias chuvosos de 70km/h.

Como sempre, muitos motoristas estavam aborrecidos com seu ritmo, mas os que se incomodavam buzinando eram aqueles que ficavam presos atrás dela, ou um ocasional Bom Samaritano que queria cumprimentá-la com um dedo. Sophie ignorava todos eles. Já estava quase na Narrows Bridge quando um ficou ao seu lado, reduzindo a velocidade para que pudesse dar uma boa olhada no motorista do utilitário esportivo que rodava a passo de lesma.

Diferentemente dos outros carros, esse, à esquerda, não passou. Ficou ali, acompanhando seu ritmo. Sophie tinha certeza de que o motorista estava olhando para ela, mas se recusou a espiar, pois isso exigiria que desviasse sua atenção da estrada cada vez mais molhada à frente, então continuou dirigindo.

Poucos instantes depois o celular de Sophie começou a vibrar dentro da bolsa, tocando a nova musiquinha de Garrett: *"Don't break my heart, my achy breaky heart..."* Ele, enfim, devia ter descoberto que ela não estava no banheiro, mas, mesmo que não estivesse dirigindo no momento, não teria atendido, pela simples razão de não ter nada a dizer.

A música tocou duas vezes, depois o telefone ficou quieto. Poucos segundos depois começou outra vez. Sophie se perguntou quantas vezes ele ligaria até finalmente se mancar. Queria poder tirar as mãos do volante por tempo suficiente para colocá-lo no silencioso.

Depois que a canção terminou novamente, o carro na faixa ao lado, que ainda a estava acompanhando, começou a buzinar alto. Ficou buzinando por quinze segundos. Por fim, o som se tornou tamanha distração que Sophie deu uma olhada pelo canto do olho.

Ver o rosto de covinhas de Garrett olhando para ela lhe causou um instante de pânico. Sophie ofegou, surpresa, mas ao fazê-lo inadvertidamente apertou o acelerador, fazendo o motor

V8 dar um arranco. A súbita mudança de velocidade também a assustou, então, por instinto, ela apertou o freio para corrigir a situação.

As coisas deram muito errado.

O homem no carro atrás de Sophie, que estava preso ao seu para-choque por quase três quilômetros porque ninguém o deixava passar, acompanhou a velocidade quando ela disparou. Ainda estava na cola dela, acelerando depressa, quando as luzes de freio acenderam.

Sophie sentiu o carro pular anormalmente quando foi atingido por trás. Depois só soube que estava patinando sem controle pela estrada, pneus chiando, coração disparando e boca gritando. O Explorer oscilou o bastante para atravessar a faixa de Garrett, mas isso não foi problema. Ele tinha visto os últimos acontecimentos e já havia pressionado os próprios freios, causando outra colisão de traseira, entre ele e o carro de trás. Mais oito veículos que estavam viajando em formação cerrada também foram pegos no tumulto, enfileirando-se de uma ponta à outra numa batida grave e ruidosa.

Capítulo 34

Abra seu coração um pouquinho, e vai
terminar sofrendo muito.

QUANDO O CARRO DE GARRETT ENFIM PAROU, A ÚNICA COISA em sua mente era Sophie. O carro que ela dirigia estava 30 metros adiante na estrada, praticamente na ponte, bem apertado num ângulo de noventa graus entre outro carro e a mureta. Verificando se era seguro sair, abriu a porta, correu para o acostamento e seguiu pela estrada até ela.

A porta do passageiro estava destravada quando ele chegou. Puxou para abri-la e encontrou Sophie curvada por trás do air bag murcho do volante, com a cabeça enterrada nas mãos.

Garrett suspirou, aliviado por ver que ela não estava seriamente machucada, ao menos não aparentemente.

— Sophie, você está bem?

Ela manteve o rosto coberto, escondendo as lágrimas.

O carro ainda estava ligado, então Garrett entrou e girou a chave. Sophie continuou chorando, recusando-se a reconhecer a presença dele.

— Soph?

Sem saber mais o que fazer, Garrett pôs a mão nas costas dela. Sophie se encolheu, depois tirou as mãos do rosto e se aprumou, secando o nariz com as costas da mão.

— Estou bem — disse por fim.

— Tem certeza?

Ela assentiu.

Garrett virou-se para olhar pelo vidro traseiro do carro.

— Escuta, vou ver se todo mundo está bem. Você vai ficar bem aqui um pouquinho sozinha?

— Vou com você. Preciso... ver o que fiz.

Garrett a ajudou a sair do carro, e juntos correram num trote, indo de carro em carro para ver os feridos. A maioria das pessoas já estava ao longo do acostamento conversando, tentando entender o que tinha acontecido. Um homem na faixa dos 50 anos estava reclamando de uma dorzinha nas costas e uma mulher de terninho estava com um grande galo na testa, pois havia batido na coluna de direção, mas todos os outros pareciam bem. Só quando estavam certos de que ninguém precisava de cuidados médicos imediatos foi que Garrett e Sophie refizeram o caminho até o Explorer para sair da chuva.

— Bem, pelo menos todos estão bem — aventurou Garrett, assim que estavam dentro do carro.

Sophie olhou pela janela na direção do Narrows. Parecia estar concentrada num ponto perto da outra margem onde uma vez levara Garrett para jogar uma pedra. Não falou, nem mesmo deu a entender que o ouviu.

— Soph? Tudo bem? — Ele a tocou com carinho.

Quando Sophie ficou pronta para falar, as palavras vieram em arrancos soluçados.

— Você... devia ter... me contado.

— Contado o quê? — Garrett afastou a mão.

Emocionalmente, Sophie tinha atingido seu limite. Fazia um ano que se debatia sem saber por que Garrett a abandonara. E dezenove anos antes fora dominada pela perda da família, suas mortes parecendo tijolos pesados que diminuíam toda a esperança de um dia ser realmente feliz. E agora, depois de tanto tempo, descobrir que as duas maiores tragédias de sua vida estavam inexoravelmente ligadas? Acrescentar a isso todo o estresse imediato do acidente que havia acabado de causar era demais. As emoções de Sophie explodiram.

— Devia ter me contado! — repetiu, desta vez berrando as palavras. Começou a soluçar e a golpear a perna dele com a palma aberta. — Você sabia e não tinha o direito de manter isso pra si mesmo! *Eu merecia saber!*

A julgar pela expressão no rosto dele, não era o que Garrett esperava que ela dissesse logo após uma batida de dez carros. Prendeu a mão de Sophie para que ela não batesse nele novamente, entrelaçando gentilmente os dedos dela aos seus e puxando-os para si.

— Soph — murmurou —, o que eu deveria ter te contado? Conto qualquer coisa que quiser.

Um homem fora do carro correu até a janela de Sophie, segurando um celular na orelha e protegendo os olhos da chuva.

— Vocês estão bem? — gritou.

Garrett assentiu.

O homem ergueu o polegar.

— Excelente — disse, alto o bastante para ser ouvido através da porta fechada. — Acho que os carros estavam seguindo devagar demais para maiores danos. Muita sorte! — Ele acenou, depois foi ajudar a guiar o tráfego pelo gargalo do carro amassado de Garrett na faixa esquerda.

— Sorte — resmungou Sophie baixinho, fungando. — É, foi isso mesmo.

Sirenes já estavam começando a berrar ao longe, mas Garrett as abafou, apertando a mão dela com carinho.

— Fale comigo, Sophie. O que foi que eu devia ter contado?

Com um olhar ameaçador, Sophie deixou escapar uma risadinha, depois soltou os dedos da mão dele para poder prender o cabelo por trás da orelha.

— Ah... não sei — disse, sarcástica. — Talvez eu esteja exagerando. Talvez só esteja vendo tudo fora de proporção e você estivesse certo por não mencionar. — Lágrimas começaram a cair do canto de seus olhos outra vez, escorrendo pelo rosto enquanto suas emoções atingiam outro crescente. — Ou, talvez — gritou ela, erguendo a voz agudamente —, você só não sabia como dizer que estava tremendamente enojado com o fato de que minha família matou seu pai!

O rosto de Garrett ficou branco e o lábio inferior dele tremeu.

— Como sabe disso?

— Então é isso! — disparou ela, raivosa, triste e envergonhada, tudo ao mesmo tempo. — Pois bem, adivinhe! Você nem sabe a história inteira! Meus pais e minha avó foram tão vítimas quanto seu pai, Garrett. Fui eu! *Eu causei o acidente!* Então, se quer alguém pra culpar, está olhando pra ela!

— O quê? Não é verdade.

— É. — A voz se reduziu a um sussurro vazio enquanto a cabeça tombava nas mãos outra vez. — Infelizmente, é. Não importa o que qualquer um diga, não importa quantas pessoas me digam que não é minha culpa ou me perdoem, isso não muda os fatos. Eu tinha idade bastante pra saber. Eu só estava pensando no que eu queria. E, se não tivesse feito o que fiz, meus pais ainda estariam vivos. E o seu pai também.

Garrett ficou confuso.

— Sophie... Como? Foi o que pensou todos esses anos? Que o acidente de certa forma foi culpa sua?

— Foi — declarou ela, desafiadora.

— Não — contrapôs ele. — Não foi! E, se por um segundo eu soubesse que você se sentia responsável, eu teria contado tudo tão logo descobri. Mesmo que você pensasse que seus pais foram culpados, eu teria esclarecido tudo na hora.

— Não há nada para ser esclarecido, Garrett. Eu estava lá. Eu sei o que aconteceu! E há coisas que você desconhece, que não estavam no relatório policial.

Ele ficou calado, remexendo-se.

— Eu poderia dizer a mesma coisa — falou, enfim.

Sophie o encarou em dúvida. A primeira equipe da emergência estava chegando ao local, ouviam-se sirenes. Quase sufocaram as palavras dela.

— Do que você está falando?

Olhando por cima do ombro, Garrett viu carros da polícia parando no espaço entre seu carro e o de Sophie, e sabia que haveria muitas perguntas. Um policial já estava fora da viatura, olhando pela janela do seu Mercedes.

— Vou explicar tudo, assim que tivermos acabado de lidar com... isso. — Ele apontou para a fileira de carros atrás deles. — Tenho que achar os papéis do meu seguro.

FOSSE POR CAUSA DA CHUVA, do frio ou do congestionamento de quilômetros na autoestrada na hora do rush, todos no local estavam se esforçando para acelerar a desobstrução da pista. Reboques chegaram ao local em dez minutos e começaram a arrastar os carros para a direita e para a esquerda. Uma policial musculosa gastou menos de dois minutos conversando com Garrett sobre como começou a batida. Ele só tinha dado um breve resumo do que vira antes que ela o interrompesse.

— Vamos direto ao ponto. Na sua opinião, alguém foi descuidado?

— Descuidado? Não. Supercauteloso talvez — disse ele com uma risadinha hesitante, pensando em Sophie agarrada ao volante a 70km/h. — Mas não descuidado.

Tão logo a policial terminou com ele, um reboque veio e levou o veículo. A policial foi falar com Sophie, parada ao lado de seu carro debaixo do guarda-chuva.

Garrett acompanhou-a, ouvindo-a fazer as mesmas perguntas a Sophie. Teve que morder a língua quando a ouviu dizer:

— É tudo minha culpa, policial. Sempre é.

A policial lhe deu uma olhada engraçada.

— Mas você estava dirigindo numa velocidade segura, certo?

— Estava.

— E foi atingida na traseira, certo?

Sophie concordou.

— Ora, de acordo com a lei, não é sua culpa.

— Mas...

— Mas — interveio ela, antes que Sophie objetasse — está frio demais pra discussões. Se tiver algo de valor no carro, pode tirar agora. Tem alguém vindo pegá-la?

Sophie começou a balançar a cabeça, mas Garrett ouviu a pergunta também e disse:

— Eu te dou uma carona, Soph. Tenho um carro alugado a caminho.

Ela concordou outra vez.

A policial se dirigiu ao carro seguinte, e Garrett se juntou a Sophie debaixo do guarda-chuva. Observaram em silêncio, do acostamento da estrada, quando o reboque puxou o carro para a direção correta e o içou do chão. Estava começando a se afastar quando Sophie percebeu que havia esquecido algo.

— A carta! — gritou, entregando o guarda-chuva para Garrett enquanto saía correndo atrás do caminhão. — Pare!

O motorista não a ouviu, mas a viu pelo retrovisor e parou antes que estivesse muito longe. Por questão de responsabilidade, não podia deixá-la entrar no carro enquanto estivesse preso ao reboque, mas o homem viu que Sophie estava desesperada, então saiu e recuperou a carta. Ela agradeceu, depois correu de volta até Garrett.

— Por que tudo isso? — perguntou ele.

Sophie pensou em tentar explicar, mas não queria entrar em outra conversa conturbada antes de terminarem aquela que haviam começado vinte minutos antes.

— Por nada — respondeu. — Quanto tempo até seu carro aparecer?

— Não sei. Quinze minutos. Talvez mais com esse trânsito todo.

Franzindo os lábios, ela disse:

— Ótimo. Deve ser tempo suficiente pra que termine o que estava dizendo antes.

Garrett fez uma careta.

— Eu quero. Mas, antes disso, posso perguntar mais uma coisa?

Ela inclinou a cabeça.

— Talvez.

— Como descobriu que meu pai estava na batida com sua família?

Pela primeira vez desde que havia deixado a loja a boca de Sophie se curvou um pouquinho nos cantos em algo que lembrava um minúsculo sorriso presunçoso.

— Descobri no domingo quando conheci vovó McDonald.

A boca de Garrett ficou aberta.

— Está falando *daquela* viagem? Mas... como a descobriu?

— Tudo começou com seu anunciozinho idiota. — Ela se calou, tentando pensar em como falar sobre Alex sem entregar muita coisa. — Um dos caras que responderam era da cidade, e ele me mandou uma coisa que realmente... me comoveu, acho que posso dizer isso. E resolvi conhecer a pessoa que a enviou.

— Então você simplesmente apareceu na casa dele?

— Com Ellen e Evi. E acabei descobrindo que tínhamos muito em comum. É uma longa história. A versão resumida é que o que ele me enviou foi uma grande dádiva. Então, fui vê-lo.

— Então esse...

— Alex? Sim. — Sophie observou o rosto dele, satisfeita por ver que Garrett parecia desapontado. — De qualquer forma, nos demos bem logo de cara, e ele meio que... me motivou, eu acho, a colocar meu passado pra trás de uma vez por todas. Imaginei que a melhor maneira de fazer isso seria falar com a outra família que perdeu alguém naquela noite. — Ela se calou de novo, vendo-o observá-la. — Não imaginava que sua mãe tinha criado você com o nome de solteira, mas ficou perfeitamente claro que o sobrenome do seu pai não era Black quando Lucy me contou que era sua avó paterna.

Garrett passou os dedos pelo cabelo escuro e suspirou.

— Sou tão idiota. S-se eu pudesse voltar no tempo, teria lhe contado na noite em que rompi nosso noivado. Eu só não sabia como dizer. E me convenci de que você saber a verdade seria mais difícil de engolir que me perder. — Ele encolheu os ombros. — Além disso, concluí que a perderia de qualquer maneira, então preferi o jeito que me poupava de ter que explicar, que a poupava de saber a amarga verdade.

— Garrett — disse ela baixinho —, nas palavras da sua avó, qual é o ponto?

Ele deixou escapar um pequeno assobio.

— O ponto, Sophia Maria Jones, é que você não causou o acidente naquela noite. *Fui eu.*

Por impulso, Sophie lhe bateu no braço.

— Que crueldade! O que está fazendo? Debochando de mim?

— Estou falando sério, Sophie. Não sabia como lhe dizer isso antes. Saber quanto aquele acidente afetou a sua vida me deixou enojado pensando que causei tanto sofrimento a você. Eu sabia que a verdade partiria seu coração, e sabia que não podia ficar o resto da vida escondendo algo assim de você. Então, fui embora.

— Você é mais do que louco. Você não estava lá.

Garrett suspirou de novo.

— Verdade. Mas não estava longe.

Ela baixou o queixo e cruzou os braços sobre o torso.

— Explica.

— Meu pai sempre deixou claro que não era para contatá-lo enquanto estivesse no trabalho. — Garrett manteve os olhos fixos nos de Sophie. — Contudo, ele dizia que se houvesse uma emergência eu podia ligar pra recepcionista da UPS, e ela me transferiria pro rádio se fosse muito importante. — Calou-se, baixando brevemente os olhos. — Nunca era muito importante quando eu ligava. No dia do acidente, tive uma briga com minha mãe. Disse coisas de que depois me arrependi, e uma delas foi que queria morar com meu pai. Ele nunca fez realmente parte da minha vida, mas eu estava ficando mais velho e queria desesperadamente sentir que tinha um pai, então liguei pra recepcionista e pedi pra passar a ligação. Ele devia estar terminando o turno dele quando liguei, mas eu não podia esperar até que chegasse em casa. Eu precisava falar com ele naquele instante. Ela me fez esperar, depois retornou após um minuto dizendo que não conseguia contato. Então eu lhe disse que era uma emergência, me parecia ser uma. Pedi que continuasse tentando, que ele tinha que me ligar de volta imediatamente. — Ele parou de falar e encarou Sophie com expectativa.

— E? — perguntou ela, imaginando se teria perdido parte da história. — Como isso liga você ao acidente?

— Pensei que tinha lido o relatório.

— Eu li — retrucou ela. — E pro seu governo, sei que também leu... uma semana antes de ir embora.

— Bem, talvez você não tenha lido com tanta atenção quanto eu.

— Do que você está falando?

Garrett suspirou, e uma expressão de agonia cruzou suas feições.

— Sophie, antes que eu diga o que estava no relatório, tem mais uma coisa que você precisa saber.

Um buraco conhecido se formou no estômago de Sophie.

— Então me ajude, porque, se você me disser que também descobriu que somos, tipo, parentes, ou algo tão repulsivo quanto, juro que vou vomitar em você.

Ele pressionou os lábios num rápido sorriso, que sumiu tão rápido quanto surgiu.

— Nada do tipo, mas você provavelmente não vai gostar.

— Não pode ficar pior do que já está — disse ela, pragmática. — Desembucha.

Respirando fundo, ele começou.

— Mesmo que não fôssemos muito próximos, perder meu pai quando garoto foi muito duro. Você sabe melhor do que ninguém. Mamãe guardou todos os recortes de jornal do acidente, e, sempre que eu estava triste por causa do que aconteceu, ela dizia: "Sim, você perdeu seu pai. Mas leia isto e me diga que não é grato pelo que tem." Ela me dava aqueles recortes e apontava... — Ele se calou, sufocando as lágrimas — ... e apontava pra uma menininha, não muito mais nova do que eu, que tinha perdido tudo naquela noite. — "Sophia Maria Jones perdeu a família inteira", ela dizia. "Então agradeça a sua sorte, Garrett. Você ainda tem uma mãe que te ama."

Sophie agora também chorava, mas Garrett continuou:

— Eu sempre pensei naquela menininha: o que aconteceu com ela depois do acidente, como as coisas ficaram. Então, quando minha mãe foi transferida pro distrito da Ellen, dois anos atrás, e ficou mais íntima dela... Bem, ela descobriu bem rápido que Ellen era a policial do acidente que tinha acolhido a menininha. Claro, Ellen não tinha motivos para ligar minha mãe ao meu pai, já que ela havia assumido o sobrenome do seu novo marido. Quando descobriram que as duas tinham filhos adultos e solteiros, decidiram que seria divertido nos arrumar um encontro às cegas.

O motor emocional de Sophie explodiu de novo.

— Então você sabia! — berrou. — Sabia muito antes de nos encontrarmos que nossos pais estavam no mesmo acidente!

Ele baixou de leve a cabeça.

— Então, por que você concordou com o encontro? Foi só caridade da sua parte? Fazer uma pobre menina que havia perdido os pais se sentir bem consigo mesma?

— Não foi nada disso, Soph.

— Então por quê? — quis saber Sophie.

Garrett encolheu os ombros.

— Você sempre foi na minha mente uma pessoa que admirei. Você me deu esperanças num momento difícil da minha vida. Mesmo sem nunca termos nos conhecido, eu sempre disse a mim mesmo: "Se essa menina consegue, eu também consigo." Então acho que só fiquei intrigado. Queria conhecer a versão crescida da menininha sobre quem li no jornal. Mas juro, nunca... — A voz se reduziu a nada.

Sophie observou o rosto de Garrett. Parecia um cão ferido, e, por mais furiosa que estivesse, parte dela se condoía por ele — até o compreendia.

— Você nunca o quê? — insistiu.

A resposta mal foi audível, mas Sophie conseguiu ler os lábios dele.

— Nunca esperei me apaixonar. — Garrett ergueu os olhos ao perceber que Sophie ficara em silêncio. Ele pigarreou: — Eu só queria conhecer você, ver por mim mesmo como é uma fênix depois que se ergue das cinzas. Mas conhecê-la foi... inebriante. Depois que nos conhecemos, parte de mim queria contar a verdade, mas a maior parte queria deixar o passado em paz. Pra mim, a história que compartilhamos quando crianças foi só isso: *uma história*. E quando pensei que havia uma chance legítima de termos um futuro juntos, não quis que nada atrapalhasse isso, ainda mais um acidente de carro de vinte anos atrás.

Sophie estava completamente imóvel, contemplando em silêncio tudo o que ouvira.

— Então, o que mudou? — perguntou por fim. — Por que, de repente, decidiu que o passado importava?

— O relatório policial — sussurrou ele. — Queria nunca ter lido. Depois de ver como a visita ao local do acidente a entristeceu, quis muito saber o máximo possível. Imaginei que, quanto mais conhecesse o que você enfrentou, mais você poderia buscar apoio em mim. Então, fui à casa da Ellen, que me disse que tinha uma cópia do relatório que eu poderia ler. E foi isso que bagunçou as coisas.

— Não entendi — disse ela. — Não tem nada no relatório.

— Não? Por acaso leu a parte sobre o motorista da UPS estar com um fone de rádio na mão quando o retiraram dos destroços?

— Li — afirmou ela, a voz ficando mais preocupada. — Mas isso não quer dizer nada.

— Talvez não pra você, mas pra criança que estava perturbando pra falar com o pai imediatamente, quer dizer muito. Depois de ler sobre o rádio na pasta da Ellen, rastreei aquela antiga recepcionista da UPS. O detetive particular levou quase uma semana pra encontrá-la, mas por fim consegui o número de telefone dela. — Garrett se calou.

— E?

— E ela disse que se lembrava de falar com ele naquela noite no rádio. Ele ficou aborrecido e queria saber qual era a emergência, e claro que não contei pra ela, pois sabia que meu pai não ia achar muito importante. Mas ela era mãe e começou a discutir com ele. Logo em seguida, ele parou de responder. Ela pensou, na época, que estava sendo ignorada, mas depois descobriu que foi por causa da batida. Então, como eu disse antes, *eu* causei o acidente. Não diretamente, talvez, mas se eu não tivesse ligado... quem sabe? Talvez ele não ficasse tão distraído, e as coisas tivessem terminado de maneira diferente para os seus pais.

Os olhos de Sophie agora estavam muito úmidos.

— Não sei o que dizer — admitiu. — Você... você não está inventando isso, não é?

Balançando a cabeça devagar, Garrett suspirou.

— Lamento, Soph. Devia ter te contado no ano passado, assim que eu mesmo descobri. Só não soube como.

Naquele exato instante um carro parou perto deles. O motorista baixou o vidro do carona.

— Você é Garrett Black? Sou da Locadora de Veículos Enterprise.

Garrett se inclinou para vê-lo melhor.

— Sou sim. Obrigado por vir.

O homem sorriu.

— Pode se sentar na frente ou atrás, o que preferir.

— Vamos ficar atrás. Pode deixar minha amiga em Gig Harbor?

O motorista concordou, então Garrett abriu a porta e entrou com Sophie.

O motorista da Enterprise tinha muitas coisas a dizer — na maioria, perguntas sobre o acidente —, mas minutos depois se aquietou o bastante para que Sophie murmurasse uma pergunta a Garrett.

— Então, só pra esclarecer, quando decidiu não me contar no ano passado foi porque achou que a notícia seria difícil pra eu ouvir ou difícil pra você contar?

Ele pensou em como responder, mas só disse:

— Sim.

— Então partir meu coração foi uma opção melhor que engolir seu orgulho? Eu significava tão pouco pra você?

Os ombros dele se curvaram.

— Depois de duas décadas, descobri que era parcialmente culpado, não só pela morte do meu pai, mas pela perda da *sua* família também. Concluí que seu coração ficaria partido de qualquer forma com o que eu dissesse. Você demorou tanto a confiar em mim... Eu tinha prometido que nunca a magoaria, e isso teria sido devastador.

— Então escolheu a maneira mais fácil — acusou ela.

— Não houve nada de fácil nisso. Mas, como eu disse, se pudesse voltar no tempo, teria feito as coisas de modo muito diferente. Principalmente sabendo o que sei agora. Fui estúpido.

— Sim. Você foi. — Sophie se virou e olhou pela janela. Garrett ficou em silêncio, dando-lhe tempo para pensar. — Você nem me deu a chance de decidir como eu me sentia a respeito. *Você* decidiu sozinho que *nós* não conseguiríamos superar isso.

Quando chegaram à casa de Sophie, Garrett a levou até a porta.

— Sophie — disse, antes que ela girasse a maçaneta —, eu já falei que voltaria no tempo se pudesse.

Sophie não falou, mas seu olhar dizia a Garrett que ela estava escutando.

— Se pudesse desfazer o que fiz no ano passado, eu faria num piscar de olhos. Nunca me perdoei por não ser honesto a respeito do que eu sabia. Foi egoísmo meu, sinto muito.

Ela mudou o peso de uma perna para outra.

— Entendi isso desde o início. — Largou as mãos ao lado do corpo. — Que dupla nós somos, não é? Nós dois nos sentindo culpados pelo mesmo acidente. Sabe o que Ellen diria a respeito, certo?

— *Divina Providência, Docinho, juro por Deus* — retrucou ele, numa excelente imitação da mãe de criação de Sophie.

Sorrindo, Sophie disse:

— Exatamente. Mas eu teria que lembrá-la de que a Providência teria nos unido de modo mais permanente.

Garrett franziu o cenho.

— Boa resposta.

— A intervenção divina não nos leva muito longe, creio eu. — Sophie deu de ombros, virou-se, abriu a porta, depois entrou.

Garrett esperou que ela se virasse.

— Então... é isso?

— Acho que sim. — Ela o olhou de frente, lamentando que tivessem deixado tudo entre eles ruir. Queria que Garrett tivesse ido até ela com a verdade mais cedo, mesmo compreendendo os motivos para que não o fizesse. Mas era uma questão controversa agora. Garrett tinha seguido em frente, e não havia nada que pudesse fazer a respeito. — Boa sorte com... qual o nome dela? A do telefone naquela noite?

A boca de Garrett se apertou.

— Jane.

— Jane. Bem. Desejo tudo de bom a vocês dois. Seja lá o que aconteça, não pode acabar tão mal quanto nós, certo?

Virando-se, ele murmurou:

— Adeus, Sophie.

— Adeus, Garrett — murmurou ela.

Fechou e trancou a porta, depois se recostou nela em busca de apoio. Tinha sido um longo dia, e Sophie estava pronta para que ele chegasse ao fim.

Capítulo 35

O que você achou ser felicidade não era.
É hora de seguir em frente.

Deitada na cama uma hora depois, Sophie recordou tudo o que havia acontecido desde que deixara o trabalho. Como tinha se culpado todos aqueles anos por causar o acidente ao distrair o pai, podia compreender por que Garrett também culpava a si mesmo. Mas não tinha confiado nela o suficiente para lhe contar a verdade, não lhe dera a oportunidade de perdoá-lo. Mas, se ela soubesse que o pai dele também havia morrido no acidente, poderia ter admitido para Garrett sua culpa? E teria esperado que *ele lhe* perdoasse, ou teria feito a mesma coisa que ele fizera?

O acidente que levou seus pais tomou menos de um minuto de sua vida, porém os efeitos daquele breve momento lhe causaram toda uma vida de dor. Não importava quanto tentasse seguir em frente, parecia que aquele evento sempre a puxava para trás. Como Andrômeda, ela estava para sempre acorrentada ao passado.

Enquanto repassava mentalmente tudo que Garrett lhe dissera, lembrou-se de que ainda não tinha lido a carta de Jacob Barnes. Com relutância, levantou-se e se arrastou até a cozinha, encontrou a carta na bolsa, depois se sentou e abriu um dos lados. Lendo a data no canto superior da primeira página, notou com certo desalento que fora escrita poucos dias antes de Jacob falecer.

Com um frio no estômago por causa do que a carta diria, começou a ler. Quando chegou ao fim, suas barreiras emocionais estavam em ruínas, as lágrimas correndo livremente por suas bochechas. Pela primeira vez desde os 8 anos Sophia Maria Jones parecia completamente livre do passado. E profundamente aborrecida por seu futuro — *um futuro que devia ter incluído Garrett Black.*

17 de agosto de 2009

Prezada Sophia,

Com alguma sorte, você nem se lembra de mim. Mas não pude esquecê-la. Como poderia? É a agonia da lembrança que me compele a lhe escrever. Embora sofra em fazê-lo, não poderia deixar este mundo sem colocar no papel todos os meus pensamentos e sentimentos referentes ao nosso breve encontro tantos anos atrás.

Meu nome é Jacob Barnes. Acredite ou não, você e eu trocamos algumas palavras e compartilhamos um pedacinho de calçada logo após um acidente horroroso em seu nono aniversário. Perdi quatro dedos naquele dia, mas sei que você perdeu muito mais que isso. Lamento muito a sua perda.

Por favor, saiba que há anos quero procurá-la, ou pelo menos escrever-lhe. Deveria ter feito isso há muito tempo. Primeiro eu dizia a mim mesmo que você era nova demais para entender. Conforme você crescia, convenci-me de que muito tempo havia se passado para se remexer em coisas assim. Nenhuma desculpa era de fato verdadeira; fui simplesmente covarde.

Tentei ao longo dos anos me inteirar quanto ao seu bem-estar, apenas para saber se você estava progredindo bem. Em setembro passado vi no jornal local que estava para se casar com o Dr. Garrett Black. Parabéns! Espero que a vida de casada esteja sendo boa. Meu coração pulou de alegria quando vi a foto de vocês dois. O sorriso no seu rosto me revelou que você, de alguma forma, conseguiu lidar com o pesado fardo que lhe foi deixado na noite em que nos conhecemos. Qual fardo? O fardo da culpa por ter causado o acidente que levou as vidas de sua família.

Infelizmente, esse fardo nunca devia ter sido carregado por você. Pertencia, por direito, a um covarde. Ele me pertencia.

Espero que algum dia você tenha a oportunidade de conhecer meu filho, Alex Barnes. Se estiver lendo esta carta, então pode ter certeza de que foi ele quem a pôs no correio. Ele é a maior alegria que já tive, e, lamentavelmente, minha culpa e minha vergonha estão indissociavelmente ligadas a ele. Deixe-me explicar.

Alex nasceu pouco antes da meia-noite de 20 de setembro de 1989 — menos de 24 horas antes da nossa colisão. A mãe dele, Katherine, e eu mal podíamos esperar para que ele se juntasse à nossa família. Nós dois éramos advogados e tínhamos adiado ter filhos por mais tempo que a maioria dos pais de primeira viagem. Eu estava perto dos 45 e minha esposa tinha 43 quando ficou grávida. A gravidez inteira transcorreu sem dificuldades, até o trabalho de parto começar. Fui notificado, enquanto estava defendendo um caso, de que a bolsa de Katherine havia estourado, então fui direto da corte para encontrá-la no hospital.

A partir daí tudo se tornou doloroso. Minha esposa começou a ter uma grave hemorragia enquanto fazia força para empurrar, mas o bebê ainda estava muito dentro do canal, de modo que tiveram que se concentrar no parto antes que pudessem fazer algo por ela. Trabalharam o mais depressa que puderam para trazer Alex ao mundo, depois se voltaram de imediato para as necessidades de Katherine. Todos nós demos um grande suspiro de alívio quando eles conseguiram deter a hemorragia e estabilizar sua pulsação, que tinha ficado muito fraca.

Os médicos levaram Alex para fazer alguns exames, mas eu estava muito preocupado com Katherine para me perguntar por quê. Presumi que os exames que estavam realizando eram só procedimento-padrão. Pelas horas seguintes fiquei sentado junto a minha esposa no quarto de hospital. Ela recebia oxigênio o tempo todo, através de uma máscara, mas, fora isso, parecia bem. Contudo, enquanto eu a vigiava, ela de repente ergueu os olhos para mim em pânico. Arfou algumas vezes, fechou os olhos, e se foi. Morreu, simplesmente assim. Nada de adeus. Nada de "eu te amo". Ela nem teve a chance de segurar nosso filho. Depois descobri que um coágulo sanguíneo da hemorragia anterior havia ido para o cérebro, efetivamente desligando todos os seus órgãos vitais num rápido derrame.

Desnecessário dizer, mas fiquei em choque. Passei boa parte daquele dia num estupor, preenchendo papelada hospitalar enquanto tentava enfiar na cabeça o fato de que ela se fora. Só por volta das cinco ou seis da noite finalmente tive um momento de paz para me sentar e pensar no nosso filho. Quando perguntei por ele, toda uma equipe de médicos atendeu minha solicitação. O chefe da pediatria explicou que meu bebê possuía algumas anomalias cromossômicas e que a criação dele apresentaria alguns desafios únicos.

Quando ouvi as palavras "Síndrome de Down", entrei em pânico. E, por mais que tentassem fazer com que eu o segurasse, me recusei. Minha cabeça estava girando. Como poderia segurá-lo sem minha esposa? Como poderia criar uma criança como aquela sozinho? Aqueles pensamentos me levaram à autocomiseração. Por que eu? Por que a vida era tão injusta e cruel para fazer com que eu, que havia acabado de perder o amor de minha vida, tivesse que suportar o fardo de uma criança com necessidades especiais?

Não tenho orgulho do que senti, mas meu arrependimento quanto aos pensamentos daquele momento é pouco se comparado à vergonha do que fiz em seguida.

Eu fui embora.

Disse aos médicos que não poderia criá-lo e simplesmente saí do hospital para a noite. Estava zangado com tudo: zangado com os médicos por deixarem minha esposa morrer, zangado com minha esposa por morrer, zangado com o mundo pela injustiça cometida e, infelizmente, zangado com meu filho, por sua falha genética. Em fúria, peguei o carro e fui embora. Não fazia ideia de para onde eu ia; só queria dirigir, e queria dirigir rápido.

O tempo naquela noite estava péssimo, mas isso não me impediu de ser imprudente. Devia ter reduzido a velocidade na primeira vez em que o carro derrapou, mas não. Quando vi o caminhão da UPS na minha pista, aquilo me aborreceu. Por que, perguntei-me, eu deveria ficar me arrastando atrás de um imenso caminhão marrom num momento como aquele? De repente, eu estava zangado com o caminhão e com o motorista, por nenhuma outra razão além de estarem me empatando. Já que eu não conseguia cortar pela esquerda, por causa do tráfego contrário, passei voando na faixa da direita e me instalei diante dele após a ultrapassagem. Só para mostrar ao motorista da UPS que eu era o dono da estrada, apertei os freios tão logo fiquei na frente dele. Foi estupidez, eu sei, mas não esperava que aquilo provocasse um acidente. Quando pressionei o pedal de freio, meu carro derrapou novamente, e eu apertei o freio ainda mais. Temendo que o caminhão da UPS fosse me atingir pela traseira, olhei depressa pelo espelho enquanto estava deslizando e vi que, em vez de me atingir, ele havia desviado para a esquerda. Quem sabe, talvez estivesse derrapando também, como resultado de pressionar o freio para evitar me atingir. De qualquer forma, ele foi demais para a esquerda. Não me acertou, mas atingiu de frente o seu carro, Sophia.

É revoltante, eu sei. O acidente foi inteiramente culpa minha. Se não fosse por mim, sua família ainda estaria viva. O motorista da UPS também.

Depois de ver — e ouvir — o primeiro impacto, perdi o controle completo do carro. Virou de lado, depois bateu e capotou — duas vezes, eu acho. Tudo depois disso foi um borrão. Acreditam que perdi meus dedos na segunda capotagem, provavelmente espremidos entre o asfalto e o carro quando meu braço girou para fora pela janela estilhaçada. Quem sabe? Mas isso não importa. Quatro dedos são um preço pequeno a pagar pela minha imprudência... Um dedo para cada pessoa que morreu.

Não me lembro de como os outros carros se envolveram na confusão, mas eu me recordo de estar sentado no carro depois que parou, sentindo-me tremendamente enojado com o que eu tinha acabado de fazer. Queria vomitar. Não conseguia sair pela minha porta, mas o vidro traseiro tinha caído completamente, então escapei por lá. O primeiro lugar para onde corri pela estrada foi seu carro. O que encontrei foi uma menininha — você — no banco de trás, chorando. Sua porta era a única que abria. Sem saber o que mais fazer, mas acreditando que você precisava sair de dentro do Volvo, eu a puxei e a carreguei por uma distância segura ao longo da estrada, sentando-a perto de um hidrante. Foi quando desmaiei.

Algum tempo depois — não sei quanto, exatamente —, acordei. Fiquei confuso a princípio, sem saber o que estava acontecendo. Você estava lá, chorando ainda, e dizendo que o acidente era culpa sua. Enquanto minha mão era tratada, descobri que seu nome era Sophia Maria Jones. Uma policial a levou para uma ambulância, e minutos depois também fui escoltado para uma ambulância próxima. Foi quando a vi jogar fora a mensagem com sua sorte. Ela boiou pelas poças rua abaixo até perto de onde eu estava sentado, na traseira da ambulância. Estava molhada e numa bolinha, mas eu a peguei e a li. Guardei-a como lembrete da vida que arruinei.

A princípio, resisti quando a equipe da ambulância tentou me levar de volta ao hospital que eu havia acabado de deixar uma hora antes. Olhando para trás, acredito que foi a Providência arrastando-me de volta às minhas responsabilidades de pai. Quando cheguei lá, meus pensamentos se dirigiram a você — completamente sozinha no mundo. Imaginei como seria sua vida sem seus pais e decidi que não poderia infligir o mesmo destino ao meu filho. Liguei para os médicos num andar de cima e fiz com que descessem com Alex para que eu pudesse abraçá-lo na emergência. Quando o peguei nos braços, não quis mais soltá-lo.

Então, por que estou escrevendo esta carta agora? Quis me desculpar pelo que fiz pelo menos um milhão de vezes; não só por ter causado o acidente, mas porque eu sabia que você acreditava ser sua culpa e não fiz nada para eliminar sua convicção. Não devia ter permitido que você carregasse esse fardo por todos esses anos.

Foi a vergonha que me impediu de dizer qualquer coisa, e mesmo agora não tenho coragem de encará-la pessoalmente. Nesses anos, desde o acidente, amei Alex como nenhum filho jamais foi amado. Ele é um presente raro. Em vez de ser um fardo, tem sido minha maior alegria. Sempre que eu me dizia que precisava me desculpar com você e contar a verdade sobre o que aconteceu, via-me incapaz de levar adiante, pois fazê-lo me obrigaria a admitir duas verdades repugnantes. Primeiro, que, quando nasceu, deixei Alex sem pais — mesmo que por uma hora —, porque pensei que ele não fosse perfeito. Como eu estava enganado! E segundo? Que nunca teria tido a alegria de criar Alex se não tivesse ocorrido o acidente que levou a vida da sua família. Eu teria continuado dirigindo sem jamais olhar para trás. É cruel, não é? Sua terrível perda foi meu incrível ganho.

Nunca fui uma pessoa particularmente religiosa, mas isso não me impediu de agradecer a Deus todos os dias por aquele acidente ter me mandado de volta para o meu filho. E essas mesmas orações sempre incluíram meu incessante e "verdadeiro desejo": que um dia Deus endireitasse as coisas que Ele me deixou estragar em sua vida.

Lamento muito por tudo. Desejo a você e a seu marido toda a felicidade do mundo. Apoiem um ao outro e vivam cada momento como se fosse o último. Um dia ele será. Mais tarde do que cedo, espero, mas, desde que vivam bem, não vai ter importância quanto tempo viverão.

Que Deus a abençoe,
Jacob P. Barnes

P.S.: Se um dia estiver se sentindo triste ou desencorajada, eu a incentivo a conhecer meu filho, Alex. Ele sabe levantar o ânimo como ninguém. Juro!

P.P.S.: Todos os anos, no seu aniversário, Alex e eu colocamos pedras nos túmulos dos seus pais. Espero que o deixe continuar com a tradição. Eu gostaria de dizer que existe um significado profundo nisso, mas não é o caso. Para mim, parece que muitas coisas na vida são temporárias. As pedras são apenas lembretes de que nem todas as coisas se dissipam tão rápido. Algumas, de fato, duram por eras... talvez para sempre. Meu amor por minha esposa e meu filho, por exemplo, e tenho certeza de que o amor que você tem por seus pais. E espero, também, que o amor que sente por seu marido. Que Deus a abençoe, Sophia Jones.

Capítulo 36

Você superou tudo na vida, menos suas próprias falhas.

Deixando a carta de Jacob sobre o criado-mudo, Sophie secou as lágrimas na manga, depois ligou imediatamente para Ellen.

— Você não vai acreditar no dia que tive — falou tão logo a mãe de criação atendeu.

— Está tarde, mas diga.

Nos trinta minutos seguintes, Sophie desfiou em grandes detalhes a contínua saga entre ela e Garrett, começando com o momento em que ele apareceu inesperadamente na Chocolat' de Soph, seguindo-se o acidente e a admissão de que ele sabia quem ela era antes do primeiro encontro. Depois explicou a alegação de Garrett como responsável pelo acidente que matou seus pais e concluiu com a leitura literal da carta de Jacob Barnes.

— Bom Deus — murmurou Ellen devagarinho quando Sophie terminou. — Se você não enxerga algo mais trabalhando aqui além de pura sorte ou acaso, então é cega como um morcego, e lamento muito por você.

— Ellen...

— Sem essa de "Ellen". Venho dizendo desde o princípio que algo bom surgiria daquele acidente. O Sr. Barnes viu o bem do

302

acidente em sua vida, e espero que você também o reconheça. — Ela se calou para que Sophie pudesse falar, mas só houve silêncio no telefone. — Você estava destinada a ficar com Garrett, Docinho — continuou Ellen. — Foram vinte anos de processo, mas agora é a hora. Então, o que quero saber agora é: vai continuar sentada lastimando o passado ou vai fazer alguma coisa a respeito do futuro? Lembre-se: Deus está guiando o barco até a costa, você só precisa remar.

— Não é assim tão fácil, El...

— Por que não? — disparou ela.

— Ele tem uma namorada. Jane.

Ellen gargalhou.

— Está casado com ela?

— Não.

— Estão noivos?

— Acho que não.

A voz de Ellen ficou mais baixa.

— Eles compartilham uma história que começou duas décadas atrás?

— Provavelmente não — disse Sophie, com suavidade.

Rindo de novo, Ellen disse:

— Então só tenho mais uma pergunta: *Você ainda o ama?* No fim, isso é tudo o que importa.

Sophie esperou antes de responder.

— Tenho que responder agora?

— Não precisa responder nada. Não pra mim, pelo menos.

Sophie suspirou alto no fone.

— Obrigada por ouvir, Ellen. E pelo conselho. Vou pensar no que disse.

— Então acha que sabe o que vai fazer?

Enquanto Ellen estava falando, uma mensagem de texto surgiu no celular de Sophie. Era Garrett. Um sopro de esperança encheu seus pulmões, e um sorriso se espalhou pelo rosto.

— Ellen — disse. — Tenho que ir.

— Por quê? Tem que estar em algum lugar a esta hora?

— Não, mas vou tentar colocar meu remo na água e ver o que acontece.

— Essa é a minha garota! Eu amo você, Docinho. Me conte como foi.

— Boa noite, Ellen.

SOPHIE PRESSIONOU uma tecla para abrir a mensagem de Garrett. Dizia: *Parei na loja no caminho de casa, avisei Randy q vc tá bem.*

Digitando com os dois polegares, Sophie respondeu. *Obrigada. Muito gentil.*

Ele disse que 1 monte d cartas chegou hj. Peguei umas.

E???

100 cartas, todas do mesmo remetente. ☹

Mentira. Sério??

Sim. Tds daquele seu amigo, Alex.

O q??

Sim. Não esquenta, só li algumas. Ele é bem otimista. Vc tem sorte.

A princípio, Sophie não sabia como devia responder, principalmente porque não queria deixar que ele continuasse pensando que Alex era mais do que um amigo. Em larga escala, sua falha em ser totalmente honesta com Garrett — e ele com ela — foi o que fez o relacionamento desmoronar e Sophie sabia que, se ainda tinha a mínima chance de conseguir conquistá-lo de volta, precisava ser honesta com ele. Foi nesta linha de raciocínio que de repente surgiu uma ideia.

Digitou: *Posso ligar pra vc?*

Ela não precisou. Cinco segundos depois o celular tocou.

— E aí? — perguntou Garrett. — Perdeu a prática com os polegares?

— Não — disse Sophie, mais reservada que o normal. — Só queria falar com você pessoalmente.

— Oh-oh.

— Não, não é ruim.

— Então, por que parece tão abatida? O que está acontecendo?

Ela respirou fundo.

— Certo. Não surte, mas... vou me casar.

Fez-se um silêncio prolongado.

— Garrett?

— Uau... Soph. Quero dizer... *uau!* Não acha que está apressando as coisas?

— Não. Não desta vez.

— Bem... tem certeza de que o ama?

— Mais do que sequer pensei que pudesse amar alguém.

— Puxa. Isso dói um pouco — resmungou Garrett. — Bem, então acho que você sabe o que está fazendo. Então... parabéns... ou qualquer coisa do tipo.

— Obrigada — murmurou ela. — Ei, sei que fui terrível com todo esse lance das respostas do anúncio; queria me desculpar. E sei que meu casamento desfaz, em parte, o nosso acordo, mas ainda quero ler o que todas aquelas cartas dizem. Estão começando a empilhar de novo. Acha que pode aparecer na loja qualquer hora dessas e me ajudar a terminar de separar?

— Claro. É só dizer quando.

— Que tal amanhã à noite?

— Acho que pode ser. Que horas?

— Às oito e meia é muito tarde? Estou cobrindo Randy amanhã, então não vou ficar livre antes disso.

— Tudo bem, Soph — disse Garrett. — Vejo você amanhã.

— Ótimo — respondeu ela. — Boa noite, Garrett.

Mordendo o lábio com nervosismo, Sophie desligou o celular.

— Ora, isso vai ser interessante — declarou em voz alta para si mesma. — Acho melhor eu começar a ir assando.

Capítulo 37

Entre o sol e a chuva, existe o arco-íris.
É lá que você vai achar o pote de ouro.

Estava chovendo no dia seguinte quando Sophie se encaminhou para o ponto de ônibus, mas ela não se importou. De fato, diferentemente dos outros dias chuvosos, ela acolheu a umidade como uma maneira de lavar o passado e recomeçar. Caminhando ao longo da rua sem um guarda-chuva, a água que molhava seu rosto fazia com que se sentisse estranhamente viva. Sorriu e seguiu caminhando com confiança.

A motorista ficou surpresa por ver Sophie entrar no ônibus com o cabelo pingando e um sorriso radiante.

— Ah, nossa — resmungou a mulher, examinando Sophie da cabeça aos pés. — O inferno deve ter congelado enquanto eu não estava olhando. O que deu em você, garota? Não sabe que tá chovendo canivetes lá fora?

Sophie sorriu ainda mais enquanto pagava a passagem.

— Sem uma tempestade de vez em quando, como apreciaríamos o céu ensolarado? — Não esperou resposta, apenas se encaminhou para o fundo do ônibus e se sentou.

A Chocolat' de Soph estava agitada, como sempre nas semanas que antecediam o Dia de Ação de Graças, mas aquele dia foi especialmente febril. Além de um imenso pedido de última hora de trufas de abóbora para uma festa corporativa, Sophie estava tentando concluir algo especial para Garrett antes que ele aparecesse mais tarde naquela noite. Para deixar sua programação ainda mais apertada, ela perdeu uma hora à tarde porque teve que fechar a loja algum tempo para ir até a oficina para onde o carro havia sido rebocado.

Depois do ritmo de rush da noite, Sophie concentrou cada segundo disponível na mais nova criação, querendo que estivesse perfeita para quando Garrett chegasse. Foram várias rodadas de fracasso até conseguir os biscoitos do jeitinho que queria, mas ficou contente por ter chegado a um sabor satisfatório quando colocou a placa de "Fechado" na vidraça dianteira às oito horas.

Na meia hora seguinte, Sophie limpou furiosamente. Começou com a vitrine e a área de vendas, em seguida foi depressa para a cozinha, e nos últimos minutos antes das oito e meia espalhou algumas manchinhas de chocolate e farinha pelo rosto, depois afofou um pouco o cabelo.

Uma série de batidas fortes na porta da frente ecoou pela loja às oito e meia em ponto.

Prendendo uma mecha de cabelo atrás da orelha, Sophie contornou a parede que separava a loja da cozinha e acenou para o rosto que a espiava pela vidraça.

— Ei, Sophie — disse Garrett quando a porta foi aberta. Um vento frio soprou da rua quando ele entrou. Debaixo de um braço ele trazia uma caixa pequena.

— Oi.

— Foi tudo bem esta noite sem Randy? Deve ter sido um dia puxado.

— Consegui me virar — disse ela.

Garrett a encarou como se quisesse dizer alguma coisa, depois a expressão do rosto dele mudou.

— Bem, podemos começar com as cartas? Acho que não devo me demorar muito... Você sabe, Jane pode começar a achar que está acontecendo alguma coisa.

— Entendido — disse Sophie, querendo se encolher, mas mantendo a compostura. — Mas, antes de começarmos, tem um minutinho? Tenho uma nova criação que gostaria que você experimentasse. Uma opinião imparcial seria útil antes que eu os coloque à venda.

— Claro — disse com um meio-sorriso de covinhas à mostra. — Eu adoraria.

Sophie se encaminhou para os fundos da loja, passando por duas imensas cubas de cobre, até um pequeno balcão oposto às caixas de correspondência nova na cozinha. Disposto no balcão estava um prato com dois doces banhados em chocolate que suspeitamente pareciam ser Biscoitos do Azar, com a exceção de que, além do exterior de chocolate escuro, também possuíam grossas listras brancas que se curvavam num ornamentado padrão zebrado.

Garrett fez cara feia quando os viu.

— Biscoitos do Azar? Humm, não, obrigado. Me enganou uma vez, que vergonha! Mas não duas. Ainda sinto o gosto daquele que me deu em setembro.

Sophie inclinou a cabeça e riu.

— Ah, homem de pouca fé. Confie em mim. Prometo, estes serão melhores que os outros.

— Não podem ser piores. São Biscoitos do Azar, certo?

— Bem, são. Mas a receita está bem diferente. É sério, Garrett, confie em mim. — Mordendo o lábio, escolheu um biscoito que estava mais perto da frente do prato. — Primeiro, experimente este.

Cético, Garrett pegou o biscoito listrado da mão dela e cheirou.

— Você me parece muito ansiosa para que eu coloque isso na boca, o que me deixa preocupado.

— Maricas — disse ela, encorajando-o. — Apenas coma.

— Tudo bem. Mas se for um truque... — Ele ergueu o biscoito outra vez e mordeu com hesitação a casca de chocolate, deixando um pedaço assentar na língua tempo suficiente para que as papilas gustativas tomassem a decisão. Depois fechou a boca e mastigou. Sorriu logo antes de engolir.

— Uau, Soph! Isso foi... Nem sei como descrever. Delicioso, de verdade. Ainda posso sentir aquele amargor do chocolate, mas misturado com o doce é uma experiência completamente diferente.

Ela fez uma mesura por brincadeira.

— Obrigada, gentil senhor. Que bom que aprovou.

— Por que a mudança?

— Me pareceu adequado — disse, casualmente. — Acho que minha perspectiva mudou muito nos últimos dois meses. Sim, a vida pode ser amarga em alguns momentos. Mas eles são temperados aqui e ali com doces explosões de felicidade, que tornam a experiência inteira mais palatável.

— Estou impressionado. As frases mudaram também?

— Um pouco. Eles ainda trazem mensagens de azar dentro, mas cada biscoito tem duas tiras de papel: uma positiva e a outra, bem, igual à que você pegou da última vez. Acho que poderíamos dizer que a pessoa pega o bom e o ruim. Leia o seu — disse-lhe, sorrindo.

Garrett puxou com cuidado duas tiras de papel de dentro do biscoito e leu a de cima em voz alta.

— *Você tem um dom para magoar as pessoas que ama. Seja grato por ainda o amarem.* Ui. Obrigado pelo lembrete. Presumo que seja o ruim.

Sophie assentiu, enquanto Garrett erguia o segundo papel a ser lido. Ele notou que a segunda frase não estava escrita à mão, mas digitada, impressa num papel que parecia velho e amarrotado. Uma parte da tinta até estava apagada.

— *A felicidade é um dom que brilha dentro de você. O seu verdadeiro desejo se realizará em breve.* Sophie, não é o papel que você disse ter vindo com as respostas do anúncio?

Ela respirou fundo e concordou.

— É também a sorte que tirei na noite em que minha família morreu. Só pensei que... seu pai morreu naquela noite também, e talvez você gostasse de compartilhar da minha boa sorte.

Ele balançou a cabeça, concordando.

— Obrigado.

— Agora prove o segundo biscoito — disse ela, respirando fundo para acalmar os nervos.

— É diferente? — perguntou ele, indagador. — Pensei que esse fosse seu.

— Humm, não. É definitivamente... diferente.

— Ah! É esse que vai me deixar cuspindo no banheiro pelos próximos dez minutos?

— Não, nada disso. Na verdade, talvez você nem note a diferença. Mas ainda preciso saber o que você acha.

Dando de ombros, Garrett largou o resto do primeiro biscoito e pegou o outro, deu uma mordida e sorriu como antes.

— O sabor é o mesmo.

Sophie tentou forçar um sorriso, mas o frio no estômago tornava isso difícil. Tudo o que disse foi:

— Humm.

Partindo outro pedaço do biscoito preto e branco, Garrett o levou para perto do rosto e o examinou rapidamente.

— Não tem nenhum papel neste — disse.

— Ah? Que... estranho.

Ao tirar outro pedaço, o biscoito se quebrou em duas partes, e algo brilhante e metálico caiu na palma da mão de Garrett.

— Mas o que é isso?

Sophie se apoiou no balcão para se firmar. Seu momento tinha chegado. *Reme até a margem ou afunde tentando*, disse a si mesma. Respirando fundo uma última vez, disse:

— Isso, Garrett, é um "O".

— Estou vendo — riu ele. — Parece algo tirado de um carro.

Sorrindo de maneira estranha, ela confirmou:

— E é. Mas especificamente, é o "O" do logo traseiro do meu Explorer. Você sabe, aquele que eu matei ontem. Fiz o cara na oficina arrancá-lo pra mim hoje.

— Mas por que fez isso? E por que está dentro do biscoito?

Reme mais rápido!

— Porque... na verdade, pertence a você.

— O "O"?

— O *carro*.

— Hã?

Respire. Apenas respire.

— Já contei como paguei por ele?

— Hã... não.

Ela forçou uma risadinha.

— Na verdade, é uma história engraçada. Bem, talvez não exatamente engraçada. Olha, quando tive certeza absoluta de que estava tudo acabado entre nós, levei o anel de noivado que você me deu a uma loja de penhores e troquei por dinheiro.

Garrett engoliu em seco.

— Você vendeu o anel numa loja de penhores para comprar um carro?

— Ahã.

Surpreso, ele olhou mais uma vez para a palma da mão aberta e, em seguida, para Sophie.

— Então pra que o "O"?

Sophie se concentrou em permanecer olhando nos olhos dele.

— Bem — começou, as mãos tremendo —, não importa o que aconteça, quando chegar o cheque da seguradora, quero que saiba que vou devolver tudo a você. É seu o dinheiro.

— Você não precisa fazer is...

— Me deixe terminar — interrompeu ela. — É seu dinheiro, e estou devolvendo, goste ou não. Mas eu escolhi o "O"... — A voz sumiu quando ela esticou a mão para pegar a letra de cromo. — Escolhi o "O" — repetiu, bem baixo — porque, do carro inteiro... que antes era um lindo anel... foi a única parte brilhante que consegui encontrar que poderia ser colocada dentro de um biscoito e ainda, bem... — Quando a voz sumiu, Sophie enfiou o dedo mínimo pelo centro do "O", depois o deslizou cuidadosamente até a base da mão. — É pequeno demais para o meu dedo anelar, mas chega bem perto.

Os olhos de Garrett quase saltaram da cabeça.

— Sophie, o que você...

— Não terminei! Me ouça, Garrett. Vivi muito tempo lamentando, mas acabei com isso. Então, mesmo que eu não consiga o que quero, se eu não disser tudo o que quero dizer agora mesmo, vou lamentar depois.

— Sophie, só me deixe...

— Não! Ainda não acabou. O primeiro biscoito que você abriu esta noite tem duas mensagens. A primeira pode ser um pouquinho obscura, mas o que eu quis dizer é que, mesmo tendo me magoado, compreendo por que fez o que fez e... ainda te amo. Não me importa que esteja envolvido com essa... *Jane*. Sei que ela não pode amar você tanto quanto eu te amo. E a segunda mensagem é mais pra mim do que pra você. Meu pai me prometeu quando eu era menina que eu conseguiria meu verdadeiro desejo. Naquela mesma noite, Ellen me prometeu a mesma coisa. — Ela buscou mais ar. — Garrett, não havia como eu saber, sentada ali chorando à beira da estrada, que o mais verdadeiro dos meus desejos, a maior das sortes em minha vida, estava sentado em casa esperando ser repassado para um rádio a apenas 30 metros de mim. *Você é o meu verdadeiro desejo, Garrett Black. Meus momentos mais felizes são quando estou com você, e eu não desejaria nada mais do que aceitar as coisas boas junto com as ruins, com você, pelo resto da minha vida.*

Os olhos de Garrett ainda estavam esbugalhados. Ele esperou alguns segundos, ouvindo o som da respiração acelerada de Sophie.

— Terminou? — perguntou por fim.

Sophie concordou com relutância, incapaz de compreender a expressão no rosto dele.

— Que bom. — Num movimento rápido, ele se inclinou para ela, passou os braços por suas costas e a beijou. Foi exatamente como na primeira vez em que se beijaram no mesmo local.

— E Jane? — perguntou Sophie, corando, quando tentou respirar.

Garret se afastou e riu.

— Jane é o nome do meio. Olivia Jane Black DeMattio.

Sophie ofegou.

— Sua mãe?

Ele riu de novo.

— Tudo o que eu disse naquela noite era que estava no telefone com uma mulher. Não disse quem. Se você achou que era uma mulher jovem e bonita, então foi bom! Eu estava com ciúmes e queria que você sentisse ciúmes também. — Ao dizer isso, o sorriso diminuiu um pouco e a testa se enrugou num nó. — O que você me diz de Alex e o casamento?

Ficando na ponta dos pés, Sophie o beijou de novo.

— Eu disse que ia me casar. Não disse com quem. Se pensou que era com Alex, então foi bom! Isso era parte do meu pequeno plano. — Ela piscou. — Acho que funcionou.

— Espere um minuto. Então tem mesmo um cara chamado Alex? Que enviou todas aquelas cartas?

Ela deu uma risadinha.

— Sim, Alex é bem real, e o fato de ter enviado aquelas cartas é uma gracinha. Alex Barnes é muito especial pra mim. E posso jurar que é o cara mais feliz que já conheci. Ele simplesmente tem essa capacidade inata de me fazer sorrir e rir, de me lembrar de todas as coisas na vida pelas quais devemos ser felizes.

— Mas não o ama?

— Ah, eu o amo. Ele é incrivelmente amável. Mas nunca foi o que você pensou. — Sophie se desvencilhou do abraço de Garrett e foi até a bolsa no balcão oposto, depois vasculhou o conteúdo em busca da carta de Jacob Barnes. — Aqui, você precisa ler isto. É do pai de Alex. Não vai apenas dizer o que torna Alex tão especial, mas também esclarecer um pouco das nossas antigas, humm, *falsas convicções* sobre o acidente que matou nossos pais.

— Hã?

— Apenas leia — disse ela ao lhe entregar a carta, dando-lhe em seguida outro beijinho.

Garrett sorriu.

— Ainda não. — Puxou do bolso de trás da calça uma folha de caderno dobrada. Cada linha, tanto da frente quanto do verso, estava preenchida dos dois lados. — Não planejava dar isso a você tão cedo. Mas pode ler agora. É a minha própria lista de felicidade. Já que seu adorado Alex pôde se lembrar de cem coisas diferentes que o faziam feliz, então achei que eu podia também. Você vai notar ao ler que cada uma delas tem a ver com você.

Pequenas lágrimas começaram a se formar no canto dos olhos de Sophie.

— E quando estava planejando me entregar isso?

Garrett piscou.

— Bem, como você disse no nosso primeiro encontro, um homem realmente romântico fará o que for preciso para ganhar o coração da dama. Então, eu estava me preparando para invadir seu casamento. Estava tudo planejado na minha cabeça. Eu iria marchar até lá na frente, como fazem nos filmes, e ler minha lista. Depois, presumindo que Alex já não tivesse me dado um soco, eu revelaria meu eterno amor.

Ela se esticou para beijá-lo outra vez.

— E depois sairíamos cavalgando ao pôr do sol?

— É — murmurou ele, antes de beijá-la de volta. — Alguma coisa assim.

— Fico contente de saber que ainda é um romântico incorrigível.

— Romântico esperançoso — corrigiu ele. — Há uma diferença.

Com Garrett ao seu lado, Sophie leu a lista de felicidade e sorriu.

Garrett leu a carta de Jacob e chorou.

Depois se abraçaram e comeram os últimos pedaços do novo Biscoito do Azar, gratos por compartilhar cada mordida agridoce.

Agradecimentos

SEREI SINCERO COM VOCÊ: ESCREVER AGRADECIMENTOS me deixa estressado. Enquanto estou aqui digitando, minha pressão sanguínea está subindo. Garanto que essa ansiedade está diretamente relacionada à minha certeza de que o que quer que eu diga será aflitivamente inadequado — a palavra *obrigado* simplesmente não capta a real medida do que sinto por aqueles que me ajudaram com este livro e com os anteriores.

Já que não há como dizer tudo o que quero a cada pessoa que merece reconhecimento pelas contribuições, preferi então tentar algo, hum, um pouquinho diferente. *Haiku!* (Não, não foi um espirro. É uma poesia.) Não sou nenhum poeta (como logo verá), mas colocar meus pensamentos e sentimentos nesse formato foi bem mais divertido, e consideravelmente menos estressante, do que criar velhas frases chatas. Então, sem mais delongas, gostaria de agradecer aos seguintes indivíduos e grupos por tudo o que fizeram por mim como escritor...

Haiku! (Gesundheit)

Rebecca, musa
Minha — vital rainha
E amada esposa.

C. Boys, Editor —
Olha e aconselha.
Gentil auditor.

Joyce Hart — minha
Agente, engrenagem
Que encaminha.

Editor genial
E zen — a Rolf Zettersten,
Louvor crucial.

À editora,
grande equipe —
Amizade duradoura.

Douta família,
Vó, Mãe, Kacie, Becca, Jen —
Tão bem avalia.

Fiel consultor,
Jason Wright tem juízo.
Grande escritor.

E aos filhos meus —
Barulhos na escada
Inventos seus.

Leitor amigo,
Apreço grande sempre
Anda comigo!

Procura-se: Felicidade
Apenas felicidade
duradoura, por favor.
Nada passageiro. Por favor,
envie sugestões para
happiness@kevinamilne.com

Como era de se esperar, depois de receber tantas respostas ao anúncio de jornal, Sophie Jones acabou tendo que trocar o número da caixa postal. Entretanto, aqueles próximos sabem que ela ainda está bastante interessada em descobrir o que as outras pessoas consideram felicidade verdadeira e duradoura. Com esse propósito, Kevin Milne está coletando sugestões em nome dela. Se quiser compartilhar o que a felicidade é para você, envie um e-mail para happiness@kevinamilne.com. Kevin vai postar periodicamente suas respostas favoritas em seu blog (http://kevinamilne.blogspot.com).

Este livro foi composto na tipologia Kepler Std
Regular, em corpo 11/15, e impresso em papel
off-white no Sistema Cameron da Divisão
Gráfica da Distribuidora Record.